IRRETITO

I MILIARDARI PER CASO

J.S. SCOTT

Irretito
I Miliardari per Caso - Libro 1

Traduzione italiana: Martina Stefani 2021

ISBN: 979-8-775958-15-2 (edición impresa)
ISBN: 978-1-951102-71-5 (libro electrónico)

DEDICA

Questo libro è dedicato alla mia favolosa amica, Judy. Grazie per esserci nei momenti brutti e in quelli migliori. I veri amici sono difficili da trovare e, anche se non ci vediamo spesso, so che ci sei sempre. Mi manchi. Ti voglio bene!!

Xxxxxxx Jan

SOMMARIO

Jade

CINQUE MESI PRIMA...

"**S**olo qualche altro minuto, Signorina Sinclair" mi informò la segretaria, mentre riattaccava il telefono. "Il Signor Stone è un po' indietro oggi."

Un po' indietro?

Aspettavo da *quasi un'ora*. Avevo letto quasi tutte le riviste nella sala d'attesa dall'inizio alla fine, perfino gli articoli che normalmente non mi prendevo la briga di leggere. Le donne volevano davvero sapere come attrarre un uomo o come attirare l'attenzione di uno che non voleva stare con *loro*?

Articoli veramente strani. O ero io quella che non capiva? A giudicare dalla mia vita sentimentale non-così-eccitante, forse avrei dovuto prestare più attenzione a tutte quelle riviste per donne. Non conoscevo esattamente degli uomini che facevano a gomitate per uscire con me. Ma era sempre stato così.

A causa del lavoro e della scuola, non ero riuscita ad avere molti ragazzi, e ad essere sincera, nemmeno loro avevano desiderato molto uscire con me. Avevo commesso un grave errore al college. Potevo incolpare la stanchezza totale o lo stress, oppure ammettere a me stessa che avevo permesso a qualcuno di usarmi per due anni.

Preferivo la prima scusa.

Non voglio proprio attirare un ragazzo che non mi nota la prima volta in cui mi incontra.

Non doveva esserci qualche scintilla, qualche rivelazione sconosciuta che mi indicasse l'anima gemella? E non avrebbe dovuto averla anche lui?

Spero di sì, altrimenti sto aspettando qualcosa che non succederà mai.

Purtroppo, grazie alla quantità di riviste da donna nella sala d'attesa, ora *sapevo* come attrarre un uomo che *non* mi voleva, e cosa avevano in mente la luna e le stelle per il mio futuro compagno, secondo l'oroscopo.

Forse l'articolo su come migliorare l'orgasmo sarebbe stato utile, se ne avessi avuto uno, ma avrei potuto saltare la parte su come fare un pompino migliore.

Non esattamente qualcosa che di solito avrei letto attentamente, ma avevo un'ora da ammazzare, e dopo aver letto la roba interessante come il *National Geographic*, avevo ancora molto tempo da riempire, così avevo indugiato nelle riviste femminili.

Ero abbastanza sicura di *non* stare molto meglio solo perché ora ero armata della saggezza su come affrontare un maschio poco propenso a impegnarsi, e stavo diventando inquieta.

Sorrisi e annuii educatamente alla segretaria dal mio comodo posto nell'elegante ufficio esterno del miliardario e magnate del business, Eli Stone. Non era colpa dell'anziana assistente se il suo capo mi aveva lasciata ad aspettare molto più di quanto chiunque avrebbe dovuto aspettare in un appuntamento programmato, persino con un miliardario.

Sono una miliardaria anch'io. Non c'è una sorta di gentilezza implicita tra gli ultraricchi? Un miliardario lascia un altro miliardario ad aspettare per un'ora?

Purtroppo, non ero ricca da così tanto tempo da conoscere le regole.

Il Signor Stone aveva un valore netto molto più alto del mio, ma una volta raggiunto lo status di miliardario, importava davvero?

Feci cadere sul tavolo l'ultima rivista che avevo finito di leggere con un sospiro.

Ho completamente finito il materiale di lettura, persino la roba ridicola.

Battei il mio piede con impazienza, chiedendomi se questo *fosse* il modo in cui i miliardari si trattavano a vicenda.

La verità era che ero una miliardaria solo da pochi mesi, e ancora non sapevo cosa farmene della mia nuova ricchezza. Ad essere sincera, tutti i miei soldi e gli investimenti mi terrorizzavano. Ero un'esperta di scienza e fauna selvatica. Una domanda sulla conservazione o sul comportamento animale? Potevo andare avanti con la risposta per ore. Ma non avevo idea di cosa farmene di una fortuna.

Sapevo solo come vivere povera, quindi ero praticamente paralizzata dalla paura ogni volta che davo un'occhiata al mio conto in banca e al mio portafoglio titoli. Sapevo che *avrei* dovuto essere felice, ma per qualche sconosciuta ragione, non lo ero.

Grazie a un incidente alla nascita, e a causa del padre che non avevo mai conosciuto, improvvisamente ero diventata una delle donne più ricche del mondo. Ora ero una ricca e potente Sinclair.

Beh, ero *sempre* stata una Sinclair, ma non la parte più ricca. Mai avrei immaginato di essere collegata ai Sinclair super ricchi della Costa Orientale.

Io, mia sorella gemella, Brooke, e i miei fratelli, Noah, Seth, Aiden e Owen, eravamo passati dall'essere poveri in canna per tutte le nostre vite ad avere più soldi di Dio, perché avevamo scoperto che nostro padre era bigamo. Era un uomo che aveva avuto due mogli e due famiglie separate su coste opposte.

I miei fratelli e io avevamo ottenuto la parte peggiore di *quell*'affare. Beh, finanziariamente, comunque.

Non che non fossi contenta che i Sinclair della Costa Orientale avessero trovato la nostra famiglia sulla Costa Occidentale. Il mio fratellastro Evan ci aveva riuniti tutti in un'unica grande famiglia. Ma la nostra eredità, che aveva reso me e tutti i miei fratelli incredibilmente ricchi, era ancora qualcosa a cui non ero abituata.

Avevo investito la maggior parte della mia eredità con l'aiuto di Evan, e lui mi assisteva ancora gestendo il mio consistente portafoglio titoli, anche se tutti i miei fratellastri e la mia sorellastra erano sulla Costa Orientale. Aveva sistemato il mio patrimonio in modo che i miei soldi facessero crescere *più soldi*, e a volte mi sentivo male nel vederli crescere. Ed era praticamente *tutto quello che facevo*. Osservavo la mia fortuna crescere giorno dopo giorno. Mi sentivo troppo intimidita da tutti quegli zeri per fare altro.

A differenza dei miei fratelli, non mi importava molto se i soldi continuavano a moltiplicarsi, e non avevo grossi piani come loro.

Vorrei averne. Forse sarebbe più facile se fossi costantemente occupata a pianificare il mio futuro.

L'unico acquisto importante che avevo fatto era un cottage sul lungomare nella mia città natale di Citrus Beach. Di nuovo, Evan aveva pensato a tutto. Avevo scelto una casa che amavo, come il mio fratellastro aveva richiesto, e lui aveva spinto la vendita a un ritmo che trovavo sconvolgente. Davvero, era una casa adorabile che avrei preferito godermi in quel momento, invece di aspettare Eli Stone nel bel mezzo del centro di San Diego.

Dando un'occhiata al mio orologio per la milionesima volta, speravo che il Signor Stone mi avrebbe dato quello che volevo, in modo da poter tornare a casa in tempo per vedere il tramonto. Ma se avessi impiegato molto di più, sarei rimasta bloccata nel traffico di San Diego, e non avrei visto la mia casa prima di sera.

"È pronto per lei, Signorina Sinclair" disse la segretaria, alzandosi.

Mi alzai e presi la mia borsetta. Probabilmente ero vestita in modo inadeguato per essere all'interno del quartier generale di Stone, ma almeno mi sentivo a mio agio indossando i miei jeans consumati, sandali, e top blu.

Annuii verso la donna, che aprì le enormi doppie porte e poi le chiuse dietro di me come un guardiano.

Mi mossi in avanti e mi sedetti sul bordo di una delle grandi sedie davanti alla scrivania di Eli Stone, prima di guardare finalmente l'uomo per cui avevo aspettato un'ora. Rimasi a bocca aperta davanti al ragazzo che avevo visto solo in televisione o sulla copertina di una rivista nel supermercato.

Si mantiene bene.

La maggior parte del tempo, aveva ottenuto la mia attenzione solo per via degli hobby bizzarri e delle sfide che perseguiva. Se c'era un elemento di pericolo in un'attività, quell'uomo era sempre pronto a provarla.

Guida di auto da corsa.

Surf con onde alte.

Paracadutismo.

Sport di acqua estremi.

Deltaplano.

Missilistica.

Per l'amor del cielo, aveva acquistato la sua compagnia missilistica e stava pianificando di mandare voli senza equipaggio nella Via Lattea a breve. Da quello che avevo sentito, Eli Stone era molto più avanti nel gioco spaziale privato, quindi ovviamente prendeva seriamente quell'obiettivo.

"Signor Stone" dissi con voce modulata. "Grazie per avermi ricevuta."

Ero abbastanza sicura di non averlo mai visto in un completo, dato che sembrava piacergli mostrare il suo corpo mezzo nudo nelle foto e nei video. Personalmente, trovavo il completo grigio e l'elegante cravatta grigia e blu molto più attraente.

Non che non stesse bene anche mezzo nudo. Ma era piuttosto difficile prendere sul serio qualcuno che faceva un'acrobazia folle.

Ma *questo* Eli Stone, quello seduto di fronte a me, aveva la mia completa attenzione.

Sembrava in disparte, ma mi stava guardando come un'aquila osserva una potenziale preda dall'aria proprio prima di colpire. E non mi piaceva proprio essere il coniglio che aveva appena puntato dall'alto.

Partendo dalla cima della mia testa, mi valutò lentamente. "Signorina Sinclair" disse con voce baritonale. "Cosa posso fare per te?"

Molte cose mi vennero in mente, mentre lo fissavo, ma risposi: "Le ho inviato una proposta sulla proprietà che vorrei acquistare. Ha avuto modo di darle un'occhiata?"

Dovevo davvero smettere di fissare i suoi freddi occhi grigi, pensando a quanto bene il suo completo si abbinasse al colore degli occhi.

Per qualche ragione, ero completamente affascinata da *questo* Eli Stone. A differenza del suo personaggio televisivo, quest'uomo era fin troppo reale.

Mi rendeva nervosa per ragioni che non riuscivo a spiegare. C'era tensione nell'aria tra noi, anche se non c'eravamo mai incontrati. E non ero affatto a mio agio con il calore che si stava accumulando tra le mie cosce.

Non ero mai stata colpita da una lussuria istantanea. Ma c'era qualcosa in lui che mi affascinava completamente.

Forse perché il ragazzo di fronte a me non è affatto quello che mi aspettavo.

Era un clown in televisione e sorrideva sempre con arroganza nelle sue foto. Mi aspettavo di incontrare una persona che non prendeva quasi nulla sul serio. Invece, ero di fronte a un uomo che attirava l'attenzione solo per il fatto di essere nella stanza. E sembrava che non avesse assolutamente nulla di cui sorridere.

Potevo praticamente sentire il suo profumo terroso, anche se sapevo che non stava davvero viaggiando dal suo corpo al mio naso attraverso la grande scrivania.

Deglutendo a fatica, mentre apriva casualmente la giacca e si appoggiava allo schienale della sedia, aspettai la sua risposta, ma non sembrava avere fretta di darmene una.

Sapevo che aveva un corpo da sballo. In generale, non ero una grande appassionata di tatuaggi, ma i segni tribali che avevo visto sul suo braccio gli erano sempre stati bene.

Non ero mai stata colpita dall'impulso primordiale di scoparlo, quando avevo visto il suo corpo scolpito sulle riviste o in TV. Ma essere vicini era... diverso.

"Non l'ho letta" disse bruscamente. "Non sono interessato a cedere quel pezzo di proprietà. Appartiene alla mia famiglia da decenni. Non è edificabile in questo momento, anche se potrebbe esserlo in futuro. La mia domanda per te è: *perché* lo vuoi?"

Merda! Dato che la terra vicino al Lucifer's Canyon era praticamente inutilizzabile, speravo di convincerlo facilmente a separarsene. Rispetto alle attività commerciali, alle vaste proprietà e alla terra che possedeva, quella superficie nell'entroterra era meno di niente.

"Sono un'ambientalista genetica della fauna selvatica" spiegai. "Una parte del territorio è un importante corridoio per la fauna selvatica. Vorrei assicurarmi che rimanga sempre salvaguardato."

Chi sapeva cosa avrebbe fatto Eli Stone con la terra in futuro? Per quanto ne sapevo, l'avrebbe trasformata in una rampa di lancio per i suoi voli spaziali. Per me era importante che il passaggio che portava da uno spazio aperto all'altro fosse mantenuto intatto.

"Ah sì" replicò con tono di superiorità. "La protettrice della fauna selvatica ed esperta di sopravvivenza primitiva che improvvisamente è diventata una Sinclair, giusto? Ti ho fatta controllare dai miei uomini, prima di accettare il tuo appuntamento. Hai una storia interessante."

"Sono *sempre* stata una Sinclair" ribattei a denti stretti.

Idiota! Perché mai aveva avuto bisogno della storia della mia vita solo per dirmi che non intendeva vendere nessuna delle sue proprietà? Doveva essere il rapporto più noioso che avesse mai letto.

Forse non avevo *sempre* fatto parte dei Sinclair di alto profilo, ma io e i miei fratelli avevamo affrontato molte sfide e le avevamo sempre superate. Ne ero piuttosto orgogliosa.

"Solo non una di quelli *ricchi* fino a poco tempo fa" sottolineò. "I Sinclair sulla Costa Orientale sono una famiglia potente da generazioni. Come hai detto di essere entrata a far parte di quella famiglia?"

"Non l'ho detto" scattai. Non erano affari suoi come fossi imparentata con la dinastia Sinclair. E il comportamento bigamo di mio padre non era qualcosa di cui volevo parlare, specialmente con *lui.*

I Sinclair della Costa Occidentale e della Costa Orientale condividevano lo stesso padre. Questo era tutto ciò che tutti sapevano davvero. I miei fratelli qui in California avevano deciso di non trasformare la tragica storia in uno scandalo da tabloid. Mia sorella gemella, Brooke, era stata sulla Costa Orientale per riprendersi dal suo trauma, e nessuno di noi voleva che scoprisse la notizia che avrebbe ereditato una fortuna dai giornali di gossip. Aveva bisogno di tempo per guarire dalla perdita dei suoi amici e colleghi in una rapina in banca in cui aveva quasi perso la vita anche lei. Brooke non sapeva ancora dei soldi. I miei fratelli e io avevamo deciso di darle il tempo di affrontare la tragedia prima di buttarle addosso qualsiasi altra cosa.

Onestamente, ero sorpresa che Eli fosse stato in grado di scovare *qualsiasi* informazione su di me o sulla mia famiglia. Il mio fratellastro, Evan, si era dato molto da fare per assicurarsi che nessuno arrivasse alla verità, finché Brooke non fosse guarita emotivamente e fosse tornata di nuovo sulla Costa Occidentale.

Evan aveva ovviamente avuto successo, poiché apparentemente Eli Stone non era stato in grado di accedere a tutti i dettagli.

"Potrei essere disposto a contrattare su altre proprietà, ma non su quella" disse pensieroso.

Incrociai le braccia davanti a me. "Dato che è l'*unica* che mi interessa, allora immagino che abbiamo finito."

Forse *ero* delusa di non essere riuscita a proteggere il corridoio della fauna selvatica, ma avevo l'improvviso bisogno di uscire da sotto l'intensità del suo sguardo. Ero incazzata che avesse scavato nella mia vita personale, ma mi stavo dimenando dal suo sguardo sfacciato. Ero giunta rapidamente alla conclusione che il mio bisogno di fuggire era attualmente più importante del mio sdegno.

Prima che potessi alzarmi, disse casualmente: "Sei davvero molto bella, Jade."

Questo mi stordì fino al silenzio, e lo guardai a bocca aperta, mentre i miei palmi iniziavano a sudare. "Non capisco."

La sua espressione era cambiata in modo imprevedibile, e così velocemente che era quasi spaventoso.

Sorrise, un sorriso calcolato che ero abbastanza sicura usasse sempre a suo vantaggio. Ero certa che quasi tutte le donne si sarebbero abbassate le mutandine non appena avessero visto il suo sorriso attraente.

Per fortuna non ero una donna qualunque.

"È abbastanza semplice, in realtà. Ti trovo attraente" rispose.

Nessuno me lo aveva mai detto durante i miei ventisei anni sul pianeta. La mia gemella, Brooke, era quella carina. Io ero l'*altra gemella*, quella che andava nella natura e si esercitava a costruire trappole, a trovare acqua potabile, e continuava ad aumentare le sue capacità riguardo alla sopravvivenza.

Era qualcosa che di solito facevo *da sola*.

Soprattutto dopo essere stata scaricata dal mio unico ragazzo al college.

Non ero il tipo di donna che faceva voltare i ragazzi, quando camminavo per strada, e mi andava bene così. Mi piaceva essere me stessa, anche se non ero il tipo di donna che attirava molta attenzione con il suo aspetto fisico.

Non che facessi molto per farmi notare. Ero tranquilla e timida per natura, a meno che non fossi con amici o familiari. Il più delle volte, preferivo la compagnia degli animali invece degli umani.

Sì, speravo che ci fosse un'anima gemella là fuori da qualche parte per me, qualcuno che avrebbe visto *me* sotto il mio timido aspetto da maschiaccio. Ma non avrei trattenuto il respiro fino a quel momento.

"Possiamo tornare al tema della proprietà?" chiesi, cercando di non farmi intimidire dalle sue occhiate di apprezzamento. "Se quella era una risposta negativa, allora non sprecherò altro del suo tempo."

Si mosse in avanti e intrecciò le dita sulla scrivania, i suoi occhi grigi intenti che non si allontanavano mai dal mio viso. "Ti rendo nervosa" osservò.

"Forse non sono abituata a incontrare miliardari" dissi.

Scosse la testa scura. "Non è quello. Non penso che tu sia impressionata dai miei soldi. Ho trovato intrigante che tu abbia ereditato la tua fortuna, ma l'unica cosa che hai acquistato è stata una casa. A Citrus Beach. Un buon investimento, poiché l'area è in rapida crescita."

Va bene. Dovevo ammettere che era un po' inquietante che sapesse così tanto su di me.

"Non era un *investimento*" sostenni. "Era una *casa*. La mia casa. E spero che Citrus Beach non diventi mai troppo grande. Mi piace com'è.»

Trovavo snervante il fatto che sembrasse conoscere ogni mossa che avevo fatto da quando ero entrata nel mondo dei soldi e che avesse avuto l'audacia di indagare su di me. Chi lo faceva solo per incontrare qualcuno a causa di una proposta di proprietà?

La mia indignazione stava iniziando a prendere il sopravvento sul mio desiderio di alzarmi e scappare dall'ufficio di Eli Stone.

Scrollò le spalle. "Il dovere chiama, Signorina Sinclair. È ciò che ci rende più ricchi. Citrus Beach alla fine crescerà. È abbastanza vicina a San Diego da renderla un luogo desiderabile in cui vivere."

"*Non* ho bisogno di diventare più ricca. Sono già così ricca che mi viene un po' la nausea. Voglio solo quel pezzo di terra."

"I soldi ti mettono a disagio?" chiese.

"No" mentii. L'ultima cosa su cui avevo bisogno che si concentrasse era quanto fossi a disagio con la mia ricchezza.

"Di recente hai terminato una borsa di studio" disse, ignorando completamente la mia affermazione. "La tua istruzione è piuttosto impressionante. Ma cosa ci fai con una laurea in fauna selvatica?"

Non aveva controllato solo quello che avevo fatto da quando avevo ereditato. Conosceva tutta la mia dannata vita!

"Ho un *dottorato* in conservazione della fauna selvatica" lo corressi. "Il mio focus è la genetica. Penso che un giorno potremo usare il materiale genetico per salvare le specie che non possono recuperare il loro numero con i soliti metodi."

Lui annuì. "Ammirevole. E l'addestramento di sopravvivenza?"

C'era qualcosa che *non* sapeva?

"È un hobby. Insegno perché è qualcosa che amo." Non avevo idea del perché sentissi il bisogno di confermare la mia storia di vita a un miliardario inquietante, ma le parole continuavano a uscirmi di bocca.

"Lo rispetto."

"Non cerco la stima di *nessuno*" lo informai gelida. "Sono venuta solo per comprare un pezzo di terra. Ma dal momento che si è già rifiutato di vendere, abbiamo *finito*." Mi alzai, incapace di stare ferma con lui che mi guardava.

Si alzò e girò intorno alla scrivania dicendo: "Sei sulla difensiva. Ti ho messa a disagio, Dottoressa Sinclair?"

Raramente qualcuno usava il mio titolo di dottorato, quindi esitai, cercando di decidere se mi stesse prendendo in giro o se lo facesse per rispetto della mia istruzione.

Alla fine mi dissi che non aveva importanza e mi diressi verso l'uscita. Avevo davvero bisogno di allontanarmi.

Il suo corpo grande e potente si pose davanti a me, bloccandomi la strada verso la porta, cosa che accese la mia rabbia. E non mi incazzavo quasi mai. Ma ero stanca di giocare a qualunque gioco gli piacesse.

Non avevo idea di come vincere questa partita, e non avevo intenzione di rimanere in giro abbastanza a lungo per completarla.

"In realtà, sì, mi ha messa a disagio" risposi. "Non apprezzo che qualcuno indaghi sulla mia vita privata per una proposta. È stato completamente inappropriato e più che un po' inquietante."

"Hai ragione" ammise. "Ma ero curioso."

"Non è un buon motivo per invadere la mia privacy" lo informai freddamente.

"Forse non lo era" concordò, senza sembrare minimamente pentito.

Tutto di quest'uomo mi faceva contorcere, e generalmente non ero una donna nervosa. Ma Eli Stone era il ragazzo più intenso che avessi mai incontrato.

"Sei arrabbiata perché sono stato aperto sul fatto che non mi dispiacerebbe averti nel mio letto?"

La sua schiettezza mi fece accelerare il battito cardiaco.

Oh Signore, è fuori dalla mia portata.

Cercai di mantenere la mia espressione neutra. Non volevo che avesse la soddisfazione di sapere che poteva scuotermi.

"*Le* è mai venuto in mente che potrei non volerla nel *mio*?" gli chiesi indignata. "Tutte le donne che conosce cadono ai suoi piedi dopo aver detto loro che sono attraenti? Perché in realtà non è poi così unico."

"Sapevi che i tuoi occhi assumono una tonalità di blu più profonda quando sei arrabbiata?" chiese con un sorriso.

Dannazione!

Stava giocando con me, ma per quale fine non lo sapevo.

"Buona giornata, Signor Stone. Personalmente, avrei preferito non sprecare così tanto la mia aspettandola, quando era già certo che non avrebbe venduto" dissi, mentre lo aggiravo e mi avviavo verso la porta.

Mi prese per un braccio, mentre mi allungavo verso la maniglia della porta. "Ero curioso di sapere perché volevi quella proprietà" spiegò. "Le persone ricche in genere non cercano proprietà che hanno poche possibilità di far guadagnare loro soldi un giorno."

"*Non* è inutile. Non per me" ribattei. "In realtà, è dannatamente importante allo scopo di preservare la fauna selvatica."

Scrollò le spalle. "Non conosco nessuno a cui importi qualcosa."

"Allora, forse ha bisogno di trovare dei nuovi amici" ribattei.

Mi liberai della sua presa, e poi mi voltai di nuovo verso di lui, arrabbiata per il fatto che non rispettasse il tempo altrui. "Avrebbe potuto chiamarmi e chiedermi perché la volessi. Non avevo bisogno di venire in città e poi aspettare un'ora solo per sentirle dire di *no*. È maleducato. È sconsiderato. Ed è incredibilmente arrogante."

"Immagino che tu debba ancora imparare che le persone aspettano i miliardari" affermò in tono piatto.

Mi portai un dito al petto. "Non *questa* miliardaria. Immagino di non essere egoista o presuntuosa come lei. Ma non mi piace far aspettare le persone. Mi fa sentire in colpa."

Non dissi che ero sempre abbastanza motivata dal senso di colpa.

Ero abbastanza sicura che Eli Stone non avesse mai sofferto molto per il rimorso, quindi probabilmente non aveva idea di cosa stessi parlando.

"Cena con me, Jade" disse, la sua dichiarazione un comando e non una richiesta.

"Ho altri piani" ribattei. "E ho fame. Non sono disposta ad aspettare come un cucciolo patetico, finché non decide di darmi da mangiare."

Incrociò le braccia davanti a sé con un sorriso, i suoi occhi che danzavano divertiti. "Ora che so che brutto carattere hai, non oserei farti aspettare" disse seccamente. "Prometto che ti darò da mangiare immediatamente."

"Sono venuta qui per fare un affare, non per passare una notte nel letto di un miliardario playboy."

"Non sto giocando, Jade" disse con un tono basso e pericoloso.

"Non sono interessata" replicai con rabbia, mentre aprivo la porta. "E ha davvero bisogno di materiale di lettura più interessante nel suo ufficio se far attendere le persone nella sua sala d'attesa è una cosa cronica per lei. Sono abbastanza sicura di aver perso alcuni punti del mio QI leggendo le sue patetiche riviste femminili."

Non mi voltai, mentre mi precipitavo attraverso la porta, quasi certa di sentire una risata molto maschile, mentre lasciavo l'ufficio di Eli Stone come se il mio culo andasse a fuoco.

CAPÌTULO 1

Jade

"Non sono interessata" dissi piano nel mio cellulare appena prima di premere il pulsante di spegnimento così forte che sussultai per la tensione al mio dito.

Lanciai un'occhiataccia al dispositivo elettronico, mentre lo gettavo sul bancone della cucina. In quel momento, il mio telefono era il nemico e avrei voluto non essermi precipitata dal divano per rispondere. Ma dato che era metà pomeriggio di una giornata lavorativa, speravo fosse una richiesta per un colloquio di lavoro. Avevo inviato domande di assunzione e curriculum ovunque. Ma non ero esattamente stata bombardata da opportunità in cui potevo davvero usare la mia istruzione.

Sono in un campo altamente specializzato, e ottenere finanziamenti per nuovi studi è difficile.

Prima o poi, avrei avuto l'occasione giusta. Fino ad allora, sarei saltata ogni volta che il mio telefono avesse squillato. Sfortunatamente, non era mai una persona con cui avrei voluto parlare in questo momento. Ma se non riconoscevo il numero, dovevo rispondere.

La chiamata che avevo appena interrotto era stata di un *altro* ragazzo del posto, qualcuno che sosteneva di conoscermi dal liceo, che chiedeva se volessi uscire con lui.

Era la terza chiamata del genere che ricevevo dal giorno prima.

E quella che sembrava la milionesima che avevo ricevuto nelle ultime settimane.

Sospirai. Sì, avrei voluto una vita di appuntamenti più attiva. Ma non così. Si era sparsa la voce che all'improvviso ero diventata una donna molto ricca e non un solo ragazzo che stava chiamando si era interessato a me prima che entrassi in possesso di tanto denaro.

Ora, ogni maschio non sposato voleva uscire con me.

Okay, forse non uscire con *me*. Volevano corteggiare *i miei soldi*.

Onestamente, stavo iniziando a odiare essere ricca.

Prima che potessi iniziare a soffermarmi sul fatto che nessun ragazzo mi voleva davvero per come ero, tornai in soggiorno e mi lasciai cadere sul divano.

"Colloquio di lavoro?" chiese mio fratello Aiden dalla sua poltrona reclinabile.

"Non era nessuno" risposi. "Solo un altro ragazzo che vuole uscire con i miei soldi." Guardai verso la TV. "Che cosa stai vedendo?"

"La nuova gara di big wave nel nord della California che Eli Stone ha ospitato. Hanno affrontato delle onde enormi che erano ben più alte di quindici metri. È stato abbastanza folle. Stone sta parlando in questo momento" rispose.

Guardai la televisione, un grande schermo che i miei fratelli avevano insistito acquistassi, anche se a malapena si adattava al muro del mio piccolo cottage.

"Quello è il confine esterno delle Isole del Canale" dissi, mentre guardavo accigliata la TV. "È pazzo."

"Non c'è molto spazio per gli errori" concordò Aiden. "Se non cavalca l'onda, finirà tra un enorme muro d'acqua e le rocce."

Avevo il cuore in gola, mentre guardavo Eli affrontare l'enorme onda in arrivo.

Tutti i miei fratelli facevano surf e avevano cercato di insegnarlo a me e Brooke, ma nessuna di noi due era stata entusiasta quanto i nostri fratelli.

"Beh, fanculo a me" esclamò Aiden. "Ce l'ha fatta."

Esalai un respiro che non mi ero nemmeno resa conto di aver trattenuto, mentre Eli cavalcava l'onda enorme. "Si ucciderà" dissi ansiosamente.

"Notizie flash" disse Aiden seccamente. "Questo è successo lo scorso inverno. È sopravvissuto. Questi sono solo i momenti salienti."

Feci una smorfia a mio fratello prima di tornare di nuovo alla televisione per guardare l'intervista con Eli Stone.

Ed eccolo lì.

Era il personaggio che ero abituata a vedere. Aveva già tirato fuori le braccia dalla muta, che era arrotolata intorno alla sua vita. Era difficile non notare la sua parte superiore del corpo cesellata, e i miei occhi vagarono sul tatuaggio caratteristico lungo il suo braccio.

Ma la cosa che spiccava davvero era il sorrisetto arrogante sul suo viso. E la mancanza di emozione nei suoi splendidi occhi grigi.

Non c'era niente che mi dicesse che stava volando in alto dalla sua ultima vittoria negli sport estremi. Il sorriso arrogante era lì, ma non arrivava fino ai suoi occhi.

Mio fratello spense la TV. "Andiamo in piscina."

Aiden era sceso per fare una nuotata. Non che non avesse la sua piscina, ma avevo la sensazione che volesse controllarmi.

A nessuno dei miei fratelli piacevano i tipi strani che stavo attraendo a causa dei soldi che avevo ereditato. Ma non ero sicura di cosa avessero intenzione di fare al riguardo. Avevo cambiato il mio numero due volte, e non sembrava proprio che qualcuno volesse rapirmi. Avrebbero avuto bisogno di me viva se avessero voluto i miei soldi.

Era più irritante che spaventoso.

Non avevo davvero avuto alcuna privacy negli ultimi mesi. In qualche modo, era trapelata al pubblico la voce sull'eredità della mia famiglia, e se non stavo prendendo in considerazione gli uomini che sembravano uscire allo scoperto, rifiutavo le richieste dei giornalisti per un'intervista su come fossimo imparentati con la ricca, potente famiglia Sinclair sulla Costa Orientale.

Aiden e io non parlavamo molto, mentre ci sistemavamo in piscina e facevamo le nostre vasche fianco a fianco.

Mi fermai davanti a mio fratello, e mi riposai.

Quando si fermò, alla fine chiese: "Allora, con chi esci?"

Per qualche ragione, tutti i miei fratelli pensavano di avere il diritto di conoscere ogni dettaglio della mia vita personale anche se non condividevano mai la loro.

"Nessuno" dissi scontrosa. "Vogliono tutti solo i miei soldi."

"Ovviamente non tutti. Che succede con Eli Stone?" domandò, mentre sollevava il suo corpo muscoloso fuori dalla mia piscina e andava ad asciugarsi.

"Cosa intendi?" chiesi, mentre galleggiavo su un materassino in mezzo alla piscina. L'acqua era riscaldata, e non ero ancora pronta per uscire.

"Andiamo, Jade" disse. "Avevi l'altoparlante acceso, quando hai ascoltato il suo messaggio prima. Stai uscendo con lui? Il ragazzo ci fa sembrare dei poveri. Non puoi dire che *lui* vuole la tua eredità."

No, vuole il mio corpo.

In realtà, le motivazioni di Eli non erano più così ripugnanti per me. Almeno era stato schiettamente onesto. A differenza di altri uomini che avevano iniziato a chiedermi di uscire solo per i miei soldi. Tuttavia, questo non mi rendeva più propensa a rispondere alle telefonate o ai messaggi di Eli. Mi metteva a disagio in modi che ancora non capivo del tutto.

Onestamente, ero stata sorpresa di sentire la sua voce sui miei messaggi prima. Negli ultimi mesi era stato insistente e stava *ancora* chiamando, anche se non avevo mai risposto a uno dei suoi messaggi negli ultimi cinque mesi. Ma dal momento che non avevo sue notizie da quasi un mese, ero abbastanza sicura che si fosse arreso.

A quanto pareva, mi sbagliavo.

E l'attuale messaggio da parte sua era stato lo stesso di tutti gli altri.

Voleva *ancora* che andassi a cena con lui.

E volevo *ancora* evitarlo, quindi non l'avevo mai richiamato.

Avrei pensato che ormai avesse ricevuto il messaggio non detto. Quale ragazzo continua a provarci quando una donna lo ignora?

Avevo visto Eli una volta, qualche mese addietro. Stava cenando con un amico in uno dei suoi ristoranti a San Diego, e io ero con tutta la mia famiglia a festeggiare il fidanzamento di mia sorella Brooke con un uomo che aveva incontrato, mentre era sulla Costa Orientale.

La mia gemella ora era sposata con Liam Sullivan e aveva scelto di rimanere nel Maine con il suo nuovo marito.

Eli ed io *avevamo* effettivamente mangiato nello stesso ristorante, proprio come lui avrebbe voluto. Semplicemente non eravamo seduti allo stesso tavolo.

L'incontro accidentale mi aveva sconvolta, soprattutto quando avevo sentito che mi osservava durante la nostra riunione di famiglia. Non ci eravamo parlati, ma Eli aveva chiarito che sapeva che ero lì prima che partisse.

Forse non avevo risposto a nessuno dei suoi messaggi. Ma avevo pensato molto a lui. Non ero sicura del perché, dal momento che tutto ciò che voleva era portarmi nel suo letto, e non facevo avventure di una notte. Ma il modo in cui il mio corpo aveva reagito a lui era... insolito.

"Non *esco* con lui" confessai a mio fratello maggiore. "L'ho incontrato una volta e mi ha chiamata più volte per chiedermi di cenare con lui. Non ho nemmeno risposto ai suoi messaggi."

"Ahia! Quanta freddezza" rispose Aiden.

Se avessi detto a mio fratello maggiore che Eli voleva solo scoparmi, cosa che non avrei fatto perché non avrei mai parlato di sesso con mio fratello, non avrebbe detto che ero fredda. Avrebbe voluto picchiare a morte Eli Stone.

"Non sono interessata" gli dissi, mentre scivolavo giù dal materassino e uscivo dalla piscina. "Mi mette a disagio."

Aiden si lasciò cadere su una chaise longue, mentre chiedeva: "Ti sta perseguitando? Se è così, sai che Seth e io possiamo occuparci di lui."

Alzai gli occhi al cielo, mentre finivo di asciugarmi il corpo bagnato, e poi mi lasciai cadere sul lettino accanto a lui. "Nessun ragazzo mi perseguiterà."

Ridacchiò. "Molto probabilmente perché puoi prenderli tutti a calci nelle palle."

Mio fratello aveva ragione. Non ero esattamente un tipo indifeso e non avevo *bisogno* di un uomo. Infatti, la maggior parte dei ragazzi che avevo incontrato mi *teneva* alla larga per la maggior parte del tempo. La maggior parte degli uomini che avevo incontrato in passato erano survivalisti, proprio come me, e anche se potevano ammirare le mie capacità, nessuno di loro mi vedeva davvero come una donna. Mi vedevano come una concorrenza.

"Credi che sia per questo che nessuno vuole davvero uscire con me? Perché non ho *bisogno* di loro?" chiesi.

Ero in pausa dagli appuntamenti da quando avevo rotto con il coglione con cui uscivo al college. La pausa non era stata proprio per scelta. Semplicemente non avevo incontrato nessuno che mostrasse molto interesse per me per una potenziale relazione. E certamente non avevo incontrato nessuno intrigante, a meno che non volessi contare Eli Stone, cosa che non facevo.

"Onestamente, sì" disse Aiden senza mezzi termini. "Alcuni uomini vogliono sentire di poter contribuire a qualcosa in una relazione con le loro capacità superiori. Ma tu non vuoi uscire con qualcuno del genere. Se sono intimiditi, sono fottutamente insicuri.

Non hai bisogno di qualcuno che abbia bisogno di avere l'ego costantemente accarezzato, o di un survivalista primitivo che si infastidisca perché sai più di lui sulla caccia, la cattura, il foraggiamento e altre cose di sopravvivenza. Hai bisogno di qualcuno che ammiri i tuoi punti di forza invece di esserne intimidito."

Rabbrividii, quando ricordai che Eli mi aveva detto che mi *ammirava*. Poteva essere un coglione arrogante, ma non era sembrato affatto scoraggiato.

"Non sono molto attraente perché odio preoccuparmi di vestiti e trucco" riflettei. "Brooke è sempre stata molto più brava di me con le persone. Io ero la studiosa che voleva uscire nei boschi ed esplorare."

"Ci sono molte cose da apprezzare di te" brontolò. "E non lo dico solo perché sei mia sorella. Ma alcuni uomini sono scoraggiati dalle donne che sono perfettamente in grado di prendersi cura di se stesse."

"Quindi, devo sembrare impotente?" chiesi, inorridita al pensiero.

L'idea di essere una specie di timida mammoletta non mi sarebbe mai sembrata buona o giusta.

"Diavolo, no" rispose Aiden, mentre prendeva la sua bottiglia d'acqua e beveva un lungo sorso. "Non devi essere nessuno tranne te stessa. Allora, parlami di Stone. Perché hai paura di lui?"

Afferrai la mia bibita dietetica e ne bevvi un po' prima di rispondere: "Non ho *paura* di lui. Penso solo che sia un coglione. Stavo cercando di acquisire un pezzo di proprietà vicino al Lucifer's Canyon, per assicurarmi che uno dei corridoi della fauna selvatica rimanesse intatto. Ho inviato un'offerta e ho preso un appuntamento. Ma non era disposto a vendere."

"Quindi, sei arrabbiata perché non ha voluto venderti un po' di terreno?"

"No. Mi sono incazzata perché mi ha fatto andare fino ai suoi uffici, aspettare un'ora per ricevermi, e poi ha rifiutato la mia offerta. Avrebbe potuto farmi chiamare da qualcuno e farmi sapere che non voleva vendere. Ma era curioso di sapere perché volessi comprarlo. L'idiota mi ha fatto perdere un sacco del mio tempo perché voleva fare una domanda. Chi lo farebbe?"

"I maledetti miliardari pensano di governare il mondo" replicò con un sorriso, mentre si metteva gli occhiali da sole.

Non potei fare a meno di sorridergli. La mia famiglia gestiva la nostra improvvisa ricchezza con quanto più umorismo possibile. Era l'unica cosa che avevamo mai avuto per alleggerire i nostri fardelli decisamente pesanti, quando eravamo più giovani.

"Non credo che potrei mai farlo a qualcuno, soldi o meno" gli dissi.

"Vuoi che parli con lui?" chiese. "Se sei sicura di non volergli parlare, posso convincerlo a lasciarti in pace."

Ero stata cresciuta dai miei tre fratelli maggiori, quindi ero abituata a sentirli tutti che cercavano di proteggermi in un modo o nell'altro.

"No" risposi, la mia voce che sembrava un po' in preda al panico. L'ultima cosa che volevo era che uno dei miei fratelli minacciasse qualcuno come Eli Stone. Avevamo tutti i soldi adesso, ma Eli aveva molti più amici nelle alte sfere. "Alla fine si arrenderà. E posso gestire me stessa."

"Sei sicura che sia quello che vuoi?"

"Certo. Per questo non gli ho risposto."

"È insistente" osservò Aiden. "E devi aver fatto un'ottima impressione, se ti chiama ancora mesi dopo che vi siete incontrati."

"Non credo di averla fatta" spiegai. "Onestamente, non capisco cosa vuole. Penso che sia una specie di gioco per lui."

"Il suo messaggio sembrava piuttosto sincero. Non sembrava uno stalker."

Dovevo ammettere che mio fratello aveva ragione. Ogni volta che Eli lasciava un messaggio, sembrava freddo come un cetriolo e professionale, quasi come se volesse programmare un incontro. Se non avessi ricordato ogni parola che mi aveva detto il giorno in cui c'eravamo incontrati, avrei avuto difficoltà a credere che mi vedesse anche come una donna.

"Aiden, potrebbe avere quasi *tutte le donne* che vuole. Perché dovrebbe *volermi*? Perché mai dovrebbe voler giocare al gatto col topo? Pensi che sia contorto?"

"Ti è mai venuto in mente che potresti piacergli?"

"No" ammisi. "Lui è Eli Stone."

"Sembrava un ragazzo che ti stava invitando a cena fuori. E nessun uomo è abbastanza per mia sorella. Mai. Sei bella, intelligente, ambiziosa ed empatica. Che altro potrebbe volere un ragazzo? Non puoi biasimare l'uomo per la sua insistenza. Mi piace il fatto che sappia che sei una persona di valore."

Sospirai, mentre appoggiavo la testa all'indietro contro il lettino. I miei fratelli mi davano sempre una spinta all'ego. Ai loro occhi, io e Brooke saremmo sempre state perfette. "Forse mi mette a disagio perché in realtà sembrava trovarmi attraente."

Brooke ed io eravamo sempre state attente a condividere troppo con i nostri fratelli, perché avevano la tendenza a inserirsi in qualsiasi situazione giudicassero negativa per le loro due sorelle. Ma il mio rapporto con Aiden era leggermente cambiato da quando Brooke aveva lasciato la California per sempre. Non ero sicura se Aiden si rendesse conto che ora eravamo tutti cresciuti, o si stesse semplicemente addolcendo man mano che cresceva.

Ci eravamo avvicinati molto e parlavamo di molte cose che in precedenza avevo condiviso solo con Brooke. Certo, non avrei discusso della mia vita sessuale— o della sua mancanza—con nessuno dei miei fratelli, ma parlavamo di più di cose personali.

Non che lui o qualcuno dei miei fratelli non pensassero di sapere sempre cosa fosse meglio per le loro sorelline gemelle, anche se mi ero già laureata con un dottorato, avevo terminato una borsa di studio e ora ero alla ricerca di un posto di lavoro come scienziata. E Brooke era sposata e viveva dall'altra parte del Paese.

Ero abbastanza sicura che parte della loro prepotenza probabilmente non sarebbe *mai* cambiata, non importava quello che io e Brooke avessimo fatto.

Ma Aiden, Seth e io *eravamo* diventati molto più uniti da quando non vedevo Brooke molto spesso ora.

"*Sei* attraente" disse Aiden severamente. "E Brooke *non* era la gemella carina. Te l'ho sentito dire troppe volte e devi toglierti quel pensiero dalla testa. Voi due siete gemelle e, anche se non siete identiche, siete piuttosto simili. Le vostre personalità sono diverse."

Non potevo discutere con il punto di mio fratello. Brooke ed io eravamo sempre state incredibilmente legate anche se i nostri interessi erano dissimili. Ed eravamo andate in direzioni diverse dopo il liceo perché *eravamo* diverse.

Brooke si era laureata in finanza ed era tornata a Citrus Beach per lavorare in una delle banche locali.

Io stavo conseguendo una borsa di studio, quando lei aveva già terminato la sua laurea in finanza, determinata a fare il possibile per preservare le specie animali in pericolo.

I miei fratelli avevano sempre affermato che ero dotata. Ma io non la vedevo così. Il college mi veniva facile, e la scienza ancora di più. Quindi avevo finito il mio master, quando avevo ventidue anni, e il mio dottorato a ventiquattro. I miei ultimi due anni erano stati spesi facendo una borsa di studio post-dottorato. Quindi essenzialmente avevo passato tutta la mia vita adulta a studiare e a istruirmi.

Avevo sempre saputo che non sarei diventata ricca come ambientalista. Avevo trascorso molte ore di volontariato in varie organizzazioni per la conservazione, facendo di tutto, dall'analisi della materia fecale animale all'allattamento manuale dei cuccioli.

La mia gemella non aveva mai condiviso il mio interesse per l'ecologia e la fauna selvatica, e spesso ci separavamo dopo il liceo.

Ma niente aveva mai spezzato il legame gemello che avevamo, ed ero sicura che niente l'avrebbe mai fatto, anche se ora eravamo fisicamente separate.

Era strano che non avessi mai sentito la distanza quando eravamo andate in college separati, ma sembrava profonda ora che sapevo che non sarebbe mai più tornata a casa.

Ero felice che Brooke avesse trovato la sua anima gemella, ma mi mancava, e la sua assenza ora sembrava così... definitiva. Immagino di non aver mai considerato il fatto che potesse finire per vivere in un posto diverso da Citrus Beach.

La mia gemella aveva trovato l'amore della sua vita ad Amesport, nel Maine.

E io ero ancora a Citrus Beach e completamente senza lavoro e senza incontri.

Forse era per questo che mi sentivo così abbandonata.

Avevo troppo tempo a disposizione in questo momento.

Certo, dopo essere stata scottata da un fannullone al college, ero stata diffidente nei confronti di quasi tutti i ragazzi che mi avevano prestato attenzione. Non che accadesse spesso, tranne che per quelli che volevano solo sposare i soldi.

Non ero *davvero* sola. Avevo tre fratelli maggiori che vivevano vicino a me adesso, e un fratello minore che aveva finito la scuola di medicina e al momento si stava specializzando fuori dallo Stato, ma non era proprio come avere Brooke qui con me.

Immagino di aver sempre pensato che io e la mia gemella avremmo vissuto nello stesso posto una volta terminata la nostra istruzione. Era molto più probabile che io dovessi accettare un lavoro fuori dallo Stato o addirittura fuori dal Paese.

Non mi era mai venuto in mente che sarebbe stata Brooke ad andarsene.

"Forse dovresti dare una possibilità a Stone" disse Aiden.

"È troppo... intenso. Inoltre, conosci tutte le cose folli che fa. Ha un profilo piuttosto alto per le sue ridicole acrobazie."

Si strinse nelle spalle. "Ha molti hobby. Accidenti, è ricco dal giorno in cui è nato, quindi forse si annoia."

"Dirige un'enorme multinazionale" ricordai a mio fratello. "Come diavolo potrebbe *annoiarsi*?"

"Non è un crimine divertirsi, Jade» ribatté in tono serio. "Forse nessuno di noi è abituato ad avere tempi di inattività, ma la maggior parte delle persone lo fa. So che tutti abbiamo dovuto farci il culo quando eravamo più piccoli, e i tempi erano duri. Ma non deve essere più così, bambina."

Ignorai il soprannome che i miei fratelli maggiori avevano sempre usato per me e Brooke. Onestamente, si riferivano a noi con quel nome da così tanto tempo che probabilmente mi sarebbe mancato se non lo avessero usato.

"Mi sento in colpa perché non sto lavorando da qualche parte in questo momento" gli dissi. "È strano sapere che qualunque cosa io faccia, sarò comunque ricca a meno che non faccia qualcosa di completamente idiota. Non sono abituata. Tu lo sei?"

"No. Probabilmente non mi ci abituerò *mai*. Ma non mi lamento. Non volevo davvero essere un pescatore commerciale per tutta la vita. E ora non devo esserlo. Mi piace molto di più essere il capo di me stesso, anche se devo sopportare il brutto muso di Seth ogni dannato giorno."

"Lui dice la stessa cosa" lo informai.

"Se la tira" ribatté Aiden burbero.

Nessuno dei miei fratelli *doveva* lavorare insieme. Ma onestamente non credo che avrebbero saputo cosa fare l'uno senza l'altro.

"Forse avrei dovuto accettare uno dei lavori federali di livello inferiore che mi è stato offerto quando mi sono laureata" dissi. "Forse mi sentirei più normale."

"Non succederà. Probabilmente finiresti fuori dallo Stato, e nessuna di quelle posizioni era quella che volevi."

"Forse no. Ma è così strano non fare nulla."

"Hai la tua beneficenza. E hai appena concluso la tua borsa di studio" sostenne. "E sei sempre impegnata a insegnare lezioni di sopravvivenza."

"Le mie capacità di sopravvivenza sono un hobby, Aiden. Voglio una vera carriera in cui posso fare la differenza. Continuerò a fare volontariato perché ogni piccola esperienza che posso ottenere è preziosa. Ma voglio un lavoro nella conservazione, anche se devo partire dal basso."

"Non ti sei ancora davvero affermata, Jade. Un giorno sarai così impegnata che desidererai fare una pausa. Non affrettare le cose. Non devi più ucciderti. Assaporalo per un po'. Divertiti a rilassati. È qualcosa che non abbiamo mai avuto quando eravamo più giovani."

"Parli proprio tu" gli dissi. "Non vedo te e Seth rallentare."

"È un fannullone" rispose. "Se lo lasciassi rallentare, non prenderebbe mai più velocità."

Risi. Aiden e Seth erano vicini di età, ed erano quasi sempre insieme. Ma amavano punzecchiarsi a vicenda. "Come vanno le cose?"

Nostro fratello, Seth, era nel settore edile prima che ereditassimo una fortuna. Trascorreva lunghe giornate massacranti per aiutarci a nutrirci tutti e, lungo la strada, aveva studiato ogni singolo aspetto dell'attività edilizia e immobiliare. Ora lui e Aiden stavano acquistando enormi lotti di terreno per realizzare i propri progetti di costruzione. Per quanto potevo dire, erano diventati piuttosto noti come costruttori di qualità in un periodo di tempo relativamente breve.

"Bene" rispose. "Stiamo esaminando alcuni progetti più grandi ora. Eravamo riluttanti a entrare troppo in profondità, finché non avessimo acquisito più esperienza. Ma le cose stanno andando bene ultimamente. Per ora, penso che siamo felici di lavorare per diventare un gigante immobiliare. Poi, vedremo."

Ero davvero felice di vedere i miei fratelli contenti. I tre più grandi avevano lavorato così duramente per aiutare me, Brooke e Owen durante il college. Si meritavano ogni cosa buona che stava accadendo a loro in quel momento.

"Sono contenta" gli dissi con calma.

"Ehi, hai voglia di pizza e un film a tarda notte? Non ho voglia di cucinare."

"Comunque, non cucini mai" gli ricordai. Il più delle volte, lui e Seth finivano a casa mia in cerca di cibo. Potevo giurare che nessuno dei due andava mai a fare la spesa. "Vorrei farlo io, ma non posso. Domani ho un viaggio di sopravvivenza di base durante la notte. Devo alzarmi molto presto."

La sopravvivenza primitiva era qualcosa che mi appassionava da anni, e insegnavo ai corsi per condividere le mie conoscenze. Le mie spedizioni iniziavano presto.

"Peggio per te" disse Aiden. "Stavo per offrirmi di pagare."

Risi, proprio come intendeva mio fratello. "Che peccato" risposi. "Odio davvero perdere la pizza gratis."

Davvero, nessuno di noi sapeva bene come comportarsi ora che avevamo soldi in tasca. Potevamo permetterci di mangiare ovunque volessimo e non saremmo mai stati a corto di soldi.

"La cosa dell'essere miliardari è ancora strana, vero?" domandai. "Mi sveglio ancora ogni mattina e apro gli occhi chiedendomi se tutto questo non sia una specie di strano sogno."

"E poi ti alzi dal letto e ti rendi conto che sei in una casa al mare che è totalmente pagata." Aiden sorrise, mentre si alzava. "Strano solo nel migliore dei modi" aggiunse, mentre prendeva l'acqua. "Forse andrò a vedere cosa stanno combinando Noah e Seth, visto che stai rifiutando la mia generosa proposta di offrirti la cena. Ma sono sicuro che Noah non si prenderà del tempo libero. Sta lavorando troppo dannatamente."

"Cerca di trascinarlo via dal suo computer" chiesi.

Mio fratello maggiore lavorava troppo. L'aveva sempre fatto. Era stato responsabile di tutti i suoi fratelli più piccoli, quindi non ricordavo un momento in cui Noah non si fosse spaccato il sedere per vederci nutriti e in salute.

"Lo prenderò a calci in culo" disse Aiden con un cenno del capo, mentre apriva il cancello della piscina e andava via.

Vidi mio fratello dirigersi verso la spiaggia, ovviamente diretto a casa di Noah, a giudicare dalla direzione che aveva preso.

Sospirai quando Aiden scomparve, chiedendomi se fossi solo io a non riuscire a godermi i soldi che avevo ereditato.

Sembrava che fossi l'unica ancora alle prese con il fatto che tutti noi eravamo improvvisamente diventati miliardari molto improbabili, e non ero sicura di come lasciarmi alle spalle la mia vecchia vita.

CAPÌTULO 2

Jade

La mattina dopo, stavo ancora riflettendo su come una famiglia povera come la mia avesse improvvisamente a disposizione enormi quantità di denaro.

Dopo essermi alzata prima dell'alba, avevo buttato le cose di cui avevo bisogno in uno zaino e mi ero messa in viaggio per i quaranta minuti di auto nell'entroterra.

La mia storia familiare era contorta, ma anche piuttosto semplice. Io e tutti i miei fratelli condividevamo un padre con la potente e ricchissima famiglia Sinclair della Costa Orientale. Ma non lo sapevamo fino a poco tempo prima.

Rallentai la mia Jeep, mentre uscivo dall'autostrada principale.

Svoltai sulla strada dissestata verso la piccola capanna sulla proprietà. C'erano abbastanza letti a castello nella struttura rustica per tutti, ma gli studenti avevano la possibilità di montare le tende o di costruire il proprio rifugio, se lo desideravano.

Dopo aver parcheggiato la mia Jeep, scaricai alcune provviste e controllai la capanna. Anche se incoraggiavo il foraggiamento e la cattura, mi ero sempre assicurata di avere abbastanza cibo di base in modo che gli studenti non morissero di fame.

Mi sedetti sui gradini di legno e feci un respiro profondo, rilassandomi al suono degli uccelli e alla sensazione di una leggera brezza che mi accarezzava la pelle.

Aprii il libro che avevo portato con me, l'ultimo del mio scrittore di romanzi erotici preferito. Il materiale di lettura era uno dei miei piaceri segreti, forse perché non ero mai stata sopraffatta dalla lussuria per nessun uomo, ma amavo leggere di questa possibilità.

Ero perlopiù una realista, ma amavo la fantasia di un ragazzo sexy che mi faceva perdere la testa.

A parte un ragazzo al college che mi aveva usata per aiutarlo a laurearsi e poi era scomparso dopo la laurea senza dire una parola, non avevo mai avuto una relazione sessuale.

Onestamente, il mio ex non aveva esattamente sconvolto il mio mondo. Ma mi piaceva pensare che esistessero amore e lussuria.

Brooke mi aveva sempre accusata di essere una romanticona. E forse aveva ragione. Come scienziata, credere nell'anima gemella, nell'amore e nella lussuria sfrenata non aveva molto senso. Ma non potevo impedirmi di voler credere che fosse comunque reale.

Era successo per la mia gemella, e Brooke meritava l'amore che aveva con Liam. La sua capacità di prendersi cura degli altri era infinita.

Un sospiro uscì dalla mia bocca, quando iniziai a leggere la scena che avevo interrotto l'ultima volta che avevo preso in mano il libro.

Era sexy.

Era sensuale.

E anche se a volte l'eroe maschio era un alfa odioso, adoravo il modo in cui voleva dare tutto alla sua donna, proteggerla da qualsiasi cosa brutta al mondo e quanto fosse incredibilmente devoto alla donna che amava.

Mi fermai dopo aver completato la scena, chiedendomi se un maschio sulla Terra fosse davvero così coinvolto nel piacere di una femmina. Sapevo che l'unico ragazzo nella mia vita *non* lo era stato. In realtà, portava a termine l'atto il più rapidamente possibile, il che significava nel momento in cui *aveva* avuto il suo orgasmo.

Dubito che alla maggior parte dei ragazzi importi se la donna raggiunga l'orgasmo.

Ma la fantasia era qualcosa a cui non volevo davvero rinunciare.

E se avessi potuto prendermi cura di me stessa?

C'era un piccolo posto dentro di me che voleva un uomo che si prendesse cura di... me.

"Ciao, Jade" disse un baritono morbido sopra di me, la voce profonda che mi fece sussultare così tanto che istintivamente chiusi il libro con violenza.

Anche se amavo il romanticismo bollente, non lo trasmettevo esattamente, se non alle mie amiche che leggevano lo stesso tipo di libri.

Sfortunatamente, mi ero così persa nella favola sexy che ovviamente non avevo sentito arrivare il mio primo studente.

Alzai lo sguardo, curiosa perché la voce mi era familiare, ma ero abbastanza sicura che, poiché desideravo Eli Stone, stavo ascoltando quella voce baritonale liscia come il whisky solo nella mia immaginazione.

Il mio cuore batteva forte, mentre mi concentravo sul volto appartenente alla voce maschile sexy.

Era Eli Stone, e lo guardai a bocca aperta come un'idiota perché non riuscivo a mettere in relazione il fatto di vederlo e trovarmi in mezzo al nulla.

Scattai in piedi, sentendomi in svantaggio perché ero così lontana da lui. Ma il cambio di posizione non aiutava molto. Ero di altezza media, ed Eli Stone era tutto muscoli; largo, alto e piuttosto intimidatorio, anche se era vestito casual con jeans, una maglietta che mostrava solo quanto fosse scolpito e un paio di scarponi da trekking.

Per un solo momento, i miei occhi furono attratti dalle pergamene scure e dagli angoli acuti del tatuaggio tribale che copriva il suo braccio sinistro, terminando sul polso. I segni erano di un nero assoluto sulla sua pelle abbronzata, e la ferocia del disegno mi lasciò senza parole.

Non mi piacevano i tatuaggi, e avevo visto quello di Eli nelle foto molte volte, ma c'era qualcosa in quei segni che mi faceva affogare il cuore in gola. Erano feroci, ma per qualche ragione mi facevano solo provare... tristezza.

"Cosa ci fai qui?" chiesi esitante, mentre il mio sguardo tornava al suo viso.

Incrociò le braccia muscolose davanti a sé, mentre rispondeva: "Sembrava che tu non volessi venire da me, quindi vengo io da te. Sarò tuo studente per le prossime trentadue ore circa, Jade."

Forse non mi piaceva Eli Stone, ma la sua presenza era ancora un po' opprimente.

Okay, forse più di un po'.

Era passato così tanto tempo dall'ultima volta che l'avevo visto di persona che avevo iniziato a dirmi che avevo sopravvalutato la tensione che era fluita tra noi nel suo ufficio.

Ma in realtà le cose non stavano così.

Il mio corpo era teso solo perché ero molto vicina a lui, e la consapevolezza di ciò che provavo quando lo guardavo era molto, molto reale.

I sentimenti erano così potenti che non potevo concentrarmi su nient'altro che lui.

Non la capivo.

Ma la *stavo* davvero vivendo.

La stessa imbarazzante, potente attrazione che avevo combattuto nel suo ufficio mesi addietro.

Deglutii a fatica, il mio cervello che lavorava per capire esattamente come potevo liberarmi di Eli Stone prima di rendermi completamente ridicola.

CAPÌTULO 3

Eli

Jade Sinclair sembrava un cervo sotto i fari in questo momento, e potevo percepire il suo panico.

Stranamente, non volevo davvero che fosse intimidita da me. Di sicuro non lo era stata, quando c'eravamo incontrati nel mio ufficio.

Si sentiva così perché eravamo soli in mezzo al nulla?

Sospettavo che non fosse così dal momento che lei era qui regolarmente con persone che non conosceva.

Perché cazzo ha così paura di me?

Certo, le avevo mentito, quando le avevo detto nel mio ufficio che volevo solo vedere perché desiderasse comprare un pezzo di terra che non valeva quasi nulla. In verità ero incuriosito dal suo personaggio e dalle sue riconosciute abilità da molto tempo.

Uno dei miei conoscenti al college e compagno di avventure aveva frequentato uno dei corsi avanzati di sopravvivenza di Jade e mi aveva parlato di lei.

Aveva la reputazione nell'area di San Diego di essere una dei migliori survivalisti della zona.

Quando avevo avuto l'opportunità di vederla di persona, l'avevo colta al volo.

Sì, ero curioso di sapere perché volesse una proprietà senza valore. Ma quella non era stata la mia motivazione principale per volerla incontrare.

Sfortunatamente, ero stato coinvolto in una situazione critica poco prima dell'orario del suo appuntamento, quindi avevo *dovuto* farla aspettare.

Di sicuro non avrei *voluto* rimandare l'incontro, ma stavo lottando con un problema che poteva costare il lavoro a molte persone, quindi non avevo avuto scelta.

Ero stato sollevato dal fatto che fosse ancora lì, quando il problema era stato risolto. Piuttosto che discutere di sopravvivenza estrema con lei, avevo finito per ricevere un pugno nello stomaco dalla donna più bella, composta, schietta e del tutto irresistibile che avesse mai incrociato il mio cammino.

Non era affatto come mi aspettavo.

Ma tutto quello che avrei voluto lo stesso.

Dato che ero un survivalista dilettante, mi chiedevo se potessi convincerla a insegnarmi alcune delle cose che non sapevo. Avevo poco tempo, quindi avrei cercato di convincerla a insegnarmi i dettagli per risparmiare tempo.

A differenza del mio conoscente che aveva frequentato il suo corso, non ero minimamente intimidito dal fatto che una donna sapesse più di me sulla sopravvivenza.

In realtà, mi sentivo... incuriosito.

Il problema era che non avevo programmato di essere attratto da lei.

Per qualche ragione sconosciuta, volevo Jade Sinclair più di quanto avrei mai voluto qualsiasi altra donna nel mio letto.

Ed ero determinato a farlo accadere.

Dovevo averla per farla uscire dal mio sistema. Ero dannatamente stanco di pensare a lei così tanto che non riuscivo a dormire, non riuscivo a concentrarmi sul lavoro e non riuscivo a tenere il mio cazzo sgonfio, perché stava diventando un'ossessione per me.

Purtroppo, convincerla a passare del tempo con me era stato impossibile. Ma non ero il tipo di uomo che ammetteva la sconfitta.

"Devi andare via" disse alla fine. "Il corso è al completo."

"Lo so" risposi. "Ho comprato tutti i posti più di un mese fa, inoltre ho fatto una cospicua donazione alla SWCF che dovrebbe arrivare oggi."

Lo shock sul suo viso era a dir poco adorabile. Sapevo che avrei davvero dovuto smettere di provocarla, ma non potevo trattenermi.

La volevo.

E non perdevo mai un affare o una competizione che volevo davvero vincere.

Potevo anche essere nato ricco, ma l'impero che avevo creato dopo la morte di mio padre due anni addietro era tutta un'ostinata determinazione. Non mi ero mai arreso, quando sapevo che dovevo negoziare.

E non c'era molto che non fossi disposto a mettere sul tavolo per ottenere un accordo con Jade.

"Non lo farò" disse, alzando il mento. "Tratteresti questa lezione come un gioco, ed è qualcosa di importante per me."

"Nemmeno per una donazione a sette cifre in beneficenza?" chiesi. Sì, mi sentivo un po' uno stronzo perché stavo cercando di influenzarla con i soldi. Ma la sua passione per la fauna selvatica era ovviamente un fattore motivante per lei, e sfruttavo tutte le debolezze che potevo trovare.

Rimase a bocca aperta. "Hai dato così tanto alla SWCF? Come mai?"

"Come hai detto, è importante per te."

"Avresti potuto semplicemente donare il terreno che volevo" replicò sospettosa.

Scossi la testa con rammarico. "Non posso farlo, Jade. E questo non è un gioco. Un amico ha seguito uno dei tuoi corsi avanzati. Ha cantato le tue lodi anche se era un po' intimidito dal fatto che una *donna lo* stesse istruendo. Sono rimasto colpito. Potrei usare più abilità di sopravvivenza. Ho molti hobby che potrebbero mettermi in una situazione in cui ho bisogno delle informazioni che potresti insegnarmi per sopravvivere."

Va bene. Forse anche quella era solo una piccola stronzata, dal momento che avevo già le abilità di sopravvivenza di base a causa delle sfide estreme che facevo regolarmente. Ma dovevo fare appello al suo senso di equità in qualche modo. E sinceramente, Jade poteva insegnarmi molto di più di quanto già sapessi.

Era intelligente e praticamente senza paura, se le storie che avevo sentito erano vere.

Forse era una sfida, ma era più di questo.

Negli ultimi anni, ben poco mi aveva incuriosito. Ma lei sì. E una volta che il mio interesse era stato suscitato, non c'era più modo di tornare indietro.

Volevo conoscerla quasi quanto volevo scoparla, il che era nuovo per me.

"Forse non sono così brava" sfidò. "Ma ti insegnerò quello che posso dal momento che sembra che tu abbia bisogno di essere in televisione ogni dannata settimana, quindi presumo che non smetterai di fare sfide ridicole tanto presto."

Dio, è testarda, ma mi piace questo di lei.

Jade era una donna con il fuoco. Semplicemente non aveva mai trovato nessuno che attizzasse le fiamme, ed ero determinato a essere l'uomo che lo faceva.

Mi ricordava una bellissima farfalla che stava ancora lottando per liberarsi dal suo bozzolo. Ovviamente, aveva dei problemi, ma non ero il tipo da parlarne perché ero più incasinato di quanto lei avrebbe mai potuto essere.

"Non ho *bisogno* di essere in televisione" sostenni.

"Per essere qualcuno che afferma di non volere attenzione, ne hai sicuramente un sacco" brontolò.

Aveva ragione. Ottenevo il riconoscimento internazionale. Accettavo alcune cose pazze che la maggior parte delle persone normali non si sarebbe mai offerta di fare. "È sempre per una buona causa. La maggior parte degli eventi che faccio sono per beneficenza."

Sollevò un sopracciglio. "E la compagnia missilistica?"

"Lo faccio per me stesso, e spero che un giorno andrà a beneficio delle generazioni future. Ma la maggior parte delle cose che si fanno ora sono ricerca e sviluppo. Abbiamo bisogno di sistemi e attrezzature migliori prima di poter eseguire i test."

Ero determinato a non mentirle di nuovo. Sentivo che avrebbe apprezzato molto di più l'onestà. Non che fossi così bravo a essere sincero, ma non c'era molto che non avrei fatto per portarla nel mio letto.

Partendo dalla parte superiore della sua testa scura, i miei occhi vagarono su di lei per cercare di capire cosa ci fosse in questa donna che mi aveva annodato il cazzo.

Jade aveva una bellezza terrena che mi aveva catturato a prima vista. La sua massa di capelli folti e scuri era legata in una coda nella parte posteriore della testa, ma lo stile semplice rendeva i suoi occhi azzurri più luminosi. Il suo corpo era sinuoso, ma estremamente in forma, una forma da cui ero attratto molto più di quanto qualsiasi modella magra mi avesse mai tentato.

Mi piaceva ogni singola cosa di lei, anche la sua innata testardaggine.

"Non ci andrò piano con te" avvertì lei.

Gesù! Ero abbastanza sicuro che potesse usarmi come voleva, e lo trovavo piuttosto sconcertante.

Mi piaceva il controllo.

Avevo bisogno di controllo.

Eppure qualcosa in questa donna in particolare mi aveva fatto venir voglia di gettare il mio desiderio di autodisciplina fuori dalla dannata finestra.

Continuo a fare pazzie!

Feci una smorfia, mentre le parole scorrevano indesiderate nel mio cervello.

Forse *continuavo* a fare cose che alcune persone pensavano fossero le folli acrobazie di un ricco fuori controllo, ma nessuno di loro sapeva di che pasta fossi fatto sotto.

Ero calcolato.

Ero attento.

Pianificavo tutto in anticipo.

Non ero uno che si prendeva il rischio. Ero solo fiducioso in quello che potevo e non potevo fare.

Forse avevo bisogno di quella padronanza di me stesso per bilanciare la follia, e facevo quello che dovevo per rimanere sano di mente.

"Non lo vorrei in nessun altro modo" le dissi.

"Che esperienza di sopravvivenza hai?"

Alzai le spalle. "Sopravvivo in un mondo di squali d'affari."

Scosse la testa. "Sai che non è quello che intendevo."

"Non quanto te" confessai. "Ma posso essere abbastanza utile. Mi piace lavorare con le mani."

Vidi una momentanea esitazione tremolare nei suoi occhi, ma la mascherò subito. Stava cercando di decidere se le mie parole fossero in realtà un'allusione?

Lo erano state.

Ma ovviamente stava cercando di ignorarmi, perché non era del tutto sicura.

Dietro la facciata coraggiosa di Jade, potevo vedere la sua vulnerabilità. Probabilmente era troppo ingenua sotto certi aspetti, ma mi piaceva anche questo.

Per qualche ragione, odiavo davvero il gioco a cui dovevamo giocare in questo momento. Sebbene funzionasse bene negli affari, non mi piaceva vedere lo sguardo diffidente nei suoi bellissimi occhi quando mi guardava.

Non potevo dire di biasimarla. Onestamente, la mia bellissima farfalla sarebbe dovuta correre il più velocemente possibile per allontanarsi da me.

"Di solito iniziamo con la ricerca del cibo e cercando qualsiasi cosa possa essere utile quando individuiamo una fonte d'acqua" disse con attenzione. "Hai portato gli oggetti richiesti per la lezione?"

"Sì. Eccoli qui" risposi, mentre prendevo lo zaino.

"Hai controllato tu stesso?"

"No" ammisi. "Il mio assistente ha organizzato tutto per me. Avevo un programma serrato."

"Prima regola di sopravvivenza... controlla tutto tu stesso. Nessuno si preoccupa della tua vita più di te."

Okay. Potevo conviverci. Di solito *controllavo* tutto da solo perché ero praticamente un perfezionista. Nessuno si preoccupava della multinazionale più di me, quindi rimanevo coinvolto a tutti i livelli.

Continuò: "Controlla la tua roba e metti dentro lo zaino. Poi ce ne andremo."

Entrai senza discutere, perché quello che diceva aveva perfettamente senso.

Sorrisi, mentre frugavo tra gli oggetti che erano stati preparati per me. Jade era prepotente e non dissimile da un minuscolo e adorabile sergente istruttore, quando era nel suo elemento naturale.

Improvvisamente mi accigliai, quando mi resi conto che anche *questo* rendeva duro il mio uccello.

CAPÌTULO 4

Jade

Poche ore dopo, iniziai a rendermi conto che Eli aveva alcune abilità di base.

Aveva esaminato il paesaggio, usando i segni di base per trovare un piccolo ruscello dove avremmo riempito le bottiglie d'acqua. Dovevamo anche far bollire l'acqua, ma Eli era riuscito a usare le sue nozioni per trovarla.

A malincuore, dovetti ammettere che era davvero interessato alla sopravvivenza primitiva.

Gli avevo insegnato alcune abilità avanzate, come fare un distillatore sotterraneo se non si riusciva a trovare una fonte d'acqua spontanea, e alcuni altri modi per ottenere acqua potabile in altri climi.

Aveva ascoltato, il che fece svanire un po' la mia irritazione nei suoi confronti.

Mi aspettavo che si facesse beffe di tutto quello che dicevo o delle cose che cercavo di insegnargli. Invece, era stato esattamente il contrario. Sembrava assorbire la conoscenza come una spugna, e poneva molte domande intelligenti.

"Cosa sono queste?" chiese, mentre si fermava sul sentiero che stavamo seguendo per tornare al campo.

Mi fermai accanto a lui, afferrandogli la mano, mentre stava per toccare il piccolo cespuglio di frutta. "Stai attento" lo avvertii, tenendogli leggermente le dita. "Queste sono davvero spinose. Sono prugne del Natal e il frutto rosso è commestibile, ma gli steli e le foglie sono tossici."

Lasciai la sua mano e colsi uno dei frutti rosso vivo dall'albero. Tirando fuori il coltello che portavo dal fodero alla cintura, ne tagliai un pezzo con cura e glielo porsi.

Il fatto che non avesse esitato a mangiarlo, ovviamente fidandosi della mia conoscenza senza dubitare, mi fece sorridere, mentre portavo un pezzo di frutta tra le labbra.

Anziché essere un rompipalle come mi aspettavo, Eli era uno studente perfetto, ed ero stata incuriosita dai fatti sensati che aveva già memorizzato nella sua testa. Non che io, in alcun modo, pensassi che fosse un *bravo* ragazzo, ma non era così cattivo come immaginavo che fosse.

Sfortunatamente, quella tensione sessuale nell'aria era sempre presente, a volte scomoda.

Se non fossi così dannatamente attratta da lui, probabilmente potrei godermi la sua compagnia.

"Ha il sapore di un mirtillo rosso" disse dopo aver deglutito.

Annuii. "Agrodolce."

Mi rivolse un sorriso. "Trovo quel sapore molto allettante ultimamente."

La polpa della prugna quasi mi si impigliò in gola, ma la spinsi giù. Sapevo che stava ancora giocando al gatto col topo, e che si riferiva a me come all'agrodolce che trovava attraente. Purtroppo, l'immagine visiva evocata dalle sue parole era automatica e vivida.

Come sarebbe essere divorati da Eli Stone?

Non *volevo* avere immagini fantasiose di *quell'*evento improbabile che mi balenassero nel cervello, ma non riuscivo a controllare i pensieri erranti.

Mi occupai di pulire il coltello sulle foglie vicine e poi rimisi la lama nel fodero. "Dovremmo andare" dissi senza fiato.

"Aspetta" replicò lui, mentre mi prendeva il braccio per fermarmi, poi mi spingeva delicatamente contro un albero vicino aggiungendo: "So che non vuoi ammettere quello che stiamo provando entrambi in questo momento, Jade. Non vuoi parlare del fatto che siamo attratti l'uno dall'altra. Ma non possiamo semplicemente farlo sbocciare senza che tu sia così sospettosa delle mie motivazioni, Farfalla?"

"Non sono una farfalla" dissi indignata.

Pensava davvero che fossi una cosa fragile e graziosa che non aveva niente di meglio da fare che svolazzare da un posto all'altro?

"*Sei* una farfalla" disse in disaccordo. "E penso che tu sia più che pronta per emergere e volare libera, ma non hai ancora trovato la via d'uscita dal tuo rifugio sicuro."

Dio, era terrificante che quasi mi riconoscessi nelle sue parole.

Reagii immediatamente alla vicinanza del suo corpo caldo, duro e muscoloso. Il mio cuore ebbe un sussulto, quando lo guardai e vidi la cupa determinazione sul suo viso stupendo.

"Non so cosa intendi" dissi esitante, anche se le sue parole avevano toccato un tasto dolente.

L'ultima cosa di cui volevo che Eli venisse a conoscenza era la mia brama quasi incontrollabile di lui. Così selvaggia che volevo uscire dalla mia posizione *occasionale* all'interno del bozzolo e lasciare che mi insegnasse tutto ciò che volevo sapere sul sesso caldo, sudato e orgasmico.

Mi ingabbiò mettendo un braccio forte su entrambi i lati del mio corpo. "Sono stronzate, Jade, e tu lo sai. Ma se non ne parli tu, lo farò io. Non ho paura di ammettere che voglio scoparti. Che non c'è una sola cosa sporca che non voglio fare con te. E mi sta facendo impazzire."

La tensione tra di noi era elettrica, e l'apprensione nella sua espressione rispecchiava la mia frustrazione.

Spinsi contro il suo enorme petto. "Non mi scopo qualunque uomo attraente che vedo. Non è da me."

Non si mosse, nemmeno quando provai ad allontanarlo con tutta la forza che potevo.

"Allora cosa vuoi, Jade?" gracchiò. "La voglia c'è per entrambi. So dannatamente bene che non provo tutto questo da solo."

"Ti voglio" sbottai, mentre i nostri occhi si incontravano. "Sei un ragazzo attraente. Ma *non* mi piaci."

Un lampo di soddisfazione gli attraversò il viso, mentre diceva: "*Non* mi conosci."

Aveva ragione. Ma apprezzare Eli Stone non era un'opzione per me. Se lo avessi fatto, sarei stata completamente fottuta. "Sono qui per essere la tua istruttrice di sopravvivenza. Non mi devi piacere."

Si sporse in avanti e premette il suo corpo contro il mio, il suo respiro caldo che si diffondeva attraverso il mio orecchio, mentre diceva in un tono basso e famelico: "Sai cosa penso? Sono abbastanza sicuro che tu voglia un uomo che ti possa *istruire*. Penso che tu brami un ragazzo che possa davvero farti sottomettere e concentrare solo sul piacere."

"Non è vero!" esclamai, cercando di non notare quanto fosse bello quando i suoi denti mi mordicchiavano l'orecchio, e lenivano poi il bruciore con la lingua.

Il calore scorreva tra le mie cosce e il mio cuore batteva forte, mentre Eli si spostava abbastanza indietro per guardarmi. "Non c'è niente di sbagliato nel voler essere soddisfatta, Jade. Dovresti richiederlo."

La mia mente correva, cercando di capire come Eli potesse istintivamente sapere cosa volevo.

Forse volevo stare con un uomo che non dovevo preoccuparmi di intimidire.

E Dio, volevo davvero che mi sopraffacesse proprio come stava facendo adesso.

"Ammetti che mi vuoi. So già che è così, ma voglio sentirlo" disse in tono persuasivo.

Lo guardai male anche se il mio corpo mi stava supplicando di lasciare che Eli facesse qualsiasi dannata cosa volesse. "Continua a sognare. Mi rifiuto di accarezzare il tuo ego. Non ho intenzione di cedere a una sorta di folle lussuria che non capisco. Non mi renderebbe mai felice."

Okay. Poteva placare temporaneamente il mio bisogno, ma sapevo che me ne sarei pentita se avessi lasciato che mi portasse nel suo letto per una notte.

Sorrise, un sorriso malvagio e sensuale che fece urlare il mio corpo per il suo tocco. "Penso che ti renderebbe *estremamente* felice" ribatté. "E l'ultima cosa che voglio che accarezzi è il mio dannato ego. Voglio solo che tu ammetta che la pensi come me. So come soddisfare una donna, Jade. E ti lascerei così sazia che non dimenticheresti mai l'esperienza. Dammi la possibilità di mostrarti quanto potresti essere estatica dopo essere stata nel mio letto."

Aprii la bocca per parlare, ma dimenticai ogni parola che volevo dire, mentre Eli si abbassava e catturava la mia bocca.

Per un momento, sprofondai nell'abbraccio che desideravo, aprendomi a lui con un gemito, mentre il suo bacio sensuale mi consumava.

Aveva ragione.

Volevo *questo*.

Volevo *lui*.

Volevo che prendesse il sopravvento così da poter sentire solo il piacere che scorreva attraverso il mio corpo, godermi la sensazione della sua bocca che divorava la mia.

Eli non faceva nulla senza trasporto, e il bacio non faceva eccezione. Il suo abbraccio era mozzafiato. E probabilmente creava dipendenza.

Alzò la testa, l'abbraccio nient'altro che un assaggio di quello che avrebbe potuto essere se solo avessi pronunciato quella parola.

Sì.

"Lasciami andare" dissi, mentre spingevo di nuovo contro il suo petto. "Non voglio essere trattenuta."

"Non voglio trattenerti" ribatté con voce roca. "Voglio essere l'uomo di cui ti fidi per prendersi cura dei tuoi bisogni."

Fece un passo indietro e mi arrampicai sul sentiero con Eli proprio dietro di me.

Il mio respiro era affannoso e mi fermai per un momento per concentrarmi su come far entrare e uscire l'aria dai miei polmoni senza intoppi.

Eli si mise davanti a me. "Non voglio farti del male, Jade. Non l'ho mai voluto. Sento le stesse cose che provi tu."

Lo guardai. "Non dobbiamo agire sull'onda del desiderio. A quale scopo? Solo un breve sollievo temporaneo? Posso farlo da sola."

Mai in vita mia avevo parlato con un ragazzo di soddisfarmi, ma Eli mi faceva dire cose che altrimenti non avrei affermato.

Sinceramente, non mi masturbavo molto. Ero sempre stata così esausta dalla scuola e dal lavoro che il tempo che avevo da dedicare a me stessa era principalmente per dormire.

"Mi piacerebbe guardare" disse. "E poi potrei mostrarti come *dovrebbe* essere sporco."

"Stai dando per scontato che non lo sappia."

Scosse la testa. "So che non lo sai."

Come diavolo faceva a saperlo?

In realtà, non avevo idea di come fare le cose sporche. Ma dannazione, mi tentava di esplorare ognuna di queste opzioni.

La mia brama per lui mi terrorizzava, e non ero sicura del perché. Molte donne erano perfettamente in grado di saltare nel letto di un uomo solo per soddisfare un prurito. Ed Eli Stone era molto più di un'irritazione. Era un'eruzione cutanea in piena regola che avevo bisogno di grattare così forte che la mia pelle sarebbe diventata ruvida.

"Lascia perdere" insistetti. "Non mi scopo un ragazzo e via. Non fa per me."

Mi voltai e iniziai a tornare al campo.

"Non ti lascerei andare via se dicessi di sì, Jade" avvertì, mentre si metteva al mio fianco. "Nessuno di noi si accontenterebbe di una notte. Avrei bisogno di essere dentro di te ancora e ancora prima di poterti far uscire dal mio sistema. Un assaggio non sarebbe mai abbastanza per nessuno di noi due."

"Interromperò questo percorso qui, se non la smetti" dissi disperatamente.

Gesù! Eli doveva stare zitto, prima che facessi qualcosa di cui sapevo che mi sarei pentita.

Non ero indifferente riguardo al sesso.

Ero stata solo con un uomo.

E sapevo che mi sarei odiata se avessi ceduto a Eli Stone.

Il problema era che potevo anche finire per pentirmi di non aver provato ciò che quest'uomo poteva farmi, anche se fosse successo solo una volta.

Più tardi, avrei desiderato aver provato com'era sperimentare davvero un orgasmo strabiliante come sapevo istintivamente che Eli avrebbe potuto darmi?

Era silenzioso mentre camminavamo, e non mi fidavo di me stessa a parlare mentre tornavamo al campo.

Quando arrivammo, il mio cervello era finalmente tornato a funzionare.

Nel profondo, sapevo che non avevo davvero paura di avere un'avventura con un uomo che non poteva darmi altro che piacere.

Ma ero terrorizzata che quando fosse finito non sarei mai più stata la stessa.

CAPÌTULO 5

Jade

Più tardi quella sera, mi resi conto che c'era una cosa buona nel fatto che Eli avesse acquistato tutti i posti del corso: ci lasciava un sacco di S'more da mangiare senza altri studenti in giro.

Non aveva detto un'altra parola sul nostro dilemma personale, e di certo non l'avevo incoraggiato. In realtà, mi ero sentita sollevata, quando mi aveva chiesto di altri metodi per accendere il fuoco in mancanza di un accendino disponibile.

Gli avevo insegnato a fare un trapano ad archetto e un trapano a mano. Sorprendentemente, era riuscito a ottenere una brace con entrambi. Quando finimmo, era ora di cena.

Dato che era solo una lezione con pernottamento per principianti, avevo tirato fuori hotdog e S'more per cena.

"Il mio è pronto" dissi, mentre guardavo il mio marshmallow diventare di un bel marrone dorato.

Eli ridacchiò, mentre porgeva i cracker e il cioccolato. "Ti piace mangiare" osservò con umorismo nella voce. "Penso che tu sia la donna più insolita che abbia mai incontrato."

Sì. Okay. Avevo divorato diversi hotdog prima di iniziare con gli S'more. Avevo smesso di contarli dopo i primi.

Girai la testa e lo fissai. Avevamo acceso un bel fuoco e potevo vedere il luccichio di divertimento nei suoi occhi.

Alzai le spalle. "Mi piace mangiare. Non sono mai stata una donna che potesse vivere con insalata e acqua. E brucio molte calorie. Ma cosa c'è di strano in questo?»

Abilmente, feci scivolare il marshmallow tra i cracker per sciogliere il cioccolato, dando al dolcetto un bel colpo quando era al posto giusto.

"Niente" rispose. "Mi piace perché amo il cibo anch'io. Immagino di non aver mai trovato una donna a cui piacesse quanto me."

Mi spostai da una posizione in ginocchio e lasciai cadere il sedere a terra accanto a lui. Avevo notato che Eli poteva consumare più cibo di me, e questo diceva qualcosa.

"Ho quattro fratelli" dissi, come se la dichiarazione spiegasse tutto. "Tutti amano mangiare, ma c'è stato un tempo in cui non avevamo abbastanza soldi per sfamare tutti noi. Ora che ho il denaro, penso di recuperare il tempo perduto."

"Cosa facevate quando non potevate mangiare tutti?" chiese.

"Siamo sopravvissuti. Razionavamo fino a quando non avevamo abbastanza soldi per comprare più generi alimentari."

Diedi un grande morso al mio S'more raffreddato e chiusi gli occhi, mentre il dolce sapore esplodeva sulla mia lingua.

Dopo essere stata povera e affamata, apprezzavo il cibo più della maggior parte delle persone.

"Cos'è successo ai tuoi genitori?» domandò con voce roca.

Aprii gli occhi solo per rendermi conto che mi stava guardando attentamente. Deglutii prima di rispondere: "Mia madre è morta quando eravamo piccoli. Noah era appena uscito dal liceo, ma è comunque riuscito a tenerci tutti insieme. Non abbiamo mai conosciuto veramente mio padre."

Era ancora difficile parlare dell'uomo che ci aveva generato. Avevamo conosciuto nostro padre attraverso Evan e i suoi fratelli, e niente di tutto questo era buono. Era stato un uomo cattivo e violento, e in realtà mi sentivo fortunata che non si fosse visto molto in giro.

Dopo aver consumato il resto del mio dessert, mi leccai le dita finché non furono più appiccicose.

Quando alzai lo sguardo, potei vedere l'espressione famelica sul viso di Eli.

Tirai fuori la scatola di cracker e il cioccolato. "Ne vuoi ancora?"

Lui scosse la testa. "No."

La tensione tra di noi era ancora lì, ma il disagio si era attenuato per un po' durante il periodo in cui gli stavo insegnando alcune nuove abilità. Ora era tornato con una vendetta.

Distolsi lo sguardo da lui, incapace di tenere gli occhi fissi sui suoi senza cadere sotto il suo incantesimo seducente.

"Allora, mi parlerai di come hai finito per condividere lo stesso padre con i Sinclair della Costa Orientale ora?" chiese con voce roca.

Emisi un sospiro tranquillo, felice che stesse almeno cercando di fare una conversazione normale. "Solo se riesci a tenerlo segreto. Non è che lo stiamo nascondendo, o che è in qualche modo colpa nostra, ma i pettegolezzi sfuggono al controllo. Ho già tutti i ragazzi del posto a Citrus Beach che cercano di uscire con me per i miei soldi, e alcuni giornalisti hanno iniziato a perseguitarmi per la mia storia."

Ora che Brooke era tornata a casa e aveva scoperto la sua eredità, non c'era molto pericolo nel dire a Eli la verità. Era già trapelata. Ma non volevo esattamente che il mondo intero lo sapesse.

"Non ripeterei mai nulla di quello che mi dici in confidenza, Farfalla."

Stranamente, gli credevo. "Non è una bella storia. Martin Sinclair sposò la sua prima moglie e mise su famiglia sulla Costa

Orientale. Ma ha anche sposato mia madre dopo che aveva già avuto alcuni figli con la sua prima moglie."

"La sua prima moglie? Ne aveva due?"

"Mio padre era bigamo. Non ho idea del perché abbia sposato mia madre quando aveva già una moglie. Ma non credo che mia madre lo sapesse, finché lui non era già morto. Non ha mai raccontato a nessuno di noi l'intera storia prima di morire per un cancro aggressivo."

"Quindi, nessuno di voi aveva avuto modo di sapere che condivideva il sangue con una famiglia ricca e potente" concluse.

Scossi la testa. "Non fino a quando non ho deciso di fare un test del DNA degli antenati. Dato che amo la sopravvivenza primitiva, volevo vedere se avevo sangue di nativi americani. Davvero, non avevamo modo di conoscere le origini ancestrali di mio padre. Quindi ero curiosa della nostra eredità dalla sua parte. C'era uno sconto sul test, quindi ho deciso di provarci."

"Quindi, corrispondeva con uno dei tuoi fratellastri?"

"Evan. Il più grande."

"Lo conosco" rivelò. "Non bene, ma abbiamo avuto dei rapporti d'affari. È un bastardo arrogante, ma non un cattivo ragazzo."

Alla fine girai la testa e gli sorrisi. "Penso che la maggior parte sia spavalderia per Evan. Ha messo il suo DNA sui siti perché aveva il sospetto che potesse avere più famiglia in qualche parte del mondo. Quando ha sistemato la proprietà di suo padre, ha messo da parte una porzione della sua fortuna e l'ha fatta crescere nel caso in cui ci fossimo mai trovati. È molto di più di quanto la maggior parte delle persone ricche farebbe per i figli bastardi del padre."

"Sono d'accordo" rifletté Eli. "Immagino che sia molto più gentile di quanto pensassi."

"E senti chi parla di arroganza" dissi. "Non sei esattamente umile o premuroso. È una cosa da miliardari?"

"La tua conclusione deriva dal fatto che ti ho lasciata in attesa nel mio ufficio?"

Annuii.

"Che tu ci creda o no, in realtà sono molto puntuale. Devo mantenere un'agenda stretta e organizzata. Ma quel giorno abbiamo avuto un problema che mi ha costretto a posticipare il tuo appuntamento. Molte persone stavano per perdere il lavoro. A volte accadono le emergenze."

"Qualcuno avrebbe potuto informarmi" ribattei.

"Ho detto loro di non farlo. Avevo paura che te ne saresti andata, se avessi saputo che ero occupato" confessò con un sorriso malizioso.

Dannazione. Mi stava rivolgendo di nuovo quel sorriso da far cadere le mutandine, e cavolo se non ero pronta a lasciar andare le mie mutande di cotone a causa di questo.

"Voglio davvero quel terreno, Eli" dissi con voce esitante, determinata a cambiare argomento. "Prometto che me ne occuperò."

Non volevo discutere di nuovo sul fatto che mi avesse lasciata nella sua sala d'attesa per un'ora. Avevo la sensazione che fosse sincero riguardo a ciò che lo aveva trattenuto, e se davvero doveva salvare posti di lavoro, valeva la pena aspettare mentre lo faceva.

Ma avevo la mia opportunità di provare a convincerlo a rinunciare alla proprietà che volevo, e stavo facendo del mio meglio.

Quando vidi un'espressione afflitta passare sul suo viso, fui quasi dispiaciuta di aver ricominciato la conversazione. "Non posso, Jade" rispose severamente.

"Come mai?"

"È una questione personale" borbottò. "E ancora non capisco del tutto perché lo vuoi."

Feci un respiro profondo. "Come ho detto, è un importante corridoio per la fauna selvatica. Se un giorno la terra verrà edificata, la fauna selvatica potrebbe finire intrappolata e potrebbero iniziare ad accoppiarsi tra consanguinei perché non hanno accesso a un pool genetico più ampio. Un sacco di specie usano quel passaggio per espandere il loro territorio e l'entroterra è importante per me. Sono cresciuta esplorandolo. È ciò che mi ha indirizzata in primo luogo all'ecologia e alla fauna selvatica."

Rimase in silenzio per un minuto, prima di chiedere: "Consanguineità? Come i leoni di montagna a Santa Monica?"

Rimasi sorpresa che ci avesse anche solo prestato attenzione, o che lo sapesse. La maggior parte delle persone al di fuori del campo della fauna selvatica non ne era a conoscenza. "Questo è un ottimo esempio. Si è costruito tutto intorno ai leoni di montagna e non avevano corridoi aperti, quindi erano essenzialmente intrappolati. La consanguineità può portare a difetti congeniti e minaccia l'intera popolazione lì. In assenza di diversità genetica, probabilmente si estingueranno in quell'area."

"Lo proteggerò, Jade. Non permetterò mai che si costruisca" rispose con voce roca. "Ma non posso vendere."

Sembrava così turbato che lasciai cadere l'argomento. "Va bene."

Volevo insistere sulle ragioni per cui si rifiutava di vendere, ma il tono disperato della sua voce mi diceva che era qualcosa di molto personale.

Rimanemmo seduti in silenzio per alcuni minuti, ma non era un silenzio imbarazzante.

Alla fine, chiesi: "C'è qualcos'altro che vorresti imparare prima di partire domani?"

"Un sacco di cose, in realtà" replicò in tono serio. "Vorrei conoscere di più il tuo cervello. Sei tanto intelligente quanto bella."

"Vorrei che la smettessi di dire cose del genere" sbottai.

"Come mai?"

"Perché hai conosciuto donne molto più attraenti, quindi mi mette a disagio. Sto bene con quella che sono, quindi non ho bisogno di falsi complimenti."

"Come fai a sapere che non sei la donna più sexy che abbia mai visto?"

Alzai gli occhi al cielo, ma probabilmente non poteva vedermi perché stavo fissando il fuoco. "L'attrice di serie A e le due supermodelle con cui uscivi sono praticamente una prova schiacciante."

"Non sto più con loro. Sto con te" affermò semplicemente. "Qualcuno ti ha ingannata, Jade? Perché mi sembra che qualcuno ti abbia fatta sentire come se non fossi perfetta, cosa che sei, che tu lo veda o no."

"Sono sempre stata una sfigata" condivisi. "Al liceo, ero la ragazza che ogni ragazzo evitava perché ero un maschiaccio. Ma non mi importava molto. Ero più felice da sola."

"E all'università?"

Alzai le spalle. "Ero ancora una sfigata. Avevo un ragazzo e alla fine mi ha lasciata senza dire una parola dopo che l'ho aiutato a completare il suo master."

"Probabilmente era intimidito da te, ed è un totale idiota se non si è aggrappato a te. La sua perdita è andata a mio vantaggio."

Quello che mio fratello Aiden aveva detto sui ragazzi insicuri proprio il giorno prima mi tornò in mente. "Non sono davvero intimidatoria."

"Lo sei" ribatté. "Ma personalmente vengo eccitato da una donna che sa maneggiare un coltello meglio di me."

Una risata mi sfuggì di bocca. "Sei pazzo."

"Almeno sono onesto" disse.

Mi alzai. "Penso che farei meglio ad andare a letto. Monterai una tenda o vuoi stare nel lettino a castello?"

La mia conversazione con Eli stava diventando pericolosa. Se non lo avessi fermato ora, avrei potuto iniziare a credere che in realtà mi vedesse come più attraente delle donne con cui era uscito, e il solo pensiero era ridicolo.

Si alzò e mi bloccò la strada per la tenda. "Ehi" disse con un tono basso e feroce. "Non permettere mai a nessuno di farti sentire come se non fossi una donna per cui vale la pena lottare. Il tuo ex era un idiota, ma si tratta di lui, non di te."

Sentii le lacrime iniziare a riempirmi gli occhi, ma sbattei le palpebre per asciugarli. "Non è solo questo" dissi con calma. "Quale ragazzo vuole una donna che preferirebbe mangiare come un maiale o passare la giornata fuori invece di vestirsi bene e uscire in un club o qualcosa del genere?"

Eli si fece avanti e mi stampò un bacio sulla fronte. "Io" disse burbero. "E starò nel lettino a castello. Fa troppo freddo per dormire fuori."

Annuii e feci strada all'interno, cercando di ignorare quel desiderio quasi inarrestabile di gettarmi tra le sue braccia e pregarlo di darmi la madre di tutti gli orgasmi.

Per qualche folle ragione, mi voleva davvero.

E mi stavo stancando di combattere la mia folle attrazione per lui.

CAPÌTULO 6

Jade

"Non so davvero *come* essere una miliardaria" confessai tranquillamente nell'oscurità.

Eli ed io ci eravamo sistemati, e nel letto a castello era sopra di me. Non ero sicura del motivo per cui avessi pronunciato le parole, ma parlare con il buio sembrava sicuro.

E non riuscivo a dormire, un'afflizione che mi capitava raramente.

Non avevo idea se fosse ancora sveglio o meno, e quasi speravo che non avesse sentito il mio patetico commento. Era stato un po' stupido. Se il mio problema più grande fosse stato adattarmi all'avere soldi, ero abbastanza sicura che alla maggior parte delle persone sarebbe piaciuto essere nei miei panni.

"La gente pensa che avere un sacco di soldi sia facile, ma in realtà non lo è" rispose con voce roca. "D'ora in poi, ti chiederai sempre cosa vuole qualcuno da te, quando incontri qualcuno di nuovo. E se ti metti nella cerchia sociale delle persone ultrarricche, non avrai mai la tua privacy. Una volta che sarai conosciuta, sarai sempre sotto gli occhi del pubblico. Non c'è molta privacy a volte. D'altra parte, ci sono molti vantaggi."

La sua voce era bassa e liscia, e fui sollevata dal fatto che non avesse riso di me per aver detto qualcosa di stupido. In realtà sembrava che mi capisse in qualche modo.

"Quali vantaggi? Poter comprare cose?" chiesi sinceramente.

Ridacchiò. "C'è *sicuramente* quello. Ma potrebbe anche aprire le porte a cose che non sei mai stata in grado di fare prima. Il denaro può essere una trappola o una libertà. Dipende da quello che ne fai. E puoi fare un sacco di bene. I miliardari possono essere ottimi raccoglitori di fondi e benefattori di enti di beneficenza se scelgono di esserlo."

Sapevo già che Eli era un grande filantropo. Tutte le cause nelle quali credeva emergevano frequentemente nelle sue interviste.

"Mi piacerebbe" mormorai. "Ho la mia organizzazione di beneficenza, ma ce ne sono anche altre con cui mi piacerebbe lavorare. So che mia sorella gemella sta assumendo un ruolo attivo nella raccolta fondi."

"Hai una gemella?" chiese con voce roca, sembrando sorpreso.

"Si chiama Brooke. Ha sposato un ragazzo nel Maine e mi manca davvero. Sono felice per lei, ma averla così lontana è come perdere il braccio destro. C'è un legame gemello che non finirà mai."

"Sei sola?" sondò. "Questo è completamente comprensibile, soprattutto ora. Sei stata catapultata in una realtà completamente nuova, e lei non è qui per risolvere le cose insieme."

"Sento solo che manca una parte di me" condivisi. "Brooke è sempre stata la mia migliore amica."

"Tieniti occupata" suggerì. "Alla fine, troverai la tua strada."

"Quindi, forse ho solo bisogno di provare a sperimentare cose nuove?"

"Dovresti assolutamente" concordò. "Hai mai fatto un safari africano? Ami la fauna selvatica, ed è piuttosto sorprendente."

"No." Vedere luoghi e viaggiare per vivere la fauna selvatica in altri Paesi *era* piuttosto allettante. Avevo fatto molti studi sulla fauna selvatica africana, ma la maggior parte era genetica, e avevo osservato gli animali solo in cattività. Vederli correre allo stato brado sarebbe stato straordinario.

"Australia? Gli animali sono piuttosto unici."

"No."

"Sud America? Cina? Europa? Canada?"

"No. Non sono mai stata in nessun Paese straniero" ammisi.

Sinceramente forse non avevo pensato ai viaggi all'estero perché proprio non volevo andarci da sola. Se avessi trovato un lavoro lì, sarebbe stato diverso. Avrei lavorato in un altro Paese. Ma solo per vedere i luoghi, sarebbe stato uno schifo non avere nessuno con cui condividerlo. E ora che Brooke era sposata e dall'altra parte del Paese, non avevo idea di chi potesse venire con me. I miei amici avevano tutti un lavoro a tempo pieno e impegnativo.

"Devi iniziare a pensare come una miliardaria, Jade" disse con evidente divertimento. "So che ami il cibo. Sei mai stata in uno dei migliori ristoranti di San Diego?"

Cenare da sola? Sarebbe stato imbarazzante.

"No. Ma tu ne possiedi la maggior parte. Quindi posso capire perché sei stato in ognuno di essi. L'unico tuo posto che ho provato è stato quando Brooke si è fidanzata con suo marito. Ti ho visto lì."

"Sai che ti ho vista anch'io" disse. "Mi sono assicurato che la cena fosse completamente gratuita prima di partire."

"Noah non me l'ha detto" replicai. "Perché l'hai fatto? Non è che la mia famiglia non abbia i soldi adesso."

"Sapevo che stavate festeggiando. Volevo farlo. Inoltre, tuo fratello Noah ha preso l'importo del conto e lo ha dato come mancia alla cameriera. Quella sera abbiamo reso una cameriera molto felice. Dubito che quella storia smetterà mai di circolare da quelle parti." Si fermò prima di aggiungere: "E vado in posti che non possiedo. Te l'avevo detto che amo il cibo."

Non ero sorpresa che mio fratello maggiore avesse dato alla cameriera una mancia mostruosa, ma mi sentivo un po' in colpa per il fatto che non avevo avuto esattamente pensieri gentili su Eli quella notte. In realtà, aveva fatto qualcosa di veramente premuroso.

"Non sono una che socializza molto" dissi, sentendomi sconfitta. "E andare a cena da soli in bei posti non è poi così divertente."

"Saresti potuta venire con me" mi ricordò. "Dio sa che mi sono offerto più e più volte."

"Non mi piacevi" ribattei senza mezzi termini.

"Non mi *conosci*" sostenne. "E non hai motivo di *non* apprezzarmi."

Fissai l'oscurità per alcuni minuti, valutando la sua affermazione.

Aveva praticamente chiarito perché mi aveva lasciata ad aspettare nel suo ufficio. Non voleva vendere la terra che volevo, ma non era che dovesse fare qualcosa che non voleva. Aveva detto che aveva le sue ragioni, e che la superficie nell'entroterra aveva ovviamente un significato profondo per lui personalmente. E non potevo certo criticarlo perché aveva degli hobby estremi. Era la sua vita. Aveva il diritto di fare quello che voleva.

"Hai ragione" borbottai alla fine. "Non abbiamo molto in comune, ma non ho motivo per non *apprezzarti*."

"Sei attratta da me, e *questo* non ti piace" osservò. "Ti spavento, Jade?"

"A volte" confessai, l'oscurità totale che mi rendeva più coraggiosa.

"Come mai?"

Perché ogni volta che ti vedo, rimango ipnotizzata. Voglio strisciare sul tuo splendido corpo e alleviare il dolore che provo ogni volta che mi sei vicino.

"Perché non mi piace perdere il controllo" risposi alla fine. "Non sono il tipo di donna che fa sbavare un uomo. Brooke è sempre stata quella più femminile. Ero un maschiaccio, ricordi?"

"Forse ti piace stare all'aria aperta, ma sei bellissima, Jade. Hai una bellezza naturale che farebbe impazzire molti ragazzi."

"Come te?"

"Soprattutto me" confessò. "Sei così connessa con la natura e la fauna selvatica che stai combattendo per proteggere. Adoro il modo in cui maneggi un'ascia e sono sbalordito dal fatto che tu possa identificare quasi tutte le piante. Ti rende piuttosto irresistibile."

Non potei farne a meno. Risi forte. "Eli, non ci sono molti uomini che trovano una donna senza trucco e che ha tutti i giorni i capelli in disordine così carina."

"Non un altro commento sul tuo aspetto o giuro che mi butterò nel tuo letto e ti farò capire quanto sei fottutamente scopabile" ringhiò.

Ogni parte di me voleva dire qualcosa che avrebbe portato Eli a mettere il suo corpo scolpito nel mio letto, ma avevo ancora una piccola parte di buon senso, quindi rimasi in silenzio per un momento prima di rispondere semplicemente: "Okay. La smetto."

"Dannazione!" disse con voce roca.

Sembrava così deluso che sorrisi nel buio e cambiai argomento. "Allora, come hai fatto a sentirti così a tuo agio con l'essere una celebrità?"

"*Non* sono una celebrità" disse. "Sono nato ricco. Quindi sono praticamente cresciuto in un mondo privilegiato. Ma non ho mai voluto davvero essere notato. È semplicemente... successo."

Alzai gli occhi al cielo, anche se lui non poteva vedermi. "Per favore. Ogni testata giornalistica ama mostrarti mentre pratichi i tuoi hobby estremi, o parlare di come sei uno degli scapoli più ambiti al mondo. Non sei esattamente quello che definirei un miliardario di basso profilo."

"Ora voglio essere notato a volte, soprattutto quando raccolgo fondi per beneficenza."

Pensavo che valesse la pena attirare l'attenzione per le giuste cause. "Ti piace la pubblicità?"

"Probabilmente non mi crederai, ma in realtà no. Sono un tipo riservato. Ma sono disposto a sacrificare parte della mia privacy per una buona causa. A volte devo liberare la pazzia."

Liberare la pazzia?

Era un modo interessante di riferirsi ai suoi folli hobby e alla raccolta fondi.

Esitò prima di dire: "Ti abituerai ad avere soldi, Jade. Non cambia chi sei, e una volta che inizi a goderti i vantaggi di essere una miliardaria, potresti scoprire che non è poi così male."

"Mi piacerebbe viaggiare" affermai. "E mi piace raccogliere fondi per la mia beneficenza. Non mi dispiacerebbe fare il possibile per altre raccolte fondi."

"Posso insegnarti cosa possono fare i miliardari per divertirsi. E poi posso mostrarti come possiamo fare la differenza nel mondo. Dammi un po' del tuo tempo e prometto che ti farò cambiare idea sul fatto di avere soldi" disse burbero.

"Portandomi a cena in un bel posto?" chiesi incuriosita. C'era qualcosa di molto interessante nell'avere qualcuno che mi mostrasse le basi del miliardario, perché non avevo idea di come sarei potuta diventare una buona filantropa.

"Anche quello" rispose. "Dammi dieci giorni, Jade. Posso prendermi così tanto tempo libero. Potrei avere delle emergenze, ma altrimenti sarò a tua disposizione. Posso aiutarti ad abituarti ad essere ricca e dimostrarti che non ti cambia."

Il mio cuore saltò un battito. Non potevo immaginare di passare ogni singolo giorno con Eli per più di una settimana. Ma avrei mentito se avessi detto che non ero tentata. Sembrava capire le mie paure sui soldi e potevo parlargli. "Ho le lezioni" sostenni.

"No, non le hai" rispose compiaciuto. "Le ho prenotate tutte io per il prossimo mese. Speravo che avresti accettato di passare un po' di tempo con me."

"So di avere alcune persone che volevano iscriversi."

"Le lezioni erano già prenotate. Quei potenziali studenti sono stati spostati al mese successivo."

"Come diavolo è successo? Come sei riuscito a prenotare tutte le lezioni?"

"Ho molti amici a San Diego" rispose. "Ed ero disperato."

Il mio programma era stato messo insieme da alcuni dei centri ricreativi che mi consigliavano le lezioni. Quindi mi irritava a morte il fatto che qualcuno avesse appena... sistemato tutto per Eli.

Una parte di me era infastidita dal fatto che mi avesse spogliata prepotentemente della capacità di insegnare per un mese, ma c'era un punto debole dentro di me, perché Eli ci stava provando dannatamente.

E davvero, non avevo molta voglia di combatterlo. Volevo conoscerlo. Faceva grandi cose per beneficenza, e io volevo farne parte. E avevo la possibilità di lavorare con un uomo che era cresciuto ricco. Se qualcuno conosceva i dettagli dell'essere ricco, quella persona era lui. "Hai intenzione di provare a baciarmi di nuovo?"

"Indubbiamente" disse con fermezza.

Non ero sicura se il pensiero mi terrorizzasse o se fossi segretamente felice.

"Suppongo che tu abbia donato molti soldi alla mia beneficenza" borbottai.

"Volevo fare una donazione" replicò con voce rauca. "Si deve fare ciò che si vuole fare o è meglio non farlo affatto. Dono milioni in beneficenza, ma ti proporrò un patto."

"Quale?" risposi con voce senza fiato.

"Trascorri i giorni con me e l'ultimo giorno organizzerò un evento di raccolta fondi per la SWCF. Farò in modo che partecipi ogni persona che conosco con i soldi. Raccoglierai una fortuna per la tua organizzazione no-profit, e io ti insegnerò come continuare a farlo. Ti presenterò ogni persona influente che conosco."

Il pensiero di imparare a fare una raccolta fondi di beneficenza da lui era un sogno diventato realtà. Ma stare in sua compagnia per più di una settimana era ancora più allettante. "Mi piacerebbe" ammisi.

"Ma? Sento ancora un'esitazione. Che c'è, Jade?"

"Non so quale sia la tua motivazione" confessai. "Stai cercando di farmi entrare nel tuo letto?"

"Sì" rispose senza mezzi termini. "Ma mi piacerebbe davvero conoscerti. È da molto che non prendo un po' di giorni liberi. E mi piacerebbe passare quei giorni con te."

"Cosa faremo?" chiesi nervosamente.

"Devo organizzare i giorni" insistette.

"Non mi piacciono le sorprese" borbottai.

"Imparerai ad amarle" ribatté.

Sapevo che era giunto il tempo che mi addentrassi di più nel mondo umano. Avevo passato troppo tempo nell'entroterra a condurre ricerche. Ero stata isolata e stavo iniziando a sentirmi sola, specialmente con la mia gemella dall'altra parte del Paese.

"Okay. Non mi lascerò sedurre" dissi con fermezza. "Ma penso che mi piacerebbe essere tua amica."

"Vedremo" rispose misteriosamente. "Dubito fortemente che possiamo essere amici, Farfalla. Siamo troppo attratti l'uno dall'altra. E non prendo davvero fidanzate o impegni. Prendo… accordi."

Lo sapevo già, ma sentire le parole provenire direttamente da lui mi rattristò. A volte, poteva essere davvero un bravo ragazzo. Quindi stavo facendo fatica a capire perché potesse essere anche un idiota.

Qualcosa lo perseguita.

Brooke diceva che era il mio romanticismo a farmi pensare che Eli fosse migliore di quello che era in realtà, ma avevo la strana sensazione che non mostrasse sempre il suo vero volto. L'avevo visto nella sua intervista, e lo sentivo ancora più forte ora che avevo passato un po' di tempo con lui.

"Non ho intenzione di arrendermi alla cosa del sesso, quindi stai perdendo tempo se è tutto ciò che vuoi."

"Trascorrere del tempo con te non sarebbe mai una perdita di tempo, che bruciamo le lenzuola o meno."

Il suo commento mi mise a tacere momentaneamente, perché sembrava così sincero. "Anch'io voglio passare del tempo con te, Eli. Ma non voglio dormire con te. Sono un tipo di donna da impegni, e se faccio sesso con qualcuno, vorrei almeno che quell'opzione fosse aperta."

La mia affermazione era una piccola bugia innocente, un commento pensato molto più per convincermi che non volevo che mi scopasse che per fargli sapere come mi sentivo. Ma la maggior parte era onesta. Volevo avere una relazione seria se arrivava il ragazzo giusto.

"Trascorriamo del tempo insieme e vediamo cosa succede" suggerì.

Sapevo già cosa sarebbe successo. Sarei stata calda e infastidita ogni momento che passavamo insieme. Stavo seriamente iniziando a chiedermi se avessi tendenze masochiste.

"Speravi che finissi per arrendermi stasera?" chiesi incuriosita.

"Sì. Ma ho realizzato una cosa" disse pensieroso.

"Che cosa?"

"Ho il tuo corpo sotto il mio, anche se non è esattamente come l'avevo pianificato."

Sbuffai. Il mio letto a castello *era* sotto il suo. "Sei pazzo" gli dissi.

"Lo sono da quando ti ho incontrata" confermò prontamente.

Rotolai su un fianco con un lungo sospiro. Eli aveva un bizzarro senso dell'umorismo che stavo cominciando ad apprezzare. E mi stavo lentamente abituando alle sue allusioni sessuali.

Potevo gestirle al buio con lui in un altro letto.

Ma non ero troppo sicura che avrei fatto altrettanto se avessi potuto vederlo.

"Buona notte, Eli" dissi assonnata.

"Sogni d'oro, Farfalla."

Mi addormentai pochi istanti dopo, ed ero abbastanza certa di averlo fatto con un sorriso sul viso.

Per qualche ragione, non mi era mai venuto in mente che avrei dovuto stare attenta a dormire con un ragazzo che voleva il mio corpo nel mezzo della natura selvaggia.

Finché avessi professato di non volerlo, sapevo di essere al sicuro.

CAPÌTULO 7

Jade

"Sembra che ti sia divertita" dissi a mia sorella gemella, Brooke, mentre parlavamo al telefono la sera seguente.

Il marito di mia sorella, Liam, aveva trovato un manager per il suo ristorante nel Maine, e lui e Brooke viaggiavano molto. Era appena tornata a casa da una seconda luna di miele, anche se erano tornati dalla prima solo pochi giorni prima che iniziasse la seconda.

Ero felice per lei. Era innamorata e si stava divertendo moltissimo. Era brutto che parlare con lei a volte mi facesse sentire incredibilmente sola?

"I Caraibi sono fantastici" rispose Brooke. "Dovresti andare. Ti piacerebbero."

"Ho una spiaggia proprio qui" le dissi di buon umore. "E mi sento abbastanza fortunata a viverci adesso."

"È ancora strana, vero?" chiese. "La cosa dei soldi. Abbiamo passato tanti anni a essere poveri. Davvero poveri. E ora il mondo è spalancato per tutti noi."

"Non ci sono ancora abituata" confessai. "So che ci sono così tante grandi cose che potrei fare e così tante esperienze che potrei avere. Ma mi sento paralizzata dai soldi. Non sono del tutto sicura di dove dovrei andare da qui. Fino a poco tempo fa, la mia borsa di studio mi teneva così occupata che non avevo tempo per pensarci. Ma ora che ho finito, ho molto tempo per sentirmi terrorizzata e in colpa."

"Sindrome da ricchezza improvvisa" disse Brooke pensierosa. "Anch'io ero piuttosto confusa all'inizio. Ma Liam mi aiuta a rimanere con i piedi per terra."

"Esiste davvero?" chiesi.

"Certo" rispose. "È qualcosa che può succedere a chiunque entri improvvisamente in possesso di denaro come vincitori della lotteria, atleti, star del cinema e persone che ottengono una grande eredità come abbiamo fatto noi. L'ho studiato molto dopo aver scoperto i soldi. Non capivo perché non fossi entusiasta di avere così tanto denaro. Immagino che sentissi di non meritarlo. Cercalo su Google. Non è insolito sentirsi indegni, colpevoli, isolati e terrorizzati su cosa fare con i soldi."

Brooke non aveva mai veramente parlato di aver messo in discussione la propria improvvisa ricchezza. Era stata fin troppo felice per il suo imminente matrimonio con l'uomo dei suoi sogni.

"Anch'io la penso così" confidai. "Ma con chi posso davvero parlarne? Sembra ridicolo confidarsi con qualcuno dei miei amici. Chi capirebbe che sono spaventata dall'ereditare miliardi?"

"E non credo che i nostri fratelli si sentano davvero in colpa" commentò seccamente Brooke.

"Neanche un po'. Stanno tutti pianificando il loro futuro e lavorando per costruire i propri imperi. Non credo che ci abbiano mai pensato un secondo. Vorrei potermi sentire allo stesso modo e all'improvviso capire cosa voglio fare della mia vita, proprio come hanno fatto i nostri fratelli. Ma ora mi sento in colpa e isolata."

I pochi amici che avevo si stavano facendo il culo per avere successo. Ero stata nei loro panni solo poco tempo addietro, ma ora non stavo bene in quel mondo. Mi sentivo come se mi avessero praticamente abbandonata da quando ero diventata improvvisamente ricca. Era come se non pensassero più che fossi una di loro.

E forse non lo ero.

Ma non sapevo dove altro appartenevo.

Non era come se fossi davvero cambiata.

Ero la stessa sfigata a cui era capitato di avere un conto in banca troppo gonfio adesso.

"Ci vorrà solo tempo, Jade" disse con voce rassicurante. "Non devi prendere grandi decisioni finché non sei pronta. Stai facendo le cose che ami e hai finito con la tua istruzione. Continua a fare quello che stai facendo. Se i tuoi amici ti hanno abbandonata, fai nuove amicizie."

Brooke non capiva davvero che non mi facevo amici così facilmente. Ma decisi di non farglielo notare.

"Ho inviato un sacco di curriculum e domande, ma nessuno sta esattamente sfondando la mia porta per assumermi."

"Concediti una pausa" rispose, sembrando esasperata. "Ti sei spaccata il sedere per anni per superare la scuola e hai svolto alcuni dei peggiori lavori del mondo solo per superare il dottorato. Continua a candidarti e a mandare il tuo curriculum per le posizioni che desideri. Nel frattempo, goditi il tuo tempo senza doverti preoccupare da dove verrà il tuo prossimo pasto."

"Voglio incrementare le mie finanze e i miei investimenti, ma ho paura" condivisi con la mia gemella. "Evan mi ha aiutata e sta praticamente gestendo il mio portafoglio. Ma voglio essere coinvolta. Ho solo paura di rovinare tutto."

"Lo so. Anch'io mi sentivo così. Ma Liam è un investitore incredibile e mi ha rassicurata. Inoltre, ho l'istruzione finanziaria per capirci qualcosa."

"Nessun ragazzo ricco in vista per me in questo momento" scherzai leggermente. "Solo un sacco di ragazzi locali che vogliono uscire con i miei soldi."

Brooke emise un verso disgustato. "Ignora quegli idioti. Devi entrare di più nella grande città. Sei sempre stata troppo intelligente per i ragazzi del posto."

Sorrisi. "Immagino che lo fossi anche tu, dal momento che hai dovuto attraversare il Paese per trovare Liam."

"Ne è valsa la pena" disse con fermezza. "C'è qualcuno là fuori anche per te, Jade. Devi solo trovarlo. O lui deve trovare te."

"Beh, finché non si fa vivo, forse Eli può aiutarmi" replicai pensierosa.

"Eli? Intendi Eli Stone? Il ragazzo che non sopporti?" sondò.

All'inizio non avevo condiviso molto con lei su Eli, ma dopo che si era sposata, non le avevo nascosto nulla.

"Ha prenotato tutti i miei corsi di sopravvivenza in modo da potermi vedere. Quale ragazzo lo fa, Brooke?"

"Penso un uomo a cui piaci davvero, e che non ha la possibilità che tu risponda alle sue telefonate" scherzò.

"Non credo di piacergli davvero così tanto. Vuole solo scoparmi. Abbiamo questa strana attrazione reciproca che non riesco a spiegare."

Brooke rise. "Sì. È così che è stato con Liam. E guarda *come* è andata a finire."

"Ho scoperto che non era poi così male" dissi. "In realtà mi piace il suo senso dell'umorismo, ma è un po'…intenso. Alla fine ho deciso di uscire con lui. Non mi dispiacerebbe essere sua amica."

"Allora, dove ti porterà?" chiese eccitata.

"Non ne ho idea. Trascorrerò dieci giorni con lui. Ogni giorno sarà una sorpresa. Quando i nostri dieci giorni saranno finiti, farà una raccolta fondi per la SWCF."

"Questo accordo di dieci giorni include anche le notti?" chiese.

Sapevo esattamente cosa intendeva. "No."

"Ma sicuramente gli piaci" osservò. "Guarda tutto quello che sta facendo per attirare la tua attenzione."

"Oh, *ha* la mia attenzione" risposi. "Semplicemente non capisco perché si prenda così tante beghe per me. Abbiamo visto il tipo di donne con cui esce, Brooke. Sono tutte bellissime e di successo."

"Anche tu sei bellissima e di successo" ribatté con fermezza.

"Non sono della stessa lega delle donne con cui esce, e lo sai."

"Ti adoro, Jade, ma hai bisogno di rilassarti. Hai un uomo ricco e peccaminosamente delizioso che vuole passare del tempo con te. Lasciati andare e divertiti un po'."

"Sono davvero attratta da lui" dissi infelice.

"Cosa c'è che non va in questo? Renderà ogni giorno molto più emozionante. Capisco che non sai se è il ragazzo giusto per te, ma non lo saprai mai finché non esci con lui e lo conosci. Quello che conosciamo di lui è solo un personaggio, un'immagine creata dai media. Scopri chi è *veramente*. Se è disposto a organizzare una raccolta fondi per la tua beneficenza, ovviamente sa quanto significhi per te ed è disposto ad aiutarti."

Capivo cosa intendeva. I nostri fratellastri e cugini Sinclair erano ricchi sin dalla nascita. Ognuno di loro aveva un'immagine mediatica, ma non era quello che erano veramente. Ad esempio, si pensava che Evan fosse un completo coglione. Ma conoscevamo tutti il vero Evan, e non era per niente come era stato ritratto.

"Vuole aiutarmi a sentirmi a mio agio con i miei soldi perché sa che mi terrorizza. Almeno, questo è quello che mi ha detto. Vuole mostrarmi come vivere in quel mondo e come apprezzarlo."

"Perfetto" rispose Brooke. "E almeno sai che sicuramente non sta cercando i tuoi soldi."

Sorrisi. "Questa è una cosa di cui non devo preoccuparmi. Forse è per questo che è così attraente. Ma non iniziare a pensare che sarà una cosa a lungo termine. Non finirò per sposarmi con Eli Stone. Non si impegna. E io sto solo... sperimentando. Spero forse di poter imparare alcune cose da lui. Mi piacerebbe avere la sua esperienza nella raccolta fondi."

"Vuoi il suo corpo caldo, scolpito e stupendo, anche con i tatuaggi" mi contraddisse.

"Non sto cercando il suo corpo" borbottai. "Ma i tatuaggi sono davvero ipnotizzanti di persona."

"Andiamo, Jade. Stai parlando con la tua gemella. Vuoi *più* del suo cervello."

"Chi non lo vorrebbe?" domandai. "Brooke, sai che aspetto ha. E credimi, è ancora più figo da vicino."

"Ma la chimica non ti porterà così lontano" avvertì. "Non importa quanto sia bello; l'attrazione svanirà se non ti piace."

"Questo è il problema" risposi. "Mi piace. È un po' invadente e arrogante, ma sembra un bravo ragazzo una volta superata tutta quell'arroganza."

"Non svenderti, Jade" disse dolcemente. "Hai molto da offrire a qualsiasi ragazzo. Anche a uno splendido miliardario."

"Odio sentirmi così dannatamente inadeguata" replicai. "Non mi sono mai sentita così, quando ero povera. Sapevo chi ero e cosa volevo essere. Volevo diventare una ricercatrice e scoprire modi per impedire l'estinzione di alcune specie. Ma poi sono arrivati i soldi e nessuno dei lavori che volevo davvero mi è venuto incontro. Essere ricca mi ha permesso di rifiutare le posizioni che non volevo, e non ho alcun desiderio di insegnare in una classe. Diventerei matta, Brooke."

"Lo faresti" concordò lei. "Non saresti felice. E non c'è niente di sbagliato nell'aspettare di capire cosa vuoi. Non ci sono posizioni che vorresti a San Diego?"

"Ce ne sono un sacco" le dissi. "Ma nessuna è disponibile in questo momento."

Avevo completato una borsa di studio post-dottorato studiando i genomi vulnerabili all'estinzione nei grandi mammiferi. Avevo prodotto molti studi pubblicati che avevano ottenuto un'ottima risposta, ma il posto per continuare i miei studi non era mai venuto fuori.

"Mi dispiace, Jade" rispose. "So quanto vuoi continuare a fare ricerche, ma potrebbe volerci del tempo."

"Sembra che ne abbia in abbondanza" presi in giro a malincuore.

"Puoi fare praticamente quello che vuoi" replicò.

Stavo iniziando a sentirmi male perché ero così deprimente per Brooke, mentre lei era così felice. "Sarò paziente. Almeno non devo semplicemente accettare qualcosa per lavorare grazie ai nostri guadagni inaspettati. Continuerò a fare volontariato in modo da poter creare più reti."

"Ti meriti questo riposo, Jade. Ricordatelo" disse categoricamente. "Da bambini soffrivamo la fame e ognuno di noi lavorava per guadagnare denaro non appena era abbastanza grande per lavorare. Ti sei fatta il culo per arrivare da qualche parte. Non importa se sei stata fortunata con i soldi. Avrai successo perché sei sempre stata determinata. Forse nessuno di noi si aspettava di diventare così ricco, ma abbiamo lavorato sodo sin da quando eravamo bambini. Martin Sinclair *era* nostro padre e ha lasciato nostra madre indigente, mentre lui viveva una vita da favola. Figli bastardi o no, meritiamo di unirci al resto della nostra famiglia e di riprenderci ciò che non abbiamo mai avuto quando eravamo più piccoli."

Sospirai. "A volte vorrei che i soldi sparissero e tornare alla situazione precedente. Probabilmente avrei un lavoro governativo di qualche tipo ormai. Avrei trovato un lavoro a tempo pieno il prima possibile, anche se non era nella mia area di interesse o competenza. Ma ora mi sento come se fossi in un limbo."

"Passerà, Jade" ribatté Brooke. "So che sembra tutto strano in questo momento, ma capirai tutto a tempo debito. Non sforzarti troppo. Evan gestirà il tuo patrimonio per tutto il tempo che vorrai."

"Lo so. Ma sento che dovrei fare più di quello che sto facendo in questo momento."

"Perché siamo tutti abituati ad essere così occupati da non avere tempo per pensare" spiegò. "Ma questo non è mai stato salutare per nessuno di noi. Abbiamo tutti bisogno di un po' di equilibrio. Divertiti con Eli. E se vai a letto con lui, voglio saperlo immediatamente" scherzò.

"Non andrò a letto con lui" dissi frettolosamente. "Immagino che sto solo sperando in un po' di illuminazione. Eli è stato ricco per tutta la sua vita, ed è diventato molto più ricco dopo la morte di suo padre. È un buon uomo d'affari."

"È un meraviglioso miliardario" corresse. "E penso che tu voglia più di un'esperienza educativa. Morirò dalla voglia di scoprire come sta andando."

"Ti terrò aggiornata" promisi.

"Starai bene?" chiese Brooke. "Vuoi che voli a casa così possiamo passare un po' di tempo insieme?"

"Questo renderebbe Liam mio nemico" scherzai. "No, grazie. Mi piace il mio nuovo cognato. E starò bene. Sono solo un po' sopraffatta, ma ce la farò."

"Sai che ci sarò sempre per te, vero? Anche se ora sono sposata, sono ancora tua sorella gemella."

Ricacciai indietro le lacrime che mi sgorgavano dagli occhi.

Brooke poteva essere lontana, ma il nostro legame gemello era sempre presente. "Grazie. Forse avevo bisogno di sentirlo. Ma starò bene."

Non avevo dubbi che se avesse pensato che avessi bisogno di lei, avrebbe mollato tutto per essere qui. Era un pensiero confortante. Ma non avevo intenzione di trascinarla via dal suo nuovo marito.

"Ti voglio bene" disse in lacrime.

"Ti voglio bene anch'io" risposi, mentre una lacrima mi colpiva la guancia.

"Chiamami" insistette. "Devo sapere come sta andando il tuo esperimento."

Parlammo ancora per qualche minuto e poi riattaccammo con la promessa di chiamarci più spesso.

Mi rilassai, mentre riattaccavo il telefono. Mi era mancata Brooke e, a causa dei suoi viaggi, non avevamo avuto molto tempo per parlare. Ma avrei dovuto capire che nessuno dei miei fratelli, non importava quanto occupato, avrebbe mai dimenticato quanto significassimo l'uno per l'altro.

Eravamo cresciuti tutti come gruppo, avevamo combattuto l'uno per l'altro e, poiché stavamo tutti insieme, eravamo cresciuti come persone nonostante fossimo poveri.

Il mio umore si sollevò dopo il mio breve pensiero di incoraggiamento, e mi alzai dal divano per andare a sistemare le cose per la mattina. Eli mi aveva scritto per farmi sapere che dovevo portare un costume da bagno e vestiti asciutti.

Il mio cuore batteva forte, mentre immaginavo la sua faccia la mattina dopo aver praticamente buttato fuori ogni emozione che stavo provando nell'oscurità la notte prima.

I suoi occhi grigi erano rimasti fissi su di me fino a quando non avevamo lasciato la capanna, ma non sembrava essere meno coinvolto dopo aver sentito parlare di tutte le mie insicurezze. In realtà, sentivo che in qualche modo voleva proteggermi da qualcosa.

Sfortunatamente, la cosa da cui avevo davvero bisogno di essere protetta era lui.

CAPÌTULO 8

Jade

La mattina dopo stavo raccogliendo lo zaino, quando sentii suonare il campanello.

Una rapida occhiata all'orologio confermò che Eli era puntuale.

Sorrisi, quando mi resi conto che probabilmente stava cercando di dimostrare che non lasciava *sempre* le persone ad aspettare i suoi comodi.

Prendendo le mie cose, mi diressi alla porta, cercando di non ammettere che ero curiosa di sapere cosa avremmo fatto nella giornata.

Ma non ebbi molto successo.

Avevo indossato il costume da bagno sotto i jeans e la maglietta, e nello zaino avevo vestiti puliti. Quindi sì, dovevo presumere che avremmo fatto qualcosa vicino all'acqua, ma non era davvero un problema dato che vivevamo sulla costa.

Onestamente, *ero* emozionata. Non avevo mai avuto molte avventure nella mia vita. Ed ero stata troppo presa dalla paura e dal senso di colpa per quel mucchio di soldi che mi ero ritrovata per poter fare qualcosa con quell'enorme ricchezza che avevo ereditato. Forse avevo avuto troppa paura per toccarla.

Certo, avevo comprato una casa sulla spiaggia. Ma era modesta per essere una casa sulla spiaggia, un cottage con due camere da letto sul lungomare con una piscina che adoravo. Rispetto alle ville dei miei fratelli lungo la spiaggia, la mia casa sembrava un appartamento di second'ordine.

Mi fermai, mentre mi avvicinavo alla porta con la zanzariera che dava sul mio terrazzo, i miei occhi attratti da uno dei cani più adorabili che avessi mai visto.

Occhi marroni pieni di sentimento mi fissavano dall'esterno, e il mio cuore si sciolse. Il cane era una bestia pelosa. Sembrava un meticcio che aveva i segni di un pastore, ma le orecchie flosce come un'altra razza.

Poteva essere enorme, ma scodinzolava e i suoi occhi mi risucchiarono anche dopo aver aperto la porta.

"Ciao amico. Da dove vieni?" Allungai la mano in modo che potesse annusarla.

"È mio" disse una voce profonda al di là del pianerottolo esterno. Quando Eli salì le scale ed entrò nella mia visione, aveva un sorriso stampato in faccia. "Sa come suonare i campanelli, purché siano abbastanza bassi da poter essere raggiunti. L'ho mandato avanti in modo da arrivare puntuale."

Il cucciolo mi strofinò il naso sulla mano e io mi accucciai per dargli l'affetto che voleva.

"*Non* può suonare il campanello" dissi incredula.

"Lo ha fatto" sostenne Eli. "Charlie... vai a suonare" ordinò.

Il cane effettivamente smise di assorbire affetto da me e mise le zampe sul lato della casa prima di poggiarne una contro il campanello.

Rimasi a bocca aperta, mentre lo suonava.

Al segnale di Eli, il cane lasciò cadere di nuovo tutte e quattro le zampe sul pianerottolo.

"È incredibile" dissi con ammirazione, mentre riprendevo ad accarezzare il cane.

"Spero che non ti dispiaccia" disse Eli. "Charlie odia essere escluso. Lo porto con me ogni volta che posso. Era un bastardo che è stato maltrattato e gli piace stare con me."

Il mio cuore si scaldò, quando capii che Eli sembrava completamente devoto al benessere del suo animale domestico e che in realtà aveva adottato da un rifugio per animali invece di prendere un bel purosangue.

Indietreggiai e feci cenno a entrambi di entrare. "Non mi dispiace affatto. Amo i cani. Ma non ho mai potuto permettermi di averne uno tutto mio. Beh, fino ad ora."

Non avevo nemmeno pensato di prendere un animale domestico. Forse perché ero stata così tanto occupata. O forse a causa della mia strana sindrome da ricchezza improvvisa o qualsiasi altra cosa mi tenesse spaventata di spendere parte della mia eredità.

Ma pensandoci bene, forse un animale domestico mi *avrebbe* aiutata a sentirmi meno isolata.

"Non possiamo rimanere qui a lungo" avvertì Eli. "Il nostro mezzo sta arrivando."

"Caffè?" chiesi, entrando in cucina, e lui si sedette al bancone.

"Sì. Ho sempre tempo per *questo*" rispose bonariamente.

"Come sei arrivato qui se non hai un'auto?" chiesi, mentre versavo a entrambi una tazza di caffè.

"Ho una macchina, ma preferisco restare qui accanto durante la mia piccola vacanza" rispose, mentre faceva cenno a Charlie di accucciarsi. Il cane obbedì immediatamente.

La mia testa si alzò di scatto. "Accanto. Intendi qui? A Citrus Beach?"

Mi regalò quel sorriso che mi faceva cadere le mutandine ogni volta mentre mi diceva: "Vivo a San Diego. Non volevo preoccuparmi del traffico e guidare ogni giorno, e la casa accanto era in vendita, quindi l'ho comprata. Ne sono entrato in possesso solo stamattina. È una casa vacanza, quindi era completamente arredata."

Puntai un pollice alla mia destra. "Quella casa?" Mi ricordai che la villa era sul mercato.

Annuì, mentre allontanava la panna e lo zucchero e prendeva il caffè nero.

Aggiunsi panna e dolcificante alla mia tazza, dicendo: "Quella costruzione è quasi nuova di zecca, ed è enorme."

Alzò le spalle larghe. "Non è così grande. Sei camere da letto, forse. Non ho avuto davvero il tempo di guardare."

Forse stavo avendo problemi a elaborare il fatto che Eli si fosse semplicemente alzato e avesse comprato la casa accanto a me, ma non riuscivo a smettere di fissarlo incredula.

Non che fosse difficile da guardare. Vestito con un paio di jeans scuri e una T-shirt, stava così dannatamente bene che riuscivo a malapena a costringermi a distogliere lo sguardo.

"Chi lo fa?" chiesi, sbalordita. "Chi compra una casa a scatola chiusa?"

Bevve un sorso di caffè prima di rispondere. "Ad essere onesti, compro praticamente ogni casa che ho senza vederla. Ho dei dipendenti che si occupano dei dettagli."

"Quante case hai?" chiesi nervosamente, quasi timorosa di sentire la sua risposta.

"Non ne sono sicuro" rispose. "Ho perso il conto. Ma sono tutti buoni investimenti. Ne ho alcune in cui non ho ancora avuto la possibilità di soggiornare, ma è comodo avere case ovunque."

Deglutii a fatica, mentre lo fissavo. Certo, io ero *appena* una miliardaria ed Eli era uno degli uomini più ricchi del mondo. Ma trovavo la prospettiva di possedere anche una sola casa in cui non avevo mai vissuto piuttosto scoraggiante. "Allora com'è?» alla fine chiesi incuriosita.

Avrei dovuto accettare che la vita di Eli fosse molto diversa da quella che avevo vissuto io, ma avrei impiegato un po' di tempo per assimilare tutto questo.

Alzò un sopracciglio. "Che cosa?"

"La casa accanto" dissi. "Mi sono sempre chiesta come fosse quella mostruosità all'interno. E non posso credere che tu abbia comprato una casa per le vacanze solo per stare a Citrus Beach per dieci giorni."

"Renderò le cose più facili se ti sarò vicino" disse con nonchalance. "E la casa è un buon investimento. Che ti piaccia o no, Citrus Beach sta crescendo e i prezzi degli immobili stanno aumentando abbastanza rapidamente."

Mi appoggiai al bancone, mentre cercavo di interpretarlo. "Quindi, l'hai acquistata come investimento?"

I suoi occhi incontrarono i miei, e il suo sguardo intenso mi fece sfrigolare il calore lungo la schiena. "No. L'ho acquistata per poterti stare vicino per dieci giorni. È un acquisto troppo piccolo per essere davvero visto come un investimento. Se non avessi avuto uno scopo per questo, non mi sarei preoccupato" rispose seriamente.

Gesù! Odio davvero quando dice cose come se volesse solo starmi vicino.

Eli Stone era un enigma. Un momento prima era il miliardario distaccato per antonomasia, e quello dopo era schiettamente onesto.

Non sapevo ancora cosa pensare di lui e della sua sfida di dieci giorni. Ma giurai che l'avrei capito nel momento in cui ci fossimo separati.

Feci un sospiro nervoso. "Credo che a volte avere soldi mi travolga" ammisi. "Mia sorella Brooke dice che ho una specie di sindrome da ricchezza improvvisa."

Annuì e finì il caffè. «Ha ragione» rispose. "L'ho visto molte volte. Non tutti i miei amici sono nati ricchi come me, e ho visto persone avere difficoltà ad accettare di essere diventate ricche troppo in fretta."

"Veramente?" chiesi speranzosa. "Passa?"

"Non sempre" rifletté. "Ma starai bene."

"Come puoi esserne così sicuro?"

"Perché hai me per aiutarti ad abituarti, e hai una buona testa sulle spalle. So che è difficile quando gli amici ti abbandonano e sei bloccata in un mondo completamente nuovo. Ma ti aiuterò, Jade."

"Perché?" chiesi. "Perché ti importa?"

Scrollò le spalle. "Perché lo voglio."

"Perché vuoi ancora venire a letto con me?"

Sorrise. "Sai che ho secondi fini, ma voglio davvero aiutare."

Sembrava un po' un ragazzino dispettoso, e il mio cuore fece un enorme tuffo.

Era l'uomo più sexy che avessi mai visto, senza dubbio. Ed era quasi surreale che fosse effettivamente a casa mia a prendere un caffè come se ci conoscessimo da sempre.

Svuotai la mia tazza, mentre Eli si alzava e diceva: "Penso che il nostro mezzo sia qui."

Misi la mia tazza nel lavandino e lo raggiunsi alla porta.

C'era un elicottero sopra la testa, e un enorme yacht che si stava avvicinando alla riva, ma non vedevo un veicolo.

"Prendi i tuoi vestiti" disse, mentre usciva con Charlie alle calcagna.

Presi in fretta le mie cose e chiusi a chiave la porta, senza parole, mentre mi voltavo per guardare l'elicottero atterrare sulla spiaggia.

Eli mi tese la mano, ma io esitai.

Capii che stavamo partendo con il suo elicottero, ora che potevo vedere il logo Stone sul lato del velivolo. Cercai di reprimere il panico che iniziava a salire, la sensazione opprimente che tutto questo fosse una specie di sogno, e mi sarei svegliata molto presto.

Non volavo in elicottero.

Non facevo cose impulsive.

E di certo non volavo via in posti ancora sconosciuti con un miliardario.

Questa non ero io.

Non ero in me.

Dopo aver preso un respiro profondo, guardai Eli.

Rabbrividii, quando ebbi la sensazione che stesse cercando di dirmi che tutta la mia realtà era cambiata, ed era ora di andare avanti.

"Fidati di me, Jade" urlò sopra il rumore dell'elicottero.

Il mio cuore si strinse nel petto. Negli ultimi mesi mi ero persa, incerta su dove stessi andando o cosa diavolo stessi facendo.

Ero stata isolata e insicura, emozioni che non avevo mai provato prima perché non avevo *mai* corso un rischio o non ero mai uscita dalla mia zona di comfort accademica.

Ma ero così dannatamente stanca di sentirmi fuori luogo e disorientata.

Avevo bisogno di essere di nuovo me stessa *senza* la paura e il panico. Avevo bisogno di adattarmi o avrei rischiato di sentirmi così per il resto della mia vita, e mi rifiutavo di percorrere quella strada.

È giunto il momento per me di fidarmi di nuovo di qualcuno. È giunto il momento per me di ritrovare me stessa, soldi e tutto.

L'eccitazione di diventare impavida mi fece raggiungere la mano di Eli.

Mentre mi trascinava verso la spiaggia, lasciai che i miei sentimenti negativi si allontanassero.

Era difficile non essere felice, quando stavo per passare il mio tempo con un ragazzo molto ricco e sexy, anche se solo per un po'.

CAPÌTULO 9

Eli

Probabilmente avrei dovuto avvertire Jade che stavamo andando a imbarcarci su un mega yacht che ci stava aspettando in acque più profonde. Ma dovevo ammettere che l'espressione di sorpresa sul suo viso non aveva prezzo, quando atterrammo al livello superiore dell'imbarcazione. Quindi, non ero molto preso dal rimorso.

Presi la sua mano, e quando me la diede, mi sentii come se qualcuno mi avesse colpito allo stomaco.

Forse volevo scopare Jade più di quanto avrei voluto qualsiasi altra donna, ma ero anche affascinato da lei. E il fatto che si fidasse di me era un po' eccitante.

Inciampò mentre usciva dall'elicottero, e sicuramente non avevo problemi con il fatto che cadesse tra le mie braccia, il suo corpo appiccicato al mio come se fossimo amanti.

Diavolo, lo vorrei.

"Ma stai scherzando?" disse, mentre l'elicottero volava via. "Questo mostro è tuo?"

Sorrisi. "Non ti piace?"

La mia intenzione era quella di lasciare che si abituasse alle cose e alle esperienze che il denaro poteva comprare, ma vederla guardarmi come se avessi due teste era piuttosto inquietante.

"Sembra una nave da crociera" disse con un tono intimorito.

"Non proprio" risposi, mentre prendevo il suo zaino e la portavo al piano di sotto. "Ci sono persone che hanno yacht più grandi, ma si adatta bene alle mie esigenze."

Non parlò, quando iniziammo a prendere il via e ci sedemmo vicino alla piscina sul ponte posteriore.

"Questo è pazzesco" disse lei, scuotendo la testa.

Mi lasciai cadere sulla chaise longue accanto alla sua, mentre rispondevo: "È San Diego. A tutti piace uscire in barca."

Una delle mie dipendenti venne a prendere i nostri ordini da bere e poi sparì.

Jade rise, mentre continuava a meravigliarsi per ogni singola caratteristica esagerata dello yacht, e io mi rilassai.

C'era qualcosa di affascinante nello sperimentare il mio mondo attraverso i suoi occhi. Il mio fine non era impressionarla, ma farle capire che ora viveva nello stesso universo in cui vivevo io, e che non era poi così male.

Per qualche ragione, mi sentivo obbligato a condurla dolcemente nel mondo dei super ricchi. L'adattamento poteva essere positivo o negativo, e Jade era così incontaminata che non volevo vederla cambiare in peggio.

Volevo solo che realizzasse le possibilità invece di sperimentare la paura che non avrebbe mai più saputo cosa voleva la gente da lei.

Potevo presentarla alle persone autentiche.

E allontanarla dalle persone che avrebbero potuto farle del male.

Alla fine, volevo vederla godersi i suoi soldi e sentirsi a suo agio nello spenderli. Dio sapeva che si era guadagnata quel diritto attraverso la povertà e la privazione.

Dovevo dare a Evan Sinclair un sacco di credito per aver incluso fratelli che non conosceva nell'eredità di Sinclair. L'uomo aveva ovviamente un senso di correttezza che ammiravo. Forse si stava proteggendo da un'importante causa se i fratelli fossero stati scoperti in futuro, ma dal modo in cui il miliardario aveva gestito tutto, ovviamente gliene fregava qualcosa di quello che era successo ai fratelli che *non* erano nati nella ricchezza. Se non lo avesse fatto, non sarebbe stato ancora così strettamente coinvolto con tutti loro. E sicuramente non avrebbe dato ai fratellastri una parte equa. Li avrebbe pagati molto meno e avrebbe concluso le cose.

Volevo davvero vedere Jade fare una specie di acquisto divertente per ottenere quello che voleva per se stessa, qualcosa di diverso da una casa sulla spiaggia. La casa era un investimento, un tetto sulla testa, e non proprio un'indulgenza.

A dire il vero, non avevo programmato di acquistare la casa accanto alla sua. Se ci pensavo davvero, mi sentivo un po' uno stalker. Ma ero piuttosto disperato di convincerla in qualche modo a entrare nel mio letto, e volevo che fosse vicino, quando finalmente fosse crollata.

Era stato un acquisto d'impulso, ma non me ne ero pentito.

La guardai, mentre si appoggiava allo schienale della sua poltrona, apparentemente assaporando il momento. Il mio cazzo era duro come la roccia, mentre guardavo il suo viso. Per quanto protestasse, era ovvio che le piaceva stare in acqua. Vederla più rilassata mi ricordava quanto avrei voluto vederla dopo che aveva avuto l'orgasmo più soddisfacente della sua vita.

"Questa non è una *barca*" concluse alla fine chiudendo gli occhi. "Sono stata su una barca con mio fratello, Aiden. Era un pescatore commerciale prima che diventassimo tutti ricchi. Le barche sono utili. Questo è come un hotel galleggiante a cinque stelle. Quante persone ci vogliono per gestire questa nave da crociera?"

Sorrisi. Era tornata al suo solito sarcasmo. "Ha un equipaggio completo."

"Sai quanto mi sembra incredibile tutto questo?" chiese.

"Sai quanto è normale per me?" controbattei. "Questo era in realtà lo yacht di mio padre. L'ho ereditato dopo la sua morte alcuni anni fa, quindi sono anni che viaggio su questa barca."

"Mi dispiace per tuo padre" disse immediatamente, aprendo gli occhi. "Tua madre è ancora viva?"

Annuii. "Lei odia stare sull'acqua. Le viene il mal di mare, quindi voleva che prendessi io lo yacht."

"Hai fratelli o sorelle?"

Scossi lentamente la testa. "Siamo solo io e mia madre ora."

"Volevi davvero questo yacht?" chiese curiosa.

Alzai le spalle. "Non lo uso molto. Ho una barca più piccola che porto fuori da solo a volte. Preferisco stare da solo quando posso. È bello quando riesco a dimenticare chi sono e a godermi la tranquillità di stare sull'acqua. Ma era di mio padre, ed è difficile rinunciare a qualcosa che amava."

Mi venne risparmiato qualsiasi ulteriore commento, quando la mia dipendente arrivò con i nostri drink.

Dopo che se ne fu andata, Jade disse: "Sono sicura che non è difficile avere uno yacht come questo disponibile, quando vuoi compagnia."

Bevvi un sorso della birra che avevo ordinato prima di rispondere: "In genere non voglio compagnia. Trascorro la maggior parte delle mie giornate e delle mie serate circondato da persone."

"Ti sei mai chiesto perché vogliono stare con te?" domandò.

"*So* perché vogliono starmi intorno" risposi. "Ecco perché mi piace la mia privacy quando ho del raro tempo libero. So chi sono i miei pochi veri amici e passo del tempo con loro quando posso. Ma sono fuori dallo Stato, quindi non possiamo vederci molto."

"Quindi l'Eli Stone pubblico è diverso da quello privato?"

"Molto diverso" concordai.

La maggior parte delle cazzate che avevo fatto non erano davvero qualcosa che *volevo* fare. Gli eventi estremi erano qualcosa che mi sentivo *spinto* a fare.

"Quindi mi dirai che in realtà sei un ragazzo abbastanza normale?"

"Cosa intendi per *normale*?" chiesi.

"Tagli l'erba del tuo prato?"

"No" risposi in tono piatto.

"Cucini per te?"

"No."

"Fai mai il bucato?"

"No." *Cristo!* Tra un paio di minuti avrei iniziato a sentirmi piuttosto inutile se non avesse smesso di fare domande.

"Vai mai al cinema?"

"Ho un home theater."

"Allora immagino che tu non sia così normale" osservò.

Detestavo la delusione che sentii nel suo tono.

"Non faccio tutte queste cose perché non ho tempo" brontolai. "Non avrebbe senso finanziario per me tagliare il mio prato. Ho un giardino abbastanza grande. Tutto sta nel gestire il mio tempo."

Si sedette e mise le sue belle labbra intorno alla cannuccia della sua bevanda, prima di succhiarne una buona parte.

Mi odiavo per i pensieri che mi passavano nella mente, mentre evocavo immagini di dove avrebbero dovuto essere avvolte quelle sue splendide labbra proprio in quel momento.

"Lo capisco" disse, quando finalmente lasciò andare la sua cannuccia. "Non è nemmeno che qualcuno della mia famiglia faccia il bucato da solo. Non più. Ma è solo difficile abituarsi. Faccio ancora tutto da sola."

"Questo perché non gestisci ancora la tua ricchezza" replicai. "Una volta che prendi in mano le tue decisioni, le cose si complicano e non ci saranno abbastanza ore al giorno una volta che anche la tua carriera di scienziata prenderà il via. C'è un limite a quello che possiamo fare."

"Suppongo che se fossi stata in grado di ottenere subito un'occupazione che desideravo, e se avessi gestito la mia ricchezza, non avrei avuto tempo per molto di nulla" considerò.

Mi accigliai. "Perché non riesci a ottenere un impiego che desideri?"

"Non è disponibile" rispose tristemente. "Non ci sono esattamente molte opportunità perché il mio focus è piuttosto ristretto. E ci sono sempre meno soldi disponibili per le posizioni senza scopo di lucro. Non è che non abbia mandato curriculum un po' ovunque, ma non ci sono molti posti che si occupano di conservazione genetica."

"E che mi dici dello zoo di San Diego?" chiesi.

"Mi piacerebbe" disse con nostalgia. "Entrare nei loro studi sulla conservazione genetica sarebbe il lavoro dei miei sogni. Stanno accadendo così tante cose con la criogenia e la ricerca genetica. È il futuro della conservazione. Avere la capacità di procreare in vitro per ampliare i pool genetici e riportare una popolazione decimata è piuttosto emozionante."

L'animazione e l'eccitazione sul suo viso mentre parlava dei suoi sogni erano autentiche. Potevo vedere la fanatica della scienza uscire allo scoperto, e non avevo mai visto niente di più bello che guardarla, mentre la sua mente andava in posti che la maggior parte delle persone non vedeva.

"Potresti fare una sovvenzione per la tua ricerca" suggerii.

"Non posso farlo" rispose. "Voglio che il mio lavoro significhi qualcosa e voglio che qualcuno pensi che sia abbastanza importante studiare e ricercare. Se offro sovvenzioni, non posso scegliere cosa hanno scelto di farne. Non specificamente. Non fraintendermi, sono favorevole a donare soldi per la ricerca, ed è qualcosa che ho intenzione di fare. Ma non voglio insistere sul fatto che qualcuno finanzi il mio lavoro perché sono i miei soldi."

La mia ammirazione per Jade aumentò di un paio di punti. Capivo cosa stava dicendo, ma ci voleva un sacco di morale ed etica per non scrivere il suo biglietto per il successo con una struttura di ricerca consolidata ora che aveva i soldi per farlo.

"Hai terminato la tua borsa di studio solo da pochi mesi. Ci vorrà tempo, ma accadrà."

Mi sorrise. "Non pensare che abbia smesso di provarci. Dato che ho tempo, non mi lascio sfuggire una sola possibilità senza candidarmi. Succederà. Non è che non sapessi che avrei dovuto farmi strada perché è un campo difficile."

Annuii, mentre fissavo la sua espressione determinata. Avevo sempre saputo che Jade Sinclair era una donna straordinaria. Ma vedendola così, con la guardia abbassata, stavo ottenendo una visione ancora più profonda della persona che era.

Il problema era che cominciava a piacermi troppo.

Controllo, Stone. Devo tenere sotto controllo le mie emozioni e ricordare che il mio obiettivo è portare questa donna nel mio letto e scoparla finché la mia ossessione per lei non svanisce.

Non avevo bisogno di essere coinvolto.

Non avevo bisogno che mi piacesse.

Non avevo bisogno di entrare in empatia con lei.

E di sicuro non avevo bisogno di chiedermi come avrei potuto realizzare ogni sogno che avesse mai avuto.

Alzai le spalle, un gesto disinvolto che non sentivo davvero. "Ci arriverai, Jade. Continua a fare domande e magari prova a tenere sotto controllo la tua gestione patrimoniale fino a quando non si presenta la tua opportunità. Allora non avrai così tanto da affrontare tutto in una volta."

"Voglio fare tutto da sola" disse con desiderio. "Ho troppa paura di sbagliare. Sono una scienziata, Eli, non una persona d'affari."

"Non rovinerai le cose. E se lo fai, imparerai dalle cose che fai male. Sei una donna intelligente, Jade. Devi darti credito e non essere intimidita dai soldi. Una volta ambientata, c'è così tanto che puoi fare come filantropa. Tutto cambia quando ti rendi conto che puoi contribuire a rendere il mondo un posto migliore in un modo o nell'altro. Penso che questo sia ciò che mi fa davvero alzare ogni mattina."

"Credo di non averci mai pensato."

"Essere privilegiati comporta delle responsabilità se sei una persona perbene. Voglio fare la differenza. Molte persone ricche possono e lo fanno."

Mi guardò con un'espressione speranzosa nei suoi splendidi occhi. "Penso che mi sentirei meglio, se facessi qualcosa per aiutare a cambiare il mondo. Mi puoi aiutare?"

Il suo tono supplichevole quasi mi strappò il cuore dal petto, anche se avevo appena ricordato a me stesso dove avrei dovuto essere nella mia relazione con lei. Ero abbastanza sicuro che potesse chiedermi di saltare da un dirupo e cadere verso la morte usando quella voce implorante, e l'avrei fatto se avessi potuto vederla felice.

Non sto esattamente raggiungendo il mio dannato obiettivo in questo modo.

Ma allontanarmi dalle emozioni di Jade sembrava improvvisamente quasi impossibile.

"Tutto quello che vuoi, Farfalla" risposi.

"Voglio imparare ad investire. E il mercato azionario. Voglio capire come raccogliere fondi in modo che possa fare la differenza anch'io. E voglio trovare i migliori programmi di conservazione da utilizzare per donare sovvenzioni per la ricerca. Ci sono così tanti grandi progetti là fuori, Eli. Non ci ho mai pensato, ma posso aiutare altri ambientalisti post-dottorato a trovare un posto dove fare il loro lavoro."

"Ci vorrà del tempo" la avvertii. "Non imparerai tutto in una settimana."

Cavolo, sapevo che le avrei insegnato ogni singola cosa che voleva sapere. Sarebbe rimasta un po' più a lungo nella mia vita.

Non mi interessa niente a lungo termine.

Fanculo! Perché avevo così difficoltà a ricordarlo?

Alzò un sopracciglio. "Non è che io sarò incredibilmente occupata, al di là del fatto che hai prenotato tutte le mie lezioni, anche dopo che i nostri dieci giorni saranno finiti."

"Inizieremo ripassando alcune cose ogni mattina. E poi puoi venire a San Diego ed essere ufficiosamente la mia stagista nei miei uffici, se vuoi. È probabilmente il modo più veloce per imparare di più."

Dannazione! Non avevo programmato di tenere aperta una porta dopo essermi saziato del corpo di Jade. Ma mi ero appena impegnato in molto di più di quanto avessi pianificato.

"Sarebbe fantastico" concordò immediatamente. "Potrò dare alcune lezioni di sopravvivenza e potrei sostenere qualche colloquio se sono fortunata, ma sarò lì ogni giorno che non sono occupata. Mi piacerebbe avere la possibilità di imparare da te."

Santo cielo! Mi vengono in mente molte più cose personali che preferirei insegnarle piuttosto che gli affari. Che diavolo sto facendo?

Sapevo che stavo perdendo il controllo dell'intera relazione tra me e lei.

Niente di tutto questo faceva parte del piano.

Ma in qualche modo ogni dettaglio della sistemazione temporanea che avevo immaginato si stava trasformando in un affare completamente diverso.

Non potevo essere suo amico.

E di sicuro non avevo mai voluto essere esattamente il suo mentore, a meno che non ci fossimo spogliati entrambi.

L'intero affare dei dieci giorni era stato uno stratagemma per portare il mio uccello esattamente dove voleva essere. Certo, non mi dispiaceva insegnarle quello che potevo lungo la strada. Finché fossimo diventati anche amanti.

Guardai, mentre si alzava e sollevava la maglietta che indossava sopra la testa.

La sua intenzione di nuotare era ovvia, ma per poco non gemetti, quando prese il bottone dei jeans.

Jade aveva un bel corpo. Era in perfetta forma fisica e assolutamente proporzionata.

Tutto ciò che riguardava la donna che si spogliava di fronte a me era fottutamente allettante. E mi sentivo come se stessi per impazzire, quando tolse i jeans e li gettò sulla sedia.

Quanndo raggiunse la sua coda e rilasciò una massa di affascinanti capelli scuri, strinsi i denti.

"Vieni?" mi chiese con quello che interpretai come un sorriso, ma probabilmente non doveva esserlo.

I miei occhi la divorarono. Il suo costume intero era nero, modesto, ma il modo in cui aderiva al suo corpo quasi mi mandò fuori di testa.

"Mi piacerebbe" borbottai tra me e me mentre mi alzavo. E non stavo parlando di andare a fare una nuotata.

Corse fino al bordo dove l'acqua era più profonda ed eseguì un perfetto tuffo.

Dovetti costringermi a concentrarmi sul togliermi i jeans per potermi unire a lei.

Fui sollevato quando finalmente entrai in acqua, desiderando che fosse molto più fredda della temperatura tiepida che il riscaldatore manteneva.

Charlie abbaiò e, prima che potessi fermarlo, si gettò in piscina e si diresse verso Jade. Lei gli fece le coccole, canticchiando cose dolci quando la raggiunse.

Non potevo arrabbiarmi con Charlie.

Se fossi stato un cane, avrei fatto esattamente la stessa cosa per ottenere quel tipo di attenzione da Jade.

CAPÌTULO 10

Jade

Pochi giorni dopo, mi resi conto che in realtà iniziava a piacermi avere Eli Stone come mio vicino.

Onestamente, cominciava a *piacermi*, e questo mi avrebbe creato un problema enorme.

Andavamo in spiaggia a fare jogging ogni mattina e cominciavo ad amare davvero la sua compagnia. Di solito andavo da sola ogni mattina, o uno dei miei fratelli si univa in rare occasioni.

Ora, Eli di solito era lì ogni mattina presto con Charlie, a lanciare una palla con l'esuberante cane prima che io arrivassi sulla sabbia.

Come promesso, Eli trascorreva alcune ore al mattino spiegando come era stato creato il mio portfolio e insegnandomi gli investimenti.

Avevo molto da imparare, ma mi sentivo meglio almeno conoscendo alcune delle basi. Mi sfidava, ma non era mai presuntuoso.

Immagino di avere un debole per i geni degli affari sexy, tatuati, ostinati.

L'unico modo che avevo di resistere alle sue allusioni e alle sue avances era quello di ripetermi che era solo lussuria.

Ma subito capii che provavo davvero una gamma di emozioni, quando guardavo Eli, e non tutte erano carnali.

Non che non pensassi ancora che alcune delle cose che faceva fossero esagerate, ma raramente parlavamo dei suoi hobby estremi. Più lo conoscevo, più quelle azioni mi sembravano incongruenti adesso.

Come mi aveva detto alla capanna, sembrava un tipo più riservato, e non riuscivo a conciliare tutte le cose folli che gli avevo visto fare in televisione con l'uomo che stavo iniziando a conoscere.

Ci eravamo goduti un'intera giornata sullo yacht il primo giorno, incluso un pasto incredibile servito da uno chef di fama mondiale dalla cucina dell'enorme nave.

Eli aveva finalmente realizzato il suo desiderio, quando ci eravamo seduti per un pasto fantastico insieme. Era praticamente un bel match a chi piaceva di più il cibo. Non stava scherzando quando aveva detto che l'amava, e c'eravamo soffermati a lungo su quella fantastica cena.

Il secondo giorno fu una visita a Disneyland in un modo completamente nuovo. Eli aveva comprato tutti i biglietti del parco e facemmo ogni singola corsa tutte le volte che volevamo. Ero contenta perché avevo visitato Disneyland solo una volta, e questo era successo perché Noah, Seth e Aiden avevano risparmiato soldi tutto l'anno, lavorando su turni extra, per portarci tutti come regalo di Natale. Quel giorno aveva piovuto, ma lo ricordavo ancora come uno dei giorni più belli della mia vita.

I giorni tre e quattro erano stati un viaggio pazzesco a Las Vegas sul jet privato di Eli. Dato che non ero mai stata a Sin City, mi aveva fatto una rapida presentazione di tutte le cose ridicole e stravaganti che si potevano fare lì.

Quando eravamo arrivati a casa la notte prima, ero mezza ubriaca e pronta a pregarlo di portarmi a letto.

Fortunatamente, ero abbastanza sobria da ricordare che Eli Stone stava facendo un gioco con me, e andare a letto con lui non era nei piani.

Eravamo al quinto giorno, ma non avevo ancora scoperto cosa aveva programmato.

Dato che andavamo sempre a correre la mattina presto sulla spiaggia con Charlie che ci seguiva, i miei fratelli non ci avevano messo molto a scoprire che stavo uscendo con uno degli uomini più ricchi del mondo.

Si erano presentati al mio cottage quella mattina, subito dopo che Eli era arrivato dalla porta accanto, e avevano insistito perché uscissimo tutti a fare colazione nel miglior bar di Citrus Beach. Eli aveva accettato con tutto il cuore, ma ero abbastanza sicura che non avesse idea in cosa si fosse cacciato quando aveva accettato l'offerta per la colazione dei miei fratelli.

Incredibilmente, anche mio fratello, Noah si era fatto strada nel gruppo. Era raro che mio fratello maggiore si prendesse del tempo libero per andare a mangiare fuori.

Vidi i miei fratelli ed Eli mentre si stringevano insieme al tavolo del Weston Café parlando di investimenti, immobili commerciali, mercato azionario e tutti gli altri argomenti sui quali i miei fratelli sembravano avere un ardente desiderio di saperne di più.

Sorrisi, mentre Eli rispondeva sinceramente a ogni domanda. Era estremamente gentile e trattava i miei tre fratelli maggiori come fossero colleghi invece dei miliardari novellini che erano in realtà.

"È così bello rivederti, Jade" disse una donna, mentre si lasciava cadere nell'unico posto libero di fronte a me. "È passato un po' di tempo."

Sorrisi cautamente alla donna che era stata la mia migliore amica per la maggior parte della mia vita, Skye Weston. Aveva un bell'aspetto, ma sembrava esausta, il che non era insolito per lei. Possedeva e gestiva il Weston Café, che non le dava molte ore per cose come dormire, e per la maggior parte del tempo amava scherzare con il fuoco.

Eravamo state molto legate fino a quando non ci eravamo diplomate al liceo. Ero andata al college e Skye aveva iniziato a uscire con Aiden. La sua relazione con mio fratello era finita rapidamente e bruscamente, e Skye si era frettolosamente sposata con un altro uomo e si era trasferita a San Diego. Sfortunatamente, il suo divorzio non era avvenuto senza molti scandali dal momento che il suo ex marito era stato condannato per diversi reati che lo avevano condannato all'ergastolo.

Ora, Skye era una mamma single che cercava di crescere una figlia da sola.

Non l'avevo vista molto dopo il suo matrimonio e il suo trasferimento a San Diego. Ma ci eravamo ritrovate molto da quando aveva ereditato il caffè dalla madre defunta ed era tornata a Citrus Beach con sua figlia, Maya.

Skye e io eravamo quasi immediatamente tornate a un tipo di rapporto da migliori amiche come se non fossimo mai state separate.

Poi, qualche settimana prima, mi ero offerta di aiutarla finanziariamente in modo che potesse passare più tempo con Maya. Aveva rifiutato qualsiasi aiuto ed era sembrata offesa dal fatto che l'avessi chiesto.

Non l'avevo più vista da allora.

"Pensavo che fossi arrabbiata con me" dissi alla fine.

"Perché volevi aiutarmi?" domandò. "Non ero *arrabbiata*, Jade. Ero colpita. Credevo che fossi *tu* ad essere arrabbiata. Ti ho chiamata tre volte e non mi hai mai richiamata."

Il dolore balenò negli occhi di Skye, e mi fermai a chiedermi se il suo rifiuto fosse stato tutto nella mia mente. Avevo allontanato una buona amica solo perché mi ero sentita a disagio dopo averle offerto dei soldi?

Le rivolsi un sorriso genuino. "Scusami. Le cose sono state frenetiche."

Lei sorrise di rimando. "Posso vederlo. Suppongo che uscire con uno degli uomini più ricchi del mondo possa essere estenuante."

Lanciai subito un'occhiata a Eli e ai miei fratelli, notando che non prestavano la minima attenzione alla nostra conversazione.

Erano troppo impegnati con le proprie. Con un tono più basso, le dissi: "Non stiamo... uscendo insieme. Stiamo sperimentando."

"Spero che per *sperimentazione* intendi provare ogni posizione sessuale conosciuta dall'umanità. È abbastanza sexy da sciogliere tutto il ghiaccio nell'Artico, Jade. E dal momento che sembra che si comporti abbastanza bene con i tuoi fratelli maggiori, presumo che sia un ragazzo abbastanza perbene."

"Lo è" dissi con un sospiro. "Molto più carino di quanto mi aspettassi che fosse."

Skye inarcò un sopracciglio. "E questa è una brutta cosa?"

"Non voglio che mi piaccia, Skye. Non è alla mia portata."

"Non pensi di essere un po' giudicante?" sondò. "Sei anche tu una bellissima miliardaria ora, e anche se non lo fossi, i soldi non creano una relazione. Credimi sulla *parola*."

Annuii. Sapevo che l'ex marito di Skye era stato ricco fino a quando non era stato abbattuto con il resto della sua famiglia criminale italiana a San Diego.

"Credo che sia un po' irrazionale pensare che sia diverso da me. Ma Skye, abbiamo visto le donne con cui esce. Come posso davvero credere di essere bellissima quanto le supermodelle e le celebrità che ha visto?"

"Forse è stanco delle donne magre e superficiali. Il glitter svanisce abbastanza velocemente. E anche tu sei carina, ma non in modo appariscente. Dai una possibilità al povero ragazzo. Sembra che ti stia inseguendo, se è venuto quaggiù per vederti."

"Stiamo trascorrendo dieci giorni insieme" spiegai. "Penso che stia giocando a una specie di gioco per portarmi a letto con lui."

Sbuffò. "Allora, per l'amor di Dio, lascialo vincere."

Vidi Aiden guardare nella direzione di Skye. I suoi occhi rimasero su di lei con uno sguardo gelido prima di voltare finalmente la testa verso gli altri ragazzi.

Mi ero spesso chiesta cosa fosse successo esattamente tra Aiden e Skye, ma era stata una relazione vorticosa che era finita poco dopo che era iniziata. E nessuno dei due ne aveva mai parlato. Ma era strano che si ignorassero completamente come se non si fossero mai incontrati. Dovetti presumere che il finale non fosse stato così amichevole.

"Immagino che non voglio che il mio cuore si spezzi" ammisi alla fine. "Eli è sexy, ma non è un tipo da impegni. E se finisce per piacermi troppo?"

"E se non ci provi e poi finisci col chiederti per sempre se sarebbe potuto succedere qualcos'altro tra di voi?" replicò. "Non hai mai avuto paura di niente, Jade. Non iniziare ora."

"Ereditare denaro mi ha cambiata, Skye" confessai. "So che alla maggior parte delle persone piacerebbe essere nella mia posizione, ma sento di non essere più me stessa."

"Non sottovalutare quanto sia difficile sperimentare un grande cambiamento nella tua vita" avvertì. "Sì, tutti vogliono soldi finché non li hanno, ma è un po' difficile abituarsi quando sei sempre stata povera, e non risolvono tutti i problemi. A volte li peggiorano."

Mi resi conto che in qualche modo Skye aveva vissuto le mie stesse esperienze quando aveva sposato un uomo ricco. "Te ne sei pentita?" chiesi tranquillamente.

Non aveva mai parlato molto del suo ex marito e io non l'avevo mai incontrato. Le mie poche conversazioni con lei dopo che si era trasferita a San Diego erano state piuttosto superficiali.

Annuì. "Tutto tranne Maya. Lei è il mio tutto. Se dovessi rifare tutto da capo per avere la mia ragazza, lo farei."

Sorrisi. "È adorabile e intelligente" le dissi seriamente. "Sei una mamma fantastica."

Scrollò le spalle. "Ci provo. Ma sono abbastanza fortunata che sia una ragazzina così facile. Ma non parliamo di me adesso. Voglio sapere cosa farai con il tipo sexy seduto proprio al tavolo vicino a te."

"Hai ragione. Immagino di dover smettere di essere ossessionata da ciò che potrebbe succedere con Eli, e prendere le cose come vengono."

Mi presi qualche minuto per raccontarle delle mie avventure con Eli Stone, aggiornandola sugli ultimi giorni di cose folli che avevamo fatto.

"Dio mio!" esclamò. "Quindi non solo è super sexy, ma è anche premuroso? Davvero, Jade. Devi goderti ogni singolo momento che passi con questo ragazzo."

"Lo so" risposi. "Sto cercando di rilassarmi."

"Non è mai stata una cosa facile da fare per te" disse gentilmente.

Alzai le spalle. "Sono una fanatica della scienza."

"E una estremamente brillante" osservò. "Ma sei anche una donna, Jade."

"Sì, beh, a volte ho davvero difficoltà a entrare in contatto con quel lato di me stessa" risposi.

Fino a quando non avevo incontrato Eli, non ero mai stata consumata dalla lussuria. Ora, non riuscivo quasi a pensare a nient'altro *che* al sesso.

"Non hai ancora fatto la cosa selvaggia con lui? Come mai? Sei attratta da lui, vero?"

"Incredibilmente" le dissi scontenta.

"Divertiti, Jade, e preoccupati delle conseguenze se e quando accadrà" consigliò. "Evidentemente ha una cotta per te. Ha guardato qui un milione di volte da quando ci siamo sedute qui. Ti vuole. Non saprai mai cosa potrebbe succedere a meno che non lasci andare tutto e vivi il momento."

"Non l'ho mai fatto *esattamente*" sostenni.

Annuì. "La vostra infanzia è stata dura, ma vi aiutavate a vicenda. E tu eri la più coraggiosa del gruppo. Non mollare ora. Eri la ragazza che non aveva paura di uscire da sola nel bel mezzo del nulla solo per comunicare con la natura. Eri la ragazza che avrebbe combattuto chiunque fosse un prepotente. Ed eri il tipo di ragazza che correva verso il pericolo invece di allontanarsene come farebbe qualsiasi persona normale. Sei ancora *quella donna*, Jade. Sei solo confusa in questo momento. Ma tutto questo scomparirà quando ti renderai conto che sei ancora tu, con o senza soldi."

Negli ultimi giorni, avevo iniziato a capire che tutto ciò che Skye stava dicendo era vero. Forse potevo rilassarmi un po', imparare a gestire la mia ricchezza e continuare a candidarmi per le posizioni che desideravo. La mia eredità lo aveva fatto per me. Non dovevo accettare un lavoro che non volevo solo per il reddito. Nel frattempo, potevo fare tutto il possibile per la conservazione, mettendo i miei soldi per lavorare su ricerche e progetti per aiutare a ricostruire popolazioni di fauna selvatica in via di estinzione.

Più imparavo sulla mia nuova ricchezza, più ero certa che il denaro non avrebbe cambiato la mia vita. Non mi avrebbe resa *diversa*. Ma poteva aiutarmi a fare cose incredibili che non avrei mai immaginato di poter fare nella mia vita.

Non ero cambiata. Ma ero pentita di non aver avuto la possibilità di fare tutte le cose buone che avrei voluto fare adesso.

"Hai ragione" risposi. "Comincio a capire che non devo essere terrorizzata dal mio conto in banca e che posso imparare a gestirlo. Questo è il mio obiettivo principale. Prendere il controllo della mia fortuna in modo che il mio fratellastro non abbia più quella responsabilità. Penso che Evan abbia fatto più che abbastanza per tutti noi."

Skye si allungò e mi strinse la mano. "Starai bene, Jade. Va benissimo per te non fare nulla finché non ti abitui. I soldi ci saranno ancora."

Sentii le lacrime salirmi agli occhi, mentre la guardavo. Skye era una donna forte e resiliente, ed ero contenta che non ci fossimo allontanate l'una dall'altra solo perché mi sentivo confusa. Era il tipo di amica che sarebbe stata lì, qualunque cosa fosse accaduta. "Grazie" dissi dolcemente.

"Dove porti esattamente nostra sorella oggi?" sentii mio fratello Noah chiedere, mentre tutti i ragazzi si alzavano.

Eli li guardò tutti cupamente. "È una sorpresa, ma mi prenderò cura di lei."

"Non sono sicuro che mi piaccia che voli via senza che noi sappiamo dove stia andando" aggiunse Aiden.

Mi alzai in piedi e mi buttai nella mischia. "Sono un'adulta. So badare a me stessa" dissi con fermezza ai miei tre fratelli.

"Senza offesa, amico" disse Seth. "Ma vogliamo sapere dove sarà."

"Nessuna offesa" rispose Eli senza intoppi. "Vi manderò un messaggio così non le rovineremo la sorpresa."

I miei fratelli brontolarono, ma sembrarono accettare che non avrebbero avuto un indirizzo.

Ci salutammo e promisi a Skye che l'avrei chiamata in modo che lei e Maya potessero venire a casa mia per nuotare e rilassarsi in spiaggia.

Mi sentivo a disagio ad entrare nella costosa Bugatti Chiron di Eli. L'avevo preso in giro dicendo che mi sentivo più come se stessi guidando la Batmobile che un'auto sportiva. Ma entrai comunque nel veicolo ad alta tecnologia.

"Perché hai accettato di mandar loro un messaggio?" chiesi curioso, mentre mi allacciavo la cintura di sicurezza.

Manovrò il veicolo ad alte prestazioni sulla strada prima di rispondere: "Se tu fossi mia, vorrei sapere anch'io dove stai andando. E sono i tuoi fratelli. Si sono presi cura di te mentre crescevi. Non posso biasimarli per essere preoccupati che tu vada con qualcuno che non conoscono davvero."

Alzai gli occhi al cielo. "Ho quasi ventisette anni. Ho un dottorato di ricerca. Non sarebbe la prima volta che parto da sola."

"Non sei sola. Sei con me. Penso che sia di questo che si preoccupano."

"Come mai?" chiesi con voce confusa.

"Sanno che voglio scoparti."

"Come potrebbero saperlo?" domandai.

Scrollò le spalle. "Immagino che sia una cosa da maschi. Impariamo a leggere gli altri ragazzi in modo da non pestarci i piedi."

"E pensi che i miei fratelli abbiano colto quei segnali maschili?"

"Lo penso" disse con sicurezza.

Mi sembrava imbarazzante sapere che i miei fratelli potessero conoscere esattamente cosa stava passando nella mente di Eli quando mi guardava.

Mi sembrava ancora più strano che avessero notato che mi sentivo allo stesso modo.

Mi rilassai di nuovo nel morbido sedile del veicolo, chiedendomi se la mia faccia fosse così rossa come la sentivo.

CAPÌTULO 11

Jade

"**M**a stai scherzando?" strillai felice, quando finalmente arrivammo a destinazione. "Cos'è tutto questo?»

Eli sembrava compiaciuto, mentre si appoggiava alla porta del nostro alloggio. "Faremo glamping qui in Montana per i prossimi quattro giorni" mi informò. "Sei un'ambientalista genetica che non ha avuto molte possibilità di fare altro che *studiare* la genetica animale e tutti i dati di laboratorio che ciò comporta. Ora puoi davvero esplorare la natura selvaggia perché so che ami fare anche quello. Hai detto che ti piacciono le escursioni. Questa è probabilmente una delle zone più belle dove farla."

Mi guardai intorno nella presunta "tenda" che stavamo condividendo. Percorsi il grande spazio, ammirando l'allestimento glamour. La nostra tenda di lusso includeva due camere da letto, un ambiente tipo spa, un bagno enorme e quasi ogni lusso che una persona potesse trovare in un hotel a cinque stelle. Poteva essere stata progettata per sembrare una tenda dall'esterno, ma l'interno era pieno di splendido lusso.

Eravamo partiti subito dopo aver finito la colazione con i miei fratelli. Ero salita a bordo del jet di Eli senza avere la minima idea di dove stessimo andando, ed ero rimasta in completa suspense fino a quando non avevo avuto la possibilità di ammirare ciò che mi circondava una volta che il suo jet era atterrato in un piccolo aeroporto.

Durante il viaggio, mi ero praticamente resa conto che ci trovavamo in una zona abbastanza remota a giudicare da ciò che mi circondava, ma era un problema capire esattamente *dove* stavamo volando.

L'ora e la direzione del viaggio in aereo avevano rivelato che eravamo ancora da qualche parte a ovest, ma poteva essere uno dei tanti Stati.

Mi fermai davanti a lui, ancora stordita. "Siamo in Montana?"

Lui annuì.

Prima che potessi pensare alle mie azioni, mi gettai tra le sue braccia e lo strinsi più forte che potevo. "Ho sempre desiderato venire qui. È il mio sogno sin da quando ero bambina."

Le mie emozioni mi travolsero, quando riconobbi che Eli stava realizzando uno dei miei sogni.

Forse ora avevo i fondi per fare i miei viaggi, ma non avrei mai pensato di poter stare comodamente nel mezzo della natura selvaggia. La maggior parte dei miei viaggi di ricerca erano trascorsi in una *vera* tenda senza acqua corrente e con servizi igienici tutt'altro che ideali.

Le sue braccia forti avvolsero la mia vita e mi tenne stretta contro il suo corpo duro. "Se avessi saputo che saresti stata *così* felice, saremmo venuti qui il primo giorno" disse con voce roca e canzonatoria.

Fui improvvisamente sommersa dal suo profumo, un aroma maschile pieno di feromoni che mi aveva completamente inebriata. "No. Adoro questo. Ma non avrei potuto perdermi Las Vegas e Disneyland. Sono solo felice di essere qui in Montana, ma cos'è esattamente il *glamping*?"

"Campeggio glamour" rispose, il suo respiro caldo che si diffondeva sensualmente sul mio orecchio. "Mi sono imbarcato come partner in questo progetto con alcuni amici, e in realtà sono stato qui un paio di volte. Avevo la sensazione che ti sarebbe piaciuto. Siamo nel bel mezzo del nulla e questa zona è piena di fauna selvatica. Ero abbastanza sicuro che ti sarebbe piaciuto stare qui. Ci sono molte attività disponibili per farti divertire."

"Come potrei *non* amarlo?" ribattei con una risata, non minimamente sorpresa che Eli fosse uno dei proprietari di un campeggio con tutti i lussi. "Siamo in campeggio con tutti i comfort. Faremo davvero delle escursioni?"

"Quante ne vuoi, Farfalla" rispose prontamente. "Non siamo poi così lontani dall'ingresso nord di Yellowstone. Sarebbe stato meglio se fossimo venuti durante l'estate in modo da poter effettivamente visitare tutto il parco, ma vedremo il possibile mentre siamo qui. Il tempo è insolitamente caldo."

Calcolai che la temperatura era sui sedici gradi quando entrammo nella tenda di lusso. Quindi, era un clima molto buono per il Montana in autunno.

Caddi sul suo corpo potente e strinsi le mie braccia intorno al suo collo.

Anche se era emozionante essere nel Montana, stare qui con Eli lo rendeva davvero speciale.

Era strano, ma essere appiccicata a lui era naturale, persino confortante. Ma dovetti trattenere l'impulso primordiale che avevo di esplorare ogni centimetro del suo corpo.

Mi tirai indietro per guardarlo in faccia. "Spero che non ti annoierai."

Mi aveva dedicato così tanto della sua rara vacanza, e gli ero grata. Ma volevo che si divertisse.

"Come ho detto, sono già stato qui. Non sono riuscito a trattenermi a lungo, ma mi sono divertito molto. Potremmo essere nel bel mezzo del nulla, ma c'è un sacco di divertimento se ti piace pescare, fare escursioni, andare a cavallo e la maggior parte delle altre cose all'aperto. E il cibo è buono."

Avevo notato che il resort era piccolo, probabilmente più simile a un luogo di lusso per super ricchi, ma non mi stavo lamentando. Adoravo stare nella natura, ma personalmente odiavo non potermi fare una vera doccia. Ed essere esposti agli agenti atmosferici era praticamente una sofferenza.

Era una delle parti meno piacevoli del mio lavoro. Ma avevo imparato ad affrontarlo in modo da poter osservare in prima persona gli animali nel loro habitat naturale.

Ma non avevo problemi a lasciare la parte brutta del campeggio in tenda alle spalle.

Durante il mio lavoro sul campo, non avevo avuto molte opportunità di uscire dalla California, quindi ero entusiasta di avere un nuovo territorio e diverse specie da osservare.

"Farai un'escursione con me?" chiesi.

"Questo è il mio piano" rispose con un sorrisetto.

"Non credo di avere tutto ciò di cui ho bisogno" dissi tristemente. "Sono praticamente venuta senza niente."

"Anche se mi piacerebbe molto vederti senza *niente*, penso che siamo coperti per quanto riguarda i vestiti e l'attrezzatura da trekking" mi rassicurò con voce roca.

Ci guardammo, gli occhi affamati di Eli che mi divoravano. Il calore attraversò il mio corpo ed atterrò esattamente tra le mie cosce.

La sua mano mi accarezzava su e giù per la schiena, e la sua espressione possessiva sembrava risucchiare ogni istinto primitivo che avevo di strisciare su per il suo corpo, toccando e assaporando ogni muscolo potente.

"Perché devi essere così dannatamente attraente?" dissi senza fiato.

"È la nostra chimica, Jade. Non la senti?" disse in un basso ringhio, mentre mi prendeva la mano e se la metteva sul petto. "È lì dalla prima volta che ti ho vista, e diventa ogni giorno più forte. Forse nessuno di noi la capisce davvero, ma penso che la *sentiamo* entrambi."

Raggiunse la mia coda e mi tirò indietro la testa.

Non avevo voglia di resistere, mentre mi copriva la bocca con la sua.

Ogni pensiero nel mio cervello fuggì, mentre Eli mi baciava come non ero mai stata baciata prima. Non avevo più voglia di resistere, così lasciai andare tutto e mi aprii a lui. Non mi ero *mai* sentita così, e piuttosto che averne paura, volevo assaporarlo.

Mi faceva sentire la donna più bella del mondo e non avevo motivo di credere che la pensasse diversamente. Il modo in cui mi consumava era strabiliante, e la sensazione del suo corpo duro contro il mio era inebriante ed esilarante.

Avendo bisogno di avvicinarmi, avvolsi una delle mie gambe intorno alle sue cosce, cercando disperatamente sollievo dal dolore che pulsava violentemente attraverso tutto il mio corpo.

"Eli" dissi senza fiato, quando finalmente lasciò la mia bocca.

"Non pensare, Jade. Non ora" chiese, mentre mi prendeva per il sedere e mi tirava su in modo che potessi avvolgere le gambe intorno ai suoi fianchi. "Senti come stiamo insieme."

Appoggiai la testa sulla sua spalla, mentre mi accompagnava in una delle camere da letto. Lasciò cadere dolcemente il mio corpo sul letto e scese sopra di me.

Ogni pensiero di resistere all'uomo che poteva far cantare di piacere il mio corpo era completamente svanito.

Volevo Eli.

E lui voleva me.

Non me ne fregava niente del motivo per cui fosse l'unico ragazzo con cui avessi mai avuto questo tipo di connessione, o quali fossero le sue motivazioni.

Non importava.

L'unica cosa di cui avevo bisogno in quel momento era... lui.

I suoi occhi erano come acciaio fuso mentre diceva: "Non credo che vivrò un altro fottuto giorno se non riesco a toccarti."

"Allora toccami" supplicai. "Per favore."

Avevo finito di privarmi e di chiedermi cosa sarebbe successo in futuro.

Lo volevo disperatamente, e non sarei stata soddisfatta finché non avessi leccato ogni centimetro del suo splendido corpo.

Contorcendomi sotto di lui per la disperazione, alla fine avvolsi di nuovo le mie gambe attorno ai suoi fianchi.

Fu allora che *sentii* davvero la verità sul modo in cui mi voleva. Il suo fallo duro come la roccia sfregò maestosamente contro il mio sesso. Non c'erano prove più allettanti di quella. "Voglio questo" gli dissi audacemente mentre mi strofinavo contro la sua erezione.

"È tutto tuo, tesoro" tuonò. "Non credo che funzioni più per nessun'altra."

"Dici davvero?" chiesi esitante mentre i nostri occhi si incontravano.

"Non ne hai idea. L'unico modo in cui riesco a cavarmela è fantasticare su di *te*."

La deliziosa immagine di Eli che si accarezzava fino all'orgasmo mentre pensava a me danzava allettante nella mia mente.

"Quali erano quelle fantasie?" chiesi senza fiato. Dio, mi sarebbe piaciuto realizzare ogni singolo sogno sporco che quest'uomo avesse mai avuto.

"La maggior parte ruotava intorno a me che ti facevo venire. Voglio vederlo, Jade. Voglio guardarlo e voglio ascoltarlo."

"Non sono esattamente vocale" lo avvertii mentre accarezzavo una mano lungo la sua mascella serrata.

"Forse non hai mai avuto qualcuno che potesse farti urlare" rispose con arroganza.

Spinsi sul suo petto e mi sedetti. "Allora fai del tuo meglio" sfidai, mentre mi sfilavo la maglietta sopra la testa.

Ero così affamata di lui che non mi vergognavo. Mi sbottonai velocemente i jeans e iniziai a togliermeli. Finì il lavoro mentre me li toglieva dalle gambe e li gettava a terra.

Mi fermai e salivai, mentre si toglieva la maglietta e la gettava da parte, rivelando ogni muscolo delineato nel petto e negli addominali.

La mia bocca si prosciugò, quando i miei occhi divorarono ogni muscolo delineato nel suo potente petto e addominali.

Atterrai sulla schiena, mentre Eli tornava sopra di me e mi teneva i polsi sopra la testa dopo che i suoi occhi avidi avevano guardato il mio corpo.

"Gesù, Jade. Sei così fottutamente bella" gracchiò, mentre mi toglieva l'elastico dai capelli e lo lasciava intorno al cuscino.

Il mio intimo si strinse quando sentii il calore esplodere tra i nostri corpi. Il modo in cui avevo bisogno di Eli era quasi terrificante, ma era anche il dolore più erotico che avessi mai provato. "Fottimi, Eli" implorai.

"Pensavo che non ti avrei mai sentito dire una cosa simile" ringhiò mentre la sua bocca sbatteva sulla mia.

Volevo avvolgerlo tra le mie braccia, ma la sua presa era salda sui miei polsi, e il modo in cui prese il controllo mi sembrò così dannatamente buono che non mi importava.

Non alzò mai la bocca dalla mia quando unì i miei polsi e li tenne in una forte presa.

La clip sul davanti del mio reggiseno si staccò con uno scatto del suo polso, e io gemetti contro la sua bocca mentre la sua mano forte circondava uno dei miei seni. Stuzzicò il capezzolo duro, tormentandomi prima di alzare finalmente la testa.

Quando si spostò lungo il mio corpo tremante, lasciò la presa sui miei polsi e unì le punte finché non si toccarono.

Infilai le dita nei suoi capelli, mentre la sua bocca si avvolgeva attorno a una delle punte dure.

"Oh, Dio. Eli" gemetti.

Quasi caddi dal letto quando mordicchiò un capezzolo e poi lo lenì con la lingua.

Il calore scorreva dal mio nucleo e il nodo allo stomaco si strinse.

Non sapevo se avvicinarlo o allontanarlo. La sensazione della sua bocca calda che mi devastava i seni era quasi più di quanto potessi sopportare.

Ma non lo fermai. Non potevo. Avevamo iniziato qualcosa che non poteva essere fermato. Non avrei mai potuto farcela se avesse smesso di toccarmi in questo momento.

"Sto male, Eli" piagnucolai.

Alzò la testa. "Lo so, piccola. E ho intenzione di occuparmene."

Era così sicuro di sé, così intenso. Sembrava sapere esattamente cosa fare, mentre io ero ancora confusa sul perché il mio corpo fosse una massa incandescente.

Avevo avuto un ragazzo.

E il sesso non era mai stato così eccitante per me.

Ma Eli aveva capovolto tutto ciò che sapevo sul piacere, che in realtà non era molto.

Non avevo mai saputo che potesse essere così carnale, così straziante.

L'unica cosa che potevo fare era fidarmi di lui, perché la mia mente era completamente bollita.

Non era timido mentre leccava lentamente il mio corpo, assaporando ogni centimetro della mia carne.

E quando finalmente sistemò la testa tra le mie gambe, la prima sensazione di quella lingua malvagia che accarezzava le mie mutandine mi fece sciogliere.

"Eli!" gridai, mentre i miei fianchi si alzavano per mantenere la connessione tra noi.

Ogni nervo del mio corpo si accese, mentre spingeva un dito sotto l'elastico delle mie mutandine e si immergeva nel calore umido della mia figa.

"Sei così dannatamente sexy, Jade. Così bagnata. Mi divertirò a leccare ogni centimetro di questa splendida figa."

Cominciai a sudare al pensiero della sua lingua malvagia che bagnava la mia carne sensibile. Era qualcosa che non avevo mai fatto fare a un ragazzo prima.

"Non devi" dissi esitante, sapendo che era sempre stato qualcosa che il mio ex non aveva mai voluto fare.

Si alzò sui talloni e mi tirò le mutandine lungo le gambe. Il mio cuore sobbalzò quando vidi lo sguardo feroce sul suo viso mentre diceva: "Oh, devo, Jade. Se non ti assaggio in questo momento, perderò la mia fottuta testa. Non c'è nessun posto dove voglio essere se non tra le tue splendide gambe.»

Lo guardai mentre le allargava, poi stuzzicava la mia fessura con i pollici, emettendo un suono animalesco mentre la sua testa si abbassava.

Chiusi gli occhi mentre mi preparavo alla sensazione iniziale della sua lingua che accarezzava la mia carne sensibile.

Ma non c'era niente che potesse mai prepararmi per la scossa elettrica che mi attraversò, mentre la bocca di Eli si collegava al mio clitoride.

Non iniziò lentamente. Non stuzzicò. La sua lingua sferzò audacemente tra le mie pieghe e mi consumò come se fossi liquida e lui fosse stato privato dell'acqua per troppo tempo.

Non c'era modo che mi stesse facendo un favore indulgendo nel sesso orale.

Mi stava assaporando, spingendomi spietatamente sempre più in alto, mentre la sua lingua accarezzava più e più volte la mia figa, terminando ogni movimento mozzafiato con una carezza seducente sul mio clitoride.

Mi persi nel furore della bocca esigente di Eli, il mio corpo schiavo di ogni colpo della sua lingua.

Il nodo nella mia pancia si strinse e continuò a stringersi inesorabilmente fino a un punto in cui riuscivo a malapena a respirare.

"Per favore, Eli" supplicai. "Non ce la faccio più."

Ansimai mentre mi mordicchiava il clitoride, concentrando tutta la sua attenzione sul minuscolo fascio di nervi. Ero incapace di fare qualsiasi cosa tranne aggrapparmi al copriletto, sperando che la mia presa mi tenesse con i piedi per terra.

Urlai, quando il nodo dentro di me iniziò a dispiegarsi e il mio corpo si scosse e pulsò fino all'orgasmo. "Eli!" urlai. "Sì."

Ansimavo, mentre tornavo alla deriva sulla Terra, il viso di Eli ancora tra le mie gambe, mentre strizzava ogni goccia di piacere che poteva ottenere da me.

Quando finalmente si arrampicò sul mio corpo, avvolsi le mie braccia intorno al suo collo e gli tirai giù la testa per baciarlo. Sapeva di piacere caldo, soprattutto perché potevo assaporare me stessa sulla sua lingua.

Lo lasciai andare e mi lasciai cadere di nuovo sul cuscino, il mio corpo completamente esausto.

"Pensavo che non fossi una che urla" disse a bassa voce contro il mio orecchio.

"Immagino di non aver mai avuto un ragazzo che mi facesse venire voglia di urlare" replicai, confermando ciò che aveva detto.

Sorrisi mentre ridacchiava, e gli lasciai avere il suo momento di trionfo.

Se l'era guadagnato.

CAPÌTULO 12

Eli

Mia! Jade è sempre stata mia!

Con un braccio possessivo intorno alla sua vita, la osservai, mentre si addormentava con un sorriso soddisfatto sul viso.

Il cavernicolo che non sapevo esistesse dentro di me si stava rallegrando, perché Jade aveva urlato il mio nome, mentre stava venendo, ma il mio cazzo era atrocemente duro.

La motivazione che mi spingeva a toccarla era stata alleviata. Avrei voluto vederla venire più forte di quanto avesse mai fatto prima. Mi faceva sentire come se mi appartenesse, e questo soddisfaceva il mio istinto primordiale quando si trattava di lei. Tuttavia, il mio corpo si sentiva ancora come se fosse stato trascinato attraverso l'inferno puro.

Le scostai una ciocca di capelli dal viso e le feci scorrere un dito sulla guancia morbida.

Mi influenzava in diversi modi che non sapevo di poter sentire. Non ero sicuro se fosse un bene o un male, ma sapevo che mi faceva impazzire.

La sua improvvisa accettazione della chimica tra noi due mi aveva sorpreso, e quando aveva iniziato a togliersi i vestiti, sembrava che ogni fantasia che avessi mai avuto su di lei si stesse svolgendo in tempo reale.

Ero così dannatamente pieno di lussuria che mi ci era voluto un po' per riconoscere che era abbastanza inesperta.

Non che la sua mancanza di conoscenza carnale mi avesse deluso. In realtà, era esattamente il contrario. Mi aveva reso determinato a mostrarle quanto incredibile potesse essere il piacere, e per la maggior parte, pensavo di esserci riuscito.

Ma non ero pronto per gli istinti protettivi che si erano precipitati e mi avevano colpito allo stomaco.

Era in estasi quando aveva raggiunto l'orgasmo, ma non avevo potuto fare a meno di notare anche un sottile filo di panico nella sua voce. E lo odiavo, cazzo.

Avrei dovuto usare un po' di finezza, ma ero impazzito nel momento in cui avevo capito che si sarebbe arresa alla passione che infuriava tra noi due ogni singolo giorno che passavamo insieme. Si era offerta e, invece di usare un po' di pazienza, mi ero rimpinzato di lei come un animale assetato di sangue.

Mi vantavo del mio controllo. L'avevo sempre avuto.

Volevo Jade. Ma avevo bisogno che lei fosse d'accordo *con me.*

La mia incapacità di controllarmi era snervante, ma non avrei lasciato che mi impedisse di crogiolarmi nella gratificazione sessuale che io e lei potevamo provare. Cavolo, non avevo mai provato le emozioni che Jade poteva strapparmi, e non avevo mai avuto una donna che mi facesse sentire soddisfatto solo facendola urlare.

Gli istinti possessivi erano tutti nuovi per me, e non ero abbastanza sicuro di sentirmi a mio agio con essi. Ma se stare con Jade mi trasformava in un uomo delle caverne, andava bene così.

Avevo bisogno di lei più di quanto *non mi piacessero* le emozioni che stavo iniziando a provare.

Facendo attenzione a non svegliarla, mi alzai dal letto, riluttante a lasciarla. Ma avevo bisogno di trovare il mio sollievo. Il mio uccello era piuttosto incazzato per non averla scopata, ma non me ne ero pentito.

Potevo aspettare che fosse completamente a suo agio col venire così forte da essere spaventoso. Stava iniziando a piacermi troppo per spingerla ancora di più, anche se il mio membro mi diceva di seppellirmi così profondamente nel suo calore umido che non avrei mai voluto andarmene.

"Merda!" imprecai, mentre mi avviavo verso il bagno. "Mi ucciderà."

Mi tolsi i jeans e i boxer, aprii la doccia ed entrai.

Avvolgere la mano intorno al mio fallo, mentre l'acqua pulsava contro la mia schiena, stava diventando fin troppo familiare. Ma se era quello che serviva per avere finalmente la mia opportunità di stare con Jade, avrei continuato a farlo.

Più la conoscevo, più ero disposto a fare tutto il necessario per essere dentro di lei.

Mi appoggiai alle piastrelle, la mano che scorreva vigorosamente sul mio cazzo, e lasciai che le mie normali fantasie permeassero il mio cervello.

Mia! Mia! Mia!

Nella mia mente, mi immergevo più e più volte dentro di lei, reclamandola mentre osservavo lo sguardo di estasi sul suo bel viso.

Ma le mie fantasie arrapate non durarono abbastanza a lungo da farmi raggiungere l'orgasmo.

"Eli?"

La voce morbida e femminile invase le mie illusioni e aprii gli occhi per vedere il viso di Jade proprio di fronte al mio.

Non ero imbarazzato perché mi aveva beccato a masturbarmi. Era una normale funzione corporea. Ma *rimasi* scioccato quando allontanò la mia mano e disse: "Penso di poter fare un lavoro migliore."

Rabbrividii, mentre la guardavo cadere in ginocchio, completamente nuda, e avvolgere la mano intorno al mio fallo.

"Jade, non c'è bisogno di farlo" dissi con un gemito.

"*Devo*" sostenne. "Ne ho *bisogno*."

Mi appoggiai alle piastrelle e chiusi gli occhi, quando avvolse le sue labbra sensuali intorno al mio cazzo. Per un momento, non fui completamente sicuro di non averla evocata nelle mie fantasie, ma quando succhiò forte, capii dannatamente bene che era reale.

Le mie fantasie non erano mai state così belle.

Mi venne in mente che aveva già praticato questo atto sessuale, ma ovviamente quel coglione del suo ex fidanzato non aveva mai ricambiato.

Il bastardo. Non aveva idea di cosa si fosse perso.

Un gemito gutturale lasciò la mia bocca, mentre giocava cautamente con le mie palle cercando di ingoiare il mio uccello.

"Jade. Mi stai uccidendo, cazzo" gracchiai. Afferrandole i capelli, la guidai gentilmente al ritmo di cui avevo disperatamente bisogno. Pensai che se fossi stato sul punto di morire, non ci sarebbe stato modo migliore per andarmene.

Si adattò immediatamente e il mio cuore iniziò a martellare così forte che mi chiesi se potesse sentirlo.

Il bisogno impellente di guardarla mi fece aprire gli occhi, e abbassai lo sguardo per vedere Jade, i suoi occhi chiusi, e un'espressione di completa gratificazione sul suo splendido viso.

"Fanculo!" Staccai gli occhi da lei. Stava diventando troppo intenso e non potevo guardarla senza impazzire.

La sentii avvolgere il suo pugno intorno alla mia asta, un forte attrito che mi fece mettere una mano dietro la sua testa e spingerla ad andare più veloce.

Il mio orgasmo imminente stava crescendo velocemente, e capii che stavo per venire duramente. "Sto per venire, tesoro" la avvertii, dandole abbastanza tempo per ritirarsi.

Fece letteralmente le fusa e la vibrazione mi fece esplodere.

Ogni muscolo del mio corpo si tese, e la mia testa ricadde contro il muro mentre esplodevo. Gemetti, sentendomi come se non avrei mai smesso di venire, mentre ingoiava ogni singola goccia.

"Santo cielo!" urlai con una voce che non riconoscevo come mia.

Jade mi aveva completamente distrutto.

Ma era stato così dannatamente bello che non mi importava.

La tirai in piedi e la bloccai contro le piastrelle. "Perché diavolo l'hai fatto?" chiesi disperatamente, la mia mente ancora confusa.

Mi sorrise, una curva sensuale delle sue labbra che non avevo mai visto prima. "Perché lo volevo" rispose. "Quello che mi hai fatto, come mi hai fatto sentire…è stato fantastico, Eli. Volevo vedere se potevo fare la stessa cosa con te."

"Ti ho spaventata?" chiesi con voce rauca, che accennava al rimorso.

Scosse la testa. "Non tu. Avevo solo un po' paura di come avrebbe reagito il mio corpo. Ma ne è valsa la pena."

Mi chinai e la baciai, assaporando me stesso sulle sue labbra.
Mia! Mia! Mia!

Ignorai il canto del cavernicolo e tirai il suo corpo bagnato contro il mio. La abbracciai in modo possessivo prima di dire: "Missione compiuta, tesoro."

"Non mi hai scopata" disse tristemente contro la mia spalla.

Se non fossi stato completamente floscio per la prima volta da quando l'avevo incontrata, le avrei dato esattamente quello che voleva.

"Lo farò" la avvertii. "Ma io sono un ragazzo che capisce l'importanza dei preliminari."

Rise, ed era un suono spensierato e felice che mi fece male al petto.

Si tirò indietro e mi guardò in faccia, la sua mano che mi accarezzò la mascella, mentre rispondeva: "Allora, penso di essere una donna molto fortunata."

Le sorrisi di rimando. "Nemmeno io mi sto esattamente lamentando."

Cavolo, la donna morbida e formosa che era nuda tra le mie braccia aveva appena scosso il mio intero mondo.

E al momento ne ero dannatamente felice.

Al diavolo il mio controllo!

Nient'altro importava tranne lei, mentre chiudevo la doccia, sollevavo la donna che aveva sconvolto la mia vita e la portavo a letto.

CAPÌTULO 13

Jade

Quando mi svegliai presto la mattina dopo, finalmente capii cosa intendeva esattamente Eli, quando aveva detto che *avevamo tutto il necessario*.

Quando aprii le valigie che erano appena dentro la porta, trovai un'enorme quantità di attrezzatura da trekking, jeans, felpe, giacche e qualsiasi altra cosa di cui potessi aver bisogno per affrontare la natura selvaggia del Montana all'inizio di ottobre.

Mi ero presa il mio tempo per curiosare nella tenda con due camere da letto, che onestamente era più simile a una capanna di lusso, ammirando alcuni dei mobili che erano stati ovviamente intagliati a mano. Era ben fatta, ma comunque conferiva al posto un'atmosfera rustica.

Quando avevo scoperto un opuscolo, ero rimasta sorpresa dal numero di attività offerte. Eravamo ovviamente vicini a una sorta di civiltà se avevano rafting, equitazione, pesca e una moltitudine di altre offerte all'aperto.

Avevo trovato Charlie, che doveva essere arrivato più tardi la notte prima, sdraiato su un soffice tappeto vicino alla porta. Stava dormendo mentre navigavo tra i vestiti, ma fu completamente sveglio non appena sentì la mia voce.

"Ehi, amico" mormorai al cane, mentre si alzava e veniva da me, la sua coda che scodinzolava felice, accettando l'affetto come se fosse un suo diritto ottenerlo. "Sei stato chiuso fuori dalla camera da letto? Mi chiedevo perché non fossi venuto con noi."

"Aveva un appuntamento alla spa" disse Eli dalla porta della camera. "Ama davvero andare lì, poi il mio jet lo ha riportato qui dopo il suo trattamento."

Guardai Eli per capire se stava scherzando, ma non notai prove che non mi stesse dicendo la verità.

Alzai un sopracciglio. "Un appuntamento alla *spa*?"

Scrollò le spalle. "Charlie era in pessime condizioni quando è entrato nel rifugio per animali. Aveva subito molti abusi. Non gli piacevano molto le persone, ma gli piaceva andare alla toe-lettatura. Penso che avesse qualcosa a che fare con i trattamenti che riceveva. Ma sembrava che gli piacessero anche le persone."

Okay, dannazione. Il modo in cui Eli si prendeva cura del suo cane precedentemente maltrattato mi colpiva davvero. Quanti miliardari avevano il tempo di preoccuparsi così tanto di un animale domestico?

"Buon giorno" disse, mentre si avvicinava e mi dava un bacio.

Smisi di preoccuparmi per Charlie e avvolsi le braccia intorno al collo di Eli. "Buon giorno anche a te."

Mi chiedevo se sarebbe stato imbarazzante con lui oggi, ma non era così. Era come se avessimo spezzato un po' della tensione tra di noi. Quindi, tutto sembrava abbastanza naturale.

Assaporai il suo profumo maschile mentre mi teneva stretta, un braccio possessivo intorno alla mia vita.

La notte prima era stata un'esperienza straordinaria per me, e non mi ero pentita di aver messo da parte le mie riserve.

Forse ero ancora un po' spaventata, ma potevo vivere con un po' di trepidazione se la notte prima fosse stata la mia ricompensa per averla superata.

Alla fine, feci un passo indietro. "Caffè" dissi. "Devo bere un caffè. Non sarò completamente funzionale fino a quando non lo farò."

Mi rivolse un sorriso malizioso, prima di lasciarmi andare. "Questo significa che posso approfittare del tuo stato confuso?"

"No" dissi ridendo. "Oh, no, non lo farai. Sono completamente dipendente dalla caffeina. Sarò confusa finché non avrò bevuto almeno due tazze."

"Scommetto che potrei cambiare le cose" borbottò mentre iniziava ad impostare la caffettiera.

Scommetto che potresti farlo.

Dovetti costringermi a smettere di guardare il suo corpo da dio che era avvolto solo in un asciugamano, probabilmente quello che aveva lasciato cadere quando ci aveva portato entrambi a letto.

Sarebbe stato così facile togliere a Eli il suo asciugamano e pregarlo di scoparmi. Ma le cose tra noi andavano così bene in quel momento che volevo assaporare le emozioni. Non volevo assolutamente che finisse tutto questo. Non ancora.

Avevo infilato l'accappatoio più piccolo nell'armadio della camera. Ero completamente coperta, quindi non mi dispiaceva mettermi a terra per coccolare Charlie. Odiavo il pensiero che qualcuno avesse provato a spezzare il suo spirito intrepido.

Charlie prendeva l'affetto e lo restituiva. Avrei voluto che il mondo intero fosse semplice come il cane di Eli.

"Hai un buon profumo" dissi al cane, mentre gli grattavo la pancia, cosa che gli fece contorcere il suo corpo solido come se non ci fosse piacere più grande nel suo mondo.

"Questo è il vantaggio di lasciare che finisca la sua toelettatura prima che arrivi qui" disse Eli mentre mi porgeva il caffè. "Non puzza."

Un dolcificante e tanta crema!

Mi accorsi che aveva capito bene nel momento in cui bevvi il mio primo sorso.

Eli Stone era decisamente un tipo da dettagli.

Mi ero sempre chiesta se avesse chiesto alla sua assistente di organizzare le nostre uscite, ma cominciavo a pensare che lui avesse avuto un ruolo significativo nella pianificazione di tutto.

"Sei piuttosto fortunata" osservò Eli, mentre si sedeva seminudo sul divano con il suo caffè. "Ci sono pochissime persone che piacciono davvero a Charlie."

"Credo di saperci fare con gli animali" gli dissi mentre mi alzavo. "Sanno che li amo, quindi di solito ricambiano. E mi sento abbastanza onorata che Charlie mi dia amore. È davvero difficile per qualsiasi creatura che è stata maltrattata fidarsi di nuovo di un umano. In realtà, gli animali sono piuttosto sorprendenti in questo senso."

"Eppure tu non hai un animale domestico" commentò.

"Avevo un criceto quando ero piccola" dissi con finto atteggiamento difensivo. "E non potevamo permetterci di dare da mangiare a un cane. I miei fratelli stavano lavorando troppo duramente solo per tenerci insieme. Ma stavo pensando di prendere un cane. Solo che non sono sicura di dove finirò per lavorare. Se accetto un lavoro sul campo, potrei finire in un posto in cui un cane non vuole davvero essere, come una giungla calda e soffocante. Quindi sto aspettando di vedere cosa succede prima."

"Non penso che dovresti essere in un posto pericoloso" brontolò.

"Ora sembri uno dei miei fratelli" presi in giro.

"Mi piacciono i tuoi fratelli."

"Li amo" ammisi. "Ma a volte possono essere un po' troppo protettivi."

"L'ho notato" rispose. "Mi hanno messo sulla graticola al bar."

"Credo di essere stata troppo impegnata a parlare con Skye per notare qualcosa tranne la loro inquisizione alla fine. Mi dispiace. Hanno trasformato l'invasione della mia privacy in una forma d'arte."

"Non mi dà fastidio» osservò. "Posso dire che le loro domande provenivano da un buon motivo. Anche loro ti amano. Non vogliono vederti ferita."

"Ma mi piacerebbe davvero che vedessero che sono cresciuta. Non è che non ho più bisogno di loro, ma sarebbe bello se potessero vedermi come un'adulta responsabile."

"Non succederà mai, Farfalla. Siete cresciuti insieme. Ti hanno cresciuta, e sono disposto a scommettere che sentono più di una responsabilità genitoriale nei tuoi confronti." Mi passò un altro piccolo opuscolo. "Dai un'occhiata e fammi sapere cosa c'è in programma per oggi."

Presi il libretto dalle sue mani e cominciai a esaminare attentamente la moltitudine di attività offerte. A differenza dell'opuscolo generale, questo aveva date e orari.

"Non ho idea di cosa ti piacerebbe fare" mormorai, mentre esaminavo la lunga lista di cose da fare nella "tenda" più grande del mondo che offriva ogni lusso disponibile. "Mi piacerebbe andare a cavallo."

"So cavalcare" rispose.

Alzai lo sguardo e incontrai i suoi occhi. "Non sono molto brava. Ho viaggiato a cavallo alcune volte per completare alcuni studi sulla fauna selvatica. Ma questo probabilmente sarebbe molto meglio."

"Possiamo andare oggi" replicò. "Vuoi fare un'escursione domani?"

"Lo sai che è così" dissi con entusiasmo.

"Questo viaggio è per te, Jade. Non riguarda me. Scegli quello che ti piace."

Il mio cuore affondò alle sue parole.

Ero la sua priorità.

E tutto quello che voleva era che mi divertissi.

Mentre pensavo quanto fosse dolce, non volevo decidere da sola e fargli fare cose che non gli sarebbero piaciute.

"Ma voglio che anche *tu* ti diverta. Non hai mai tempo per fare una vacanza, Eli. Questo deve riguardare anche te."

"Come ho detto, sono già stato qui. Un paio di volte, in realtà, quindi ho fatto molte di quelle cose" mi informò, indicando con la testa la brochure.

Scelsi alcune attività dalla lista e programmammo insieme i due giorni successivi prima di ordinare la colazione nella nostra tenda di lusso.

Dopo aver finito di mangiare, rovistai tra le valigie.

"Come sapevi che taglia indossavo?" chiesi incuriosita, mentre tiravo fuori un paio di jeans della mia taglia esatta dalla valigia, e poi una felpa.

Mi fermai, quando vidi tutti i set di biancheria coordinati. Notai che anche quelli erano della mia misura.

"Potrei aver guardato nella tua camera mentre eri in cucina a casa tua" confessò, senza sembrare minimamente dispiaciuto.

"Se stavi frugando nella mia biancheria intima, probabilmente hai notato che non sono proprio così interessata alla bella lingerie."

"Lo so" brontolò. "Ma non avevo intenzione di comprarti qualcosa che una miliardaria non indosserebbe. Sarei sembrato un bastardo da quattro soldi" borbottò.

Sospirai mentre prendevo un reggiseno nero con mutandine abbinate. Erano di pizzo, setose e belle. "Immagino che dovranno andare bene" scherzai, mentre le aggiungevo alla mia pila e raccoglievo tutto.

"Guarda nella tasca con cerniera della valigia grande" disse. "Ti ho riportato qualcosa che ti appartiene."

Come aveva richiesto, tastai nella tasca dopo averla aperta.

Con mia grande sorpresa, tirai fuori il libro che stavo leggendo il giorno in cui Eli era arrivato nell'entroterra, e un'opera di fantascienza.

"Mi stavo chiedendo dove fossero andati a finire" gli dissi, mentre esaminavo il romanzo rosa.

"Non li ho presi intenzionalmente" ribatté con voce piena di rimorso. "So com'è quando inizi un libro e vuoi leggere il resto. Ho preso entrambi i libri mentre stavo facendo le valigie, ma li avevo messi in modo che sporgessero dalla parte superiore, per darteli. Immagino di essermi distratto."

"È bello?" chiesi mentre mettevo il libro di fantascienza sul tavolino.

"Finora" rispose. "Ne ho letto solo una parte."

Andai ad appoggiare il mio libro accanto al suo, ma poi ci ripensai e lo posai sopra la mia pila di vestiti.

"Lancialo lì" suggerì. "Forse possiamo avere un po' di tempo per leggere."

Eli aveva ovviamente notato la mia riluttanza, e la mia faccia iniziò a diventare rosa.

"È sconcio" gli dissi.

"Sembra una storia d'amore" replicò con nonchalance.

"Lo è. Una incredibilmente erotica."

"Com'è la storia?»

"Veramente bella. È una delle mie autrici preferite."

"Allora, perché hai esitato a metterlo giù?"

"Perché è davvero sconcio" spiegai.

"È un libro che vuoi leggere. Io leggo fantascienza per svagarmi. Penso che la maggior parte delle persone legga per prendersi una pausa dal mondo reale" rispose. "Inoltre, mi piace quando sei lasciva" disse con una voce pericolosamente sexy.

Lasciai cadere il libro accanto al suo titolo di fantascienza. A Eli ovviamente non fregava niente se leggevo romanzi erotici. Non ero sicura del motivo per cui questo fatto mi toccasse così tanto, ma lo faceva.

"Grazie" dissi.

"Per cosa?"

Avrei potuto ringraziarlo per molte cose.

Grazie per esserti preso cura del mio piacere sessuale.

Grazie per esserti preso così tanta cura del tuo cane.

Grazie per le incredibili esperienze che ho fatto nell'ultima settimana.

Grazie per aver notato le piccole cose, perché mi fa sentire importante.

Grazie per ogni singolo giorno che ho trascorso in tua compagnia perché sei così divertente, e così dannatamente premuroso e libero da pregiudizi.

Alla fine, optai per: "Grazie per essere te."

Uscii dalla stanza e mi diressi verso il bagno per farmi una doccia.

CAPÌTULO 14
Eli

Passai i giorni successivi cercando di capire cosa ci fosse di anche lontanamente buono nel fatto che fossi *io*, ma non riuscivo a pensare a una dannata cosa per giustificare la gratitudine di Jade.

Perlopiù, ero un maniaco del lavoro. La mia pausa con Jade era stata la più lunga che mi fossi mai preso da quando mio padre era morto.

Non prendevo impegni, quindi non avevo idea di come essere bravo con una ragazza. Ma l'idea di rivendicarla in qualche modo stava iniziando a sembrare dannatamente attraente.

E forse Charlie era un po' viziato, ma non era difficile trascorrere il mio tempo libero con lui, e si meritava un padrone che lo trattasse bene. Aveva passato troppa parte della sua breve vita canina nella tristezza.

Onestamente, pensavo che Jade meritasse di meglio di un ragazzo che era in giro solo per poter soddisfare i suoi impulsi carnali.

Ero assolutamente convinto che una volta che ci fossimo rimpinzati di sesso, uno di noi alla fine si sarebbe annoiato e sarebbe andato via.

Il problema era che non ero così sicuro di essere quello che voleva interrompere rapidamente le cose una volta che il nostro prurito fosse passato.

Quindi, avevo evitato di fare sesso con Jade, anche se mi stava uccidendo.

Più tempo impieghiamo per fare sesso, più a lungo lei starà con me, giusto?

Mi ero assicurato che fossimo stanchi ogni singolo giorno con le attività pianificate: esplorazione di Yellowstone, bicicletta, passeggiate a cavallo, rafting e alcune escursioni molto lunghe.

Quando la nostra giornata era finita e dopo aver bevuto qualche drink dopo cena, Jade si addormentava non appena toccava il letto.

Io non ero così fortunato.

Non avrei mai potuto dormire in un altro letto. Mi piaceva sentire il suo calore su di me o averla rannicchiata al mio fianco.

Ma ogni notte era una tortura.

Non riuscivo a capire cosa diavolo ci fosse di sbagliato in me. Avevo raggiunto il mio obiettivo. Jade era disponibile, ed eravamo entrambi adulti. Perché cazzo stavo rimandando quello che sapevo sarebbe stato il sesso più soddisfacente di tutta la mia vita?

Mi sta facendo impazzire.

Non c'era altra spiegazione.

Quei giorni insieme mi avevano aperto gli occhi. Sebbene sapessi già che era coraggiosa grazie alla sua esperienza di sopravvivenza, avevo anche scoperto quanto fosse impavida di fronte a *qualsiasi* tipo di attività all'aperto.

Si lanciava in ogni esperienza con tutto il cuore e senza alcuna esitazione.

Non ero del tutto sicuro se questo mi affascinasse ancora di più, o se mi terrorizzasse a morte.

"Pensi che dovremmo tornare indietro?" chiese, strappandomi dai miei pensieri.

Mi guardai intorno, realizzando che potevamo prendere il sentiero per tornare al nostro campo, oppure potevamo fare un'escursione più lontano dai nostri alloggi prima di tornare indietro.

Nel momento in cui guardai Jade, il mio uccello si indurì. Non che non fosse sempre così a causa sua, ma era difficile non volerla scopare contro un albero vicino.

La sua pelle era ancora arrossata dall'eccitazione, anche dopo aver esplorato per due giorni. E il suo sorriso gioioso mi faceva sentire come se qualcuno mi avesse colpito al petto.

La sua felicità stava diventando la mia dannata ossessione solo perché volevo continuare a guardarla sorridere.

Eravamo stati fortunati negli ultimi giorni. Il tempo era stato buono, ma freddo, quindi eravamo entrambi coperti per le escursioni.

Guardai il sole, e poi il mio orologio. "Probabilmente dovremmo tornare indietro. Non voglio farmi sorprendere nei boschi dopo il tramonto."

Era la stagione degli amori per la grande popolazione dei mammiferi cornuti come le alci, ed ero stato ridicolmente paranoico sul fatto che Jade potesse calpestare un serpente a sonagli dal momento in cui avevamo iniziato a fare escursioni. Avevamo visto molti dei primi, ma non eravamo incappati in *alcun* tipo di serpente, mentre eravamo fuori a fare escursioni. Ma questo non diminuiva la mia paura che accadesse.

Mi voltai per tornare al nostro alloggio di lusso, ma mi girai quando udii Charlie ringhiare, un verso serio che non avevo mai sentito da lui prima d'ora.

"Non muoverti" disse Jade con voce calma. "E non correre."

Guardai il sentiero opposto appena in tempo per vedere un enorme orso grizzly sollevarsi sulle zampe posteriori.

Dovetti sforzarmi di tenere le mani lungo i fianchi e di non saltare per tirare Jade fuori dai guai.

Quell'orso avrebbe potuto farmi a pezzi il sedere prima di arrivare a lei.

"Spray per orsi?" chiesi con voce calma e monotona.

"Non è abbastanza vicino» rispose. "E probabilmente non è necessario. È in pre-letargo e probabilmente sta solo cercando cibo della varietà non umana."

Mentre parlava, vidi Jade raggiungere lentamente il suo spray per orsi per ogni evenienza. Dato che non ero esattamente un ragazzo di campagna, le avevo permesso di dissuadermi dal portarlo io. Avevo ceduto poiché aveva molta più esperienza con la fauna selvatica di me. Ma non avevo mai smesso di pensare alla possibilità che potesse essere fatta a pezzi se lo spray non avesse fermato un orso.

Il maschio era ancora sulle zampe posteriori, e non ero affatto tranquillo che Jade fosse parecchio più vicina all'orso di quanto lo fossi io.

La bestia era probabilmente a quindici metri da noi, e non faceva alcuna mossa folle che mi rendesse nervoso. Tuttavia, era *troppo dannatamente* vicino.

"Non stabilire un contatto visivo" ordinò lei. "E niente mosse improvvise."

Spostai frettolosamente gli occhi dal muso dell'animale massiccio e feci cenno a Charlie di tacere e sedersi accanto a me. Mi sentii sollevato, quando obbedì con riluttanza.

Rimasi immobile, mentre Jade diceva sciocchezze con voce calma all'orso.

Stranamente, la sua vocale calma sembrò funzionare.

"Iniziamo a indietreggiare lentamente" ordinò con lo stesso tono tranquillo che usava con l'orso. "Diamogli un po' di spazio."

Aspettai che Jade fosse accanto a me prima di iniziare la mia ritirata.

Se fosse successo qualcosa con l'enorme mammifero, sarei stato assolutamente in grado di mettere il mio corpo tra il suo e quello dell'orso per impedirle di essere sbranata.

"Quando spostiamo il culo e ce ne andiamo di qui?" chiesi a voce bassa, mentre facevo cenno a Charlie di seguirci.

"Non lo facciamo" ribatté con fermezza mentre continuavamo a dare al predatore sempre più spazio. "Se ci comportiamo come prede, il suo istinto gli dirà di inseguirci. E un umano non sarà mai in grado di seminare un Grizzly."

Ad ogni passo che facevamo, mettevamo sempre più distanza tra noi e l'orso. "Continuiamo a muoverci così?" chiesi.

"Sì. Stai andando bene. Non possiamo voltare le spalle a un orso finché può vederci. Pessima idea. Continua a camminare finché non si muove."

Una volta superato il mio istinto immediato di proteggere Jade, gettando il suo corpo a terra e coprendola, una mossa che probabilmente ci avrebbe fatti sbranare entrambi, rispettai il suo discernimento. Lei *era* l'esperta. Quando ci eravamo imbattuti in alci in calore, mi aveva allontanato con attenzione, insegnandomi come evitare di farmi male.

"Sta andando via" osservò.

Alzai lo sguardo e vidi l'orso voltarci le spalle e avanzare pesantemente nella direzione opposta.

Quando finalmente il Grizzly scomparve nel bosco, Jade disse: "Possiamo proseguire."

Le strinsi la mano con una presa di ferro, mentre si girava e continuava a tenere un passo abbastanza veloce verso i nostri alloggi.

"Sei ancora preoccupata?" le chiesi affiancandomi a lei per alcuni istanti, accennando con la testa allo spray per orsi che teneva ancora in mano.

"No" rispose con voce normale. "Sembrava ben nutrito e non ho visto alcun segno che potesse indicare aggressività o intenzione di seguirci. Ma gli orsi possono essere imprevedibili. Non c'è niente di male nell'essere preparati."

Di certo non mi era piaciuta questa faccenda. "Sono già stato qui, e ho camminato. Non ho mai visto *nessun* orso, tanto meno un Grizzly. Prendiamo precauzioni. Di solito, permettiamo solo escursioni in gruppi di tre o più e con una guida esperta. E nei tre anni in cui il luogo è stato operativo, nessun ospite o dipendente ha visto un Grizzly. Non così lontano dal parco."

"Il loro numero si sta riprendendo" mi informò. "Sono stati protetti per aumentare la popolazione e ora stanno iniziando a diffondersi oltre l'ecosistema di Yellowstone. Succede da un po' di tempo. Ma non credo che arrivino qui molto spesso. Non ho visto i soliti segnali. Probabilmente è stato solo un evento raro."

Mi accigliai. "Pensi che causerà problemi al resort? Gli ospiti sono in pericolo?"

Scosse la testa. "Non più di qualcuno che sta nel parco. Una persona ha maggiori possibilità di essere colpita da un fulmine che essere attaccata da un orso. La grande percentuale di attacchi è dovuta all'errore umano. Non sto dicendo che non accada senza provocazione, ma è estremamente raro."

"Errore umano? Come correre?"

"Qualche volta. Uno degli errori più grandi è avvicinarsi troppo ai cuccioli. Le femmine sono incredibilmente protettive."

"Non sembri minimamente nervosa all'idea di trovarti faccia a faccia con un Grizzly" brontolai.

"Non lo sono" confermò. "Sono emozionata. Non è stato il mio primo incontro con un orso, ma è il mio primo Grizzly. Non fraintendermi, non avevamo bisogno di essere così vicini. E rispetto il fatto che gli orsi siano animali selvatici, e che potrebbe succedere di tutto. Ma ho sempre desiderato vederne uno nel loro ambiente naturale."

Fanculo! Era arrossata dall'eccitazione e sorridente.

"Ti è già successo?" chiesi.

"Certo. Ho fatto tutti i tipi di lavoro sul campo, Eli. Sono un'ambientalista della fauna selvatica. Certo, non sono mai uscita dalla California, ma abbiamo un sacco di orsi."

"Non mi piace" risposi caparbiamente. "È un lavoro pericoloso."

Si avvicinò e sbatté giocosamente sulla mia spalla. "Il più delle volte studio i dati in un laboratorio. Incontrare un orso è una rarità."

"Possono essere aggressivi." *Gesù!* Non sapeva che sarebbe potuto succedere qualcosa di brutto?

"Era in piedi e annusava. Di solito è curiosità e non aggressività. Ma sono d'accordo. Era un maschio enorme. Ma *stavamo* invadendo il *suo* territorio. C'è sempre un rischio molto piccolo che corri quando fai un'escursione. Soprattutto in questa zona."

"Ero più preoccupato per i serpenti" dissi, incazzato con me stesso perché avevo a malapena considerato altri rischi.

"Gli incontri tra umani e orsi accadono. Ma essere sbranato o ucciso da uno è una rarità. Per la maggior parte, preferiscono evitare gli umani."

"Niente più escursioni" le dissi, quando arrivammo alla nostra tenda.

Aspettai che fosse dentro e poi chiusi la porta dietro di noi. Ci sarebbe voluto un sacco di tempo per dimenticare la sua vista di fronte a me, mentre stavamo affrontando un dannato Grizzly.

Forse *era* in grado di gestirlo bene, ma probabilmente avrei avuto incubi su cosa sarebbe potuto andare storto.

Mi chinai per rassicurare il mio cane che era chiaramente ancora confuso dall'accaduto. "Bravo ragazzo" gli dissi, mentre gli accarezzavo la testa.

Charlie era docile. Dopo un minuto di affetto, tornava alla normalità.

Jade si tolse la giacca e si chinò per accarezzarlo. "È stato un bravo ragazzo. Se non fosse stato così ben addestrato, avremmo potuto avere problemi."

Mentre mi raddrizzavo, domandai: "Allora, cosa fai se un orso carica?"

Si tolse la cintura intorno alla vita e lasciò cadere gli attrezzi da trekking e lo spray per orsi sul bancone della cucina.

"Dipende" rispose. "A volte simulano un falso attacco per farti allontanare. Ma se hanno davvero intenzione di impegnarsi, aspetti che si trovino a circa otto metri o più vicino e li colpisci con uno spray per orsi." Mi guardò e aggiunse: "Ehi, sembri davvero preoccupato. Stai bene?"

"Non completamente" ammisi. "Avevo paura che ti saresti fatta male."

"Eri preoccupato per me?" chiese dolcemente, la sua espressione leggermente sorpresa.

"Per l'amor di Dio, ti ho portata io qui, Jade. E sarebbe potuto succederti qualcosa, perché ho scelto il dannato posto sbagliato dove andare."

Non avevo paura di ammettere che temevo che l'orso le facesse del male.

E sarebbe stata colpa mia.

"Sto bene, Eli. Ho *avuto* paura la prima volta che ho avuto un incontro ravvicinato con un orso. Ma credo di aver imparato che la cosa peggiore che una persona possa fare è lasciarsi prendere dal panico. Ho anni di esperienza e di ricerca sul comportamento animale. Tu no. So che è piuttosto terrificante."

"Non avevo paura per me" gracchiai. "Avevo paura che ti accadesse qualcosa. Un errore e avresti potuto essere la cena."

Si fece avanti e mi toccò il braccio. "Non abbiamo commesso un errore, Eli."

La presi tra le mie braccia prima che potesse battere ciglio, e la tenni così stretta che probabilmente non riusciva a respirare.

Rimanemmo così per un paio di minuti, e la sensazione del suo corpo contro di me alla fine mi calmò.

"Stai bene?" chiese.

La rilasciai lentamente. "Sì. Sto bene."

Ero un dannato bugiardo. Non volevo ancora perderla di vista.

Riprenditi, Stone! Se non era spaventata prima, probabilmente la sto rendendo ansiosa con il mio comportamento.

"Probabilmente dovrei fare qualche telefonata e far sapere alle stazioni faunistiche locali che abbiamo avuto un incontro con un Grizzly. A loro piace monitorare quando gli orsi iniziano ad allontanarsi dal parco."

Mi tolsi la giacca e iniziai a togliermi gli stivali. "Nessun problema. Possiamo andare a cena subito dopo."

"Grazie di preoccuparti della mia incolumità" disse dolcemente.

La guardai dalla mia posizione china. "Grazie per averci evitato di finire nel menu della cena di quel gigante."

Rise, frugando alla ricerca del cellulare.

Mi tolsi gli stivali, deciso che non avrei mai più visto Jade in pericolo.

Il mio cuore non sarebbe mai sopravvissuto, se avessi dovuto vederla vulnerabile e non essere in grado di farci niente una seconda volta.

CAPÌTULO 15

Jade

Il nostro ultimo giorno al resort di montagna fu agrodolce per me. Avrei voluto rimanere più a lungo, ma Eli era stato fedele alla sua parola e oggi non stavamo affatto facendo escursioni. Invece, mi aveva fatto scegliere un'attività che coinvolgesse più persone in un posto.

Sapevo che si era spaventato per l'incontro con l'orso e capii che era anche terrorizzato per la mia sicurezza.

Per qualche ragione, la sua preoccupazione mi aveva toccata più di quanto avrebbe dovuto, considerando che *stavamo* affrontando un enorme Grizzly. Ma avevo percepito la sua paura, e potevo sentire che non era preoccupato che venisse sbranato.

La sua preoccupazione era stata tutta per me, quindi non avevo intenzione di lamentarmi di non aver fatto escursioni.

Avevo scelto un corso per principianti per imparare a calarmi in corda doppia lungo una parete rocciosa.

Avevo praticato un po' di arrampicata facile, più per necessità di vedere la fauna selvatica che per hobby. Quando alzai lo sguardo verso il punto di discesa, capii perché Eli aveva scelto di non partecipare. Stimai che l'altezza non superasse i dodici metri, ed Eli era un arrampicatore esperto che aveva affrontato alcune delle pareti rocciose più dure del mondo.

La relativa facilità del compito non smorzò il mio entusiasmo. Ero felice di iniziare a imparare ad arrampicarmi, e la discesa in corda doppia era un'abilità che dovevo avere se dovevo affrontare alcune falesie più grandi.

Guardai Eli, mentre parlava con l'istruttore. Sembravano essere immersi in una conversazione, e dovetti chiedermi di nuovo perché non fosse molto entusiasta di questa particolare lezione.

Perché è già un arrampicatore esperto? O c'è qualcos'altro che lo disturba?

Era riservato da quando avevamo avuto il nostro incontro con l'orso il giorno prima, e quella mattina sembrava ancora più distratto.

Forse è solo ansioso di tornare al lavoro.

Non avevo dubbi che avesse del lavoro arretrato a causa del tempo che avevamo passato insieme, ma ero determinata ad essere lì per aiutarlo a recuperare una volta tornati a San Diego. Stavo imparando tanto durante le nostre sessioni mattutine, ed ero convinta di poter continuare a imparare mentre facevo la tirocinante non ufficiale di Eli. La mia speranza era di potergli alleggerire un po' il carico dopo essere stata messa al corrente dei suoi affari.

Guardai i miei compagni di corso per la discesa. C'erano altri tre in piedi che consumavano il loro caffè mattutino, e io sorrisi, quando due di loro alzarono lo sguardo e mi salutarono prima di riprendere la conversazione.

Chiusi la cerniera del cappotto dopo aver buttato la mia tazza di caffè vuota nella spazzatura. Era ancora presto, e faceva un po' freddo. Le temperature cominciavano a diventare più fredde, soprattutto durante la notte. Non che me ne fossi accorta davvero prima di uscire. Gli alloggi erano caldi, ed erano dotati di un caminetto a legna.

Misi le mani in tasca per scaldarle mentre lanciavo un'altra occhiata a Eli e all'istruttore. Stavano ancora conversando e nessuno dei due sembrava così contento.

Eli aveva fatto alcune telefonate la notte prima dopo che avevo chiamato i biologi della fauna selvatica locali che tenevano traccia degli orsi nella zona. Non ricordavo che si fosse messo a letto perché mi ero addormentata prima ancora che arrivasse in camera.

Ma ricordavo di essermi svegliata distesa su di lui. Ero abbastanza sicura che il mio corpo fosse come un missile a ricerca di calore, quando si trattava di Eli. Se fosse stato vicino, lo avrei trovato.

Il biologo con cui avevo parlato aveva praticamente confermato che vedere un Grizzly vicino alla nostra posizione era insolito, e mi aveva spiegato cosa stava succedendo con la popolazione di orsi. Sebbene l'avvistamento fosse un incidente isolato, i grizzly stavano iniziando ad allontanarsi sempre più dal parco. Quindi i biologi e gli ambientalisti avevano il loro bel da fare con gli allevatori e gli agricoltori locali per prevenire il conflitto che sarebbe inevitabilmente accaduto.

Sospirai. Non invidiavo le persone che lavoravano sul problema. Mentre si rallegravano della possibilità che i grizzly di Yellowstone potessero incontrarsi un giorno con i grizzly del Glacier National Park per garantire una genetica migliore, le ricadute dei grandi orsi che espandevano il loro territorio erano scoraggianti.

Camminai intorno alla parete rocciosa e scoprii una serie di scale improvvisate dietro il pendio, ovviamente una facile salita per gli scalatori novelli. I miei compagni di corso stavano salendo lentamente i gradini, ma io mi arrampicai sulle rocce, avendo bisogno di un po' di attività per mantenere la circolazione sanguigna.

Una volta in cima, esaminai l'area. Potevo vedere le baite e le cosiddette *tende*. Non ci eravamo allontanati molto dal resort, un fatto che ero certa Eli avesse pianificato.

C'erano forse una ventina di abitazioni, ognuna arredata in modo stravagante. Era sicuramente un posto di lusso, un luogo che si rivolgeva a persone che potevano permettersi una vacanza nella natura selvaggia, ma che volevano tutte le comodità della città.

Mi ero quasi strozzata, quando Eli mi aveva detto il prezzo per affittare una delle sue tende glam, ed ero stata ancora più sorpresa quando aveva condiviso che erano praticamente occupate tutto l'anno con un'enorme lista d'attesa.

L'alloggio che usavamo era generalmente tenuto a disposizione dei soci. Quando sapevano che nessuno li avrebbe usati per un po', li affittavano a un prezzo enorme.

Onestamente, stavo cominciando a pensare che il resort fosse un investimento piuttosto intelligente. Se era così esclusivo al punto tale che Eli avesse un'enorme lista d'attesa, rendeva le persone ancora più disposte a spendere una fortuna per un po' di relax nei boschi. Certo, le uniche persone che potevano davvero permettersi di venire qui avevano delle tasche piuttosto profonde, ma c'erano molte persone benestanti in tutto il Paese.

"Hai esperienza?" chiese una voce curiosa alle mie spalle.

Mi voltai per vedere una donna di mezza età che sembrava terrorizzata.

Le sorrisi, sperando di rassicurarla. "Non mi sono mai calata in corda doppia, ma ho scalato molte montagne in California."

"Sei spaventata?" domandò.

Scossi la testa. "No. E non devi esserlo nemmeno tu. Sono certa che il nostro istruttore si assicurerà che siamo tutti al sicuro."

Non volevo sottovalutare la sua trepidazione. Forse non avevo paura, ma ognuno aveva timori diversi. Per me, era solo un mucchio di massi impilati uno sopra l'altro, ma a lei poteva sembrare un dirupo spaventoso.

"Ho paura delle altezze, ma mio marito pensa che sia sciocco preoccuparsi" disse, confermando il mio sospetto che essere al di sopra di *qualsiasi cosa* rendesse la donna diffidente.

"Nessuno ti costringerà ad andare" dissi gentilmente.

"Mio marito non smetterebbe più di rimproverarmi, se non lo faccio. Stiamo cercando di iniziare a spingere i nostri confini. Potrei avere paura, ma immagino che me la caverò."

"Se *vuoi* farlo, sarai grande" replicai.

Mi accarezzò l'avambraccio e disse: "Grazie, tesoro. Stai attenta a scendere" avvertì prima di fare qualche passo indietro nel gruppo che pensavo comprendesse il suo antipatico marito. Dalla conversazione apparentemente piacevole che stava tenendo, immaginai che l'altro giovane fosse suo figlio.

Decisi di andare a vedere cosa stava trattenendo Eli e l'istruttore, quando vidi un enorme uccello volare sopra la mia testa. Distratta, lo guardai atterrare su un albero ai margini del bosco.

Proteggendomi gli occhi, feci un passo avanti per dare un'occhiata più da vicino, notando che ero vicino all'orlo del dislivello. Tenendo i piedi fermi, infilai la mano in tasca per prendere la macchina fotografica. Con lo zoom, ero abbastanza sicura di poter ottenere una foto decente.

"Jade! Allontanati subito da quel fottuto bordo!"

Ero così concentrata a scattare una foto che l'urlo esagerato di Eli sotto di me mi sorprese. Non era un avvertimento casuale. Sembrava terrorizzato, e la sua voce rimbombò per tutto il resort.

Il mio piede si spostò un po' in avanti, mentre il mio corpo trasalì, e prima che potessi correggere completamente il mio equilibrio, mi sentii sbilanciata oltre il bordo.

Sbattei le braccia come se fossi l'uccello che stavo guardando, ma inevitabilmente non riuscii a ritrovare l'equilibrio.

Non ero un uccello.

Ed ero totalmente impreparata per la caduta.

La prima cosa che sentii fu il dolore del mio corpo che colpì la roccia spietata.

Poi seguì il grido rauco di Eli, quando colpii il terreno duro.

Dopodiché, ci fu solo oscurità.

CAPÌTULO 16

Eli

"Hai davvero bisogno di mangiare, Eli" sentii la voce di mia madre dire con tono gentile.

La mia vista era offuscata dalla mancanza di sonno, ma non avevo affatto fame.

Gli ultimi due giorni e mezzo erano stati come un incubo che avevo vissuto mentre ero completamente sveglio. E ancora non mi sentivo in grado di uscire dal mio brutto sogno.

Se avessi vissuto fino a un secolo, sapevo che non avrei mai dimenticato la vista di Jade che giaceva ferita e sanguinante in fondo al dirupo.

Immaginavo che la mia paura per l'orso fosse stata solo un preludio di quello che stava per succedere.

E pensavo che stessimo facendo qualcosa di relativamente sicuro.

Avevamo portato Jade in un piccolo ospedale locale dopo la sua caduta, e l'avevano quasi immediatamente trasferita in aereo a Billings, dove era stata stabilizzata. Le avevano sistemato la spalla lussata, rimettendola a posto senza un intervento chirurgico importante, e si sarebbe ripresa dalla frattura del cranio.

Il suo medico le aveva permesso di essere trasferita a San Diego in aereo all'inizio della giornata, ma era ancora in terapia intensiva.

Si era svegliata diverse volte, ma era stata fatta riaddormentare poiché il personale medico aveva ritenuto di non somministrarle gli antidolorifici a bordo.

"Grazie, mamma, ma non ho fame" mormorai, tenendo stretta la mano più piccola di Jade nella mia.

Sentii una mano battermi sulla spalla. "Amico, devi prenderti una pausa. Siamo tutti qui ora. Ci pensiamo noi. Vai a mangiare e dormi un po'."

Alzai lo sguardo per abbinare la voce al viso. Per la maggior parte, i fratelli di Jade sembravano tutti uguali.

Era Noah, e aveva un'espressione determinata sul viso.

"Sto bene" protestai.

"Non morirà, mentre tu vai a prenderti cura di te stesso" brontolò. "E non le stai facendo del bene privandoti di questo sonno."

"Mi siederò al suo fianco mentre non ci sarai" disse una voce dolce e femminile dall'altra parte.

Alzai lo sguardo verso la gemella di Jade, Brooke, mentre mi spingeva per farmi alzare dalla sedia.

Alzandomi in piedi con riluttanza, osservai la sorella di Jade prendere il mio posto. "Vai" ordinò. "Jade non vorrebbe che ti sfinissi così, Eli. Sei stato con lei per più di due giorni quando aveva bisogno di te. Lascia che la aiutiamo noi ora."

C'erano diverse persone presenti nella stanza. Dal momento che Jade non era considerata critica, permisero a tutti noi di restare nella stanza privata.

Tutti i presenti erano imparentati con Jade, tranne il marito di Brooke e mia madre.

Mia madre era venuta dopo che le avevo parlato al telefono per spiegarle che non sarei stato in grado di tenere la raccolta fondi che avevo promesso per la beneficenza di Jade. Mamma se ne era occupata e aveva posticipato l'evento, chiamando ogni partecipante e fornitore per riprogrammarlo con l'aiuto dei miei assistenti.

"Tornerò" dissi con fermezza.

"È una minaccia o una promessa?" disse scherzosamente Aiden. "Starà bene, Eli. I miei fratelli ed io ci siamo presi cura di lei per la maggior parte della sua vita. Non è che non l'abbiamo mai vista malata o sbattuta prima."

Forse *loro* l'avevano vista ferita, ma io no, e le sue condizioni mi avevano tenuto incollato al suo letto d'ospedale senza sosta per alcuni giorni.

Ero stato lì con lei a Billings, quando emetteva grida di dolore angosciate mentre le rimettevano a posto la spalla.

Gesù! La sua agonia mi aveva strappato il cuore, lasciandomi una profonda ferita nel petto che non ero sicuro si sarebbe mai rimarginata.

"Chiamami se vuole qualcosa" dissi ostinatamente, mentre mi avvicinavo a mia madre.

"Penso che sia praticamente incosciente per ora" commentò Seth. "Probabilmente è meglio così. Darà al suo corpo la possibilità di guarire."

I miei occhi tornarono su Jade, esaminando ogni graffio, lacerazione e livido visibile sulla sua pelle.

"Siamo stati fortunati" brontolai.

Era atterrata sul lato sinistro, lussando la spalla e sbattendo la testa contro una roccia. Ma l'urto iniziale del corpo aveva interrotto la sua caduta e la sua testa non aveva subito un colpo diretto. Se le cose fossero andate anche solo leggermente diversamente, avrebbe potuto riportare un trauma cranico decisamente peggiore.

"Sappiamo tutti che sarebbe potuta andare molto peggio" disse Noah cupamente. "Ma è meglio non soffermarsi su questo. Se lo fai, impazzirai. Prendi esempio da me... sono stato in ospedale con tutti i miei fratelli più piccoli più volte di quanta ne possa contare. Ognuno di quegli incidenti mi ha spaventato a morte. Ma ce l'hanno fatta tutti."

Anche se sapevo che Noah aveva solo pochi anni più di me, la sua presenza sembrava essere un fattore stabilizzante per tutti.

Quando Brooke era arrivata dalla Costa Orientale in preda all'isteria, Noah l'aveva calmata con il suo comportamento equilibrato.

Aveva parlato al telefono con tutti i fratellastri e i cugini di Jade, usando lo stesso tono uniforme e stabile e il pensiero logico per convincerli che Jade stava bene e che non avevano bisogno di venire in California per stare con lei.

Anche Owen era stato rassicurato sul fatto che non aveva bisogno di interrompere il suo fitto programma di formazione per tornare in California dal momento che Jade era stabile.

Era come se Noah *sapesse* come calmare tutti allo stesso tempo, probabilmente un'abilità che aveva acquisito mentre si prendeva cura dei suoi fratelli più piccoli.

Doveva sentirsi come se avesse il peso del mondo sulle spalle.

"Ho chiesto alla tua assistente di portare la cena a tutti" disse mia madre, mentre mi metteva una mano sul braccio. "Andiamo a mangiare."

"Se non vai, tornerò in sala da pranzo e inalerò il tuo cibo" scherzò Seth. "Era davvero buono."

Tutti gli altri mormorarono il loro assenso. A quanto pareva, l'unico che non aveva mangiato ero io.

Seguii silenziosamente mia madre fuori dalla stanza e la seguii in una sala da pranzo vuota proprio fuori dalla stanza che il personale aveva allestito per la famiglia.

Dal momento che non era una procedura comune accogliere i visitatori in questo modo in terapia intensiva, ero abbastanza sicuro che mia madre avesse insistito visto che lei ed io eravamo entrambi grandi donatori delle strutture di ricerca.

"Siediti prima che cadi" ordinò mia madre.

Obbedii dato che avevo sentito quel tono di voce per tutta la mia vita, e sapevo che era meglio non discutere.

"Sto bene" mentii. "Sono solo stanco."

Si preoccupò di prepararmi un piatto, sbattendomelo davanti in pochi minuti. "Non mentirmi, Elias" avvertì. "So sempre quando non mi dici la verità."

Gesù! Odiavo quando usava il mio nome completo. Era l'unica donna in grado di farmi sentire un bambino contrito, quando ero un uomo d'affari miliardario rispettato e talvolta temuto.

Raramente mia madre si preoccupava ancora di me, né usava un tono di voce che richiedesse la mia attenzione.

La verità era che potevo dire che fosse preoccupata.

Inforcai un pezzo di lasagna nel mio piatto e mi sforzai di masticarlo e inghiottirlo. Continuai a mangiare, e prima che me ne rendessi conto, avevo pulito l'intero piatto. Forse avevo fame, ma non mi ero davvero soffermato a pensarci.

Alzai il sopracciglio, mentre la guardavo. Aveva preso un caffè per entrambi e si era seduta di fronte a me mentre io ingoiavo un intero piatto di cibo italiano. "Contenta adesso?" chiesi.

Lei scosse la testa. "No. Sembri in pessime condizioni, Eli. Ma sono contenta che tu abbia del cibo nella pancia."

Le rivolsi un piccolo sorriso involontario. Mia madre, Elizabeth Stone, era una forza da non sottovalutare negli affari. Sebbene avesse rallentato dopo la morte di mio padre, facendo più lavoro filantropico ora, aveva lavorato fianco a fianco con mio padre per decenni. Era spaventosamente intelligente e intuitiva, inoltre era ben istruita. Mio padre l'aveva sempre vista come una delle sue più grandi risorse, dentro e fuori gli affari.

Aveva sicuramente tagliato il cordone ombelicale molto tempo addietro, ma eravamo ancora legati. Ora che mio padre se n'era andato, mamma era tutto ciò che avevo.

"Non sono stati esattamente un paio di giorni facili, mamma."

"Lo immagino" concordò. "Mi dispiace così tanto che sia successo, Eli. Ma sono sollevata dal fatto che Jade starà bene."

La mia genitrice mi aveva ascoltato parlare di Jade, ma ero cresciuto, quindi non parlavo più molto delle mie emozioni con lei. "È stata colpa mia" confessai.

"È stato un incidente" mi corresse.

"Una caduta che ho causato io" gracchiai. "L'ho vista troppo vicino al bordo e le ho urlato contro. L'ho spaventata ed è caduta."

"*Non* ti incolperai per questo" insistette. "Gli incidenti accadono. Hai agito per paura. E non avevi intenzione di farla cadere."

"È stato stupido" ringhiai. "Non agisco in base alle mie emozioni. Mai."

Calcolavo quasi tutto, riflettendo prima di reagire. Ma Jade aveva capovolto il mio cervello solitamente logico.

"Non sei un robot, figliolo" sottolineò. "Da qualche parte lungo la strada, avrai reazioni emotive, non importa quanto cerchi di evitarle."

"Non voglio sentirmi così" dissi con voce disperata.

"Le vuoi bene" dedusse. "Sono contenta."

"Io non lo sono. E penso che mi importi troppo."

Mia madre sorrise. "Lei lo sa?"

"Accidenti, no."

"Forse dovresti dirglielo."

"Non faceva parte dell'accordo. Ed ero stato praticamente uno stronzo con lei. Probabilmente sarebbe corsa nella direzione opposta, se le avessi detto che stavo cambiando idea riguardo alla cosa del *non impegno*."

"Quindi scapperai" predisse. "Perché ti spaventa."

Mi passai una mano tra i capelli con frustrazione. "In questo momento, non so che cazzo sto facendo, e lo odio."

Mia madre si allungò e mi prese la mano. "Non lasciare che il passato rovini il tuo futuro, Eli. Sono passati anni. È ora di lasciarlo andare. Dovresti venderle la terra."

"Non posso" gracchiai. "Sai che non posso."

Scosse la testa. "Ti ho visto torturarti per anni. Senza alcun motivo. Deve finire."

Era un argomento di cui *non* parlavo assolutamente, e quel giorno non faceva eccezione. "Voglio concentrarmi su Jade in questo momento" le dissi.

"Sei testardo come lo era tuo padre" si lamentò.

Incrociai le braccia. "Cercherai di convincermi che la mia irascibilità viene solo da lui?"

"Pensi che venga da me?" sussultò, portandosi una mano al petto con finta angoscia. "Impossibile. Sono dolce come una pesca della Georgia" disse con voce strascicata, usando il suo accento del sud.

Emisi una risata forzata. Mia madre *sapeva* essere dolce, ma non era affatto una bella del sud. Era stata lontano dal sud per decenni, e aveva imparato a mordere quando necessario. Per fortuna, aveva un cuore gentile.

"Mi dispiace essere un idiota" dissi, sentendomi male perché si era occupata di tutto per me e, come sempre, aveva preso le redini della situazione.

Non mi ero nemmeno accorto che stava cercando di rendere le cose più facili per tutta la famiglia di Jade. Forse perché era quello che faceva sempre mia madre.

"Sono stati dei giorni davvero difficili" aggiunsi.

"Non devi scusarti. Sei mio figlio, Eli. So che mi vuoi bene. Ma quando tu stai male, io sto male. Tutto ciò che desidero è vederti felice."

Vidi le lacrime brillare nei suoi occhi, e mi fecero tornare nella realtà. "Lo so. Grazie per essere venuta. Ma devi andare a casa e dormire un po'. Jeff è qui per accompagnarti a casa?"

Annuì.

"Bene. Hai mangiato?"

"L'ho fatto" confermò. "Ho fatto una bella chiacchierata con Brooke mentre stavamo cenando. Se Jade è simile a sua sorella, è una ragazza adorabile. I Sinclair sono una famiglia straordinaria. La loro storia dagli stracci alla ricchezza è piuttosto notevole. Ma mi fa male il cuore sapere quanto hanno lottato. Dev'essere stata dura per Noah."

"Penso che sia stata dura per tutti e tre i fratelli maggiori di Jade. Ma sono tutti piuttosto tosti."

"Hai bisogno di una ragazza come lei" rifletté.

"Basta" dissi gentilmente. "Lascia a me la mia vita amorosa."

Si alzò dal tavolo. "Se lasciassi tutto a te, non vivrei mai per vedere un nipote" replicò stizzita.

"Nessun senso di colpa" dissi. "Non sei esattamente anziana e sul letto di morte."

Mia madre era ancora bella e attiva come lo era sempre stata. Poteva lavorare insieme a donne che erano decenni più giovani.

Mi alzai, afferrai la sua giacca leggera e gliela porsi.

Quando si voltò, mi rivolse uno sguardo preoccupato. "Per favore, riposati. So che non te ne andrai, ma cerca di dormire."

Ero il figlio di mia madre, e lei lo sapeva. Quando mio padre si ammalò gravemente prima di morire, mia madre non lasciò mai il suo fianco.

Continuò: "Ho lasciato una borsa di vestiti nell'armadio." Indicò il piccolo armadio nella stanza. "C'è una doccia per medici dietro l'angolo. Torno domani."

Annuii. Onestamente, ero grato per i vestiti puliti. Ero abbastanza sicuro di puzzare.

La abbracciai forte per un momento e poi la guardai uscire dalla porta.

Presi i vestiti puliti e andai a cercare la doccia.

Mia madre aveva ragione. Non sarei andato da nessuna parte. Ma per il bene di tutta la famiglia di Jade, sapevo che avevo bisogno di ripulirmi.

Dieci minuti dopo ero di nuovo nella sua stanza, deciso ad accamparmi là finché non fossi stato finalmente convinto che Jade sarebbe stata bene.

CAPÌTULO 17

Jade

Mi svegliai all'improvviso, in preda al panico, perché non sapevo dove fossi o perché non riconoscessi ciò che mi circondava.

"Dove sono?" gridai nella penombra di quella che sembrava essere una stanza d'ospedale.

Feci dei respiri profondi, cercando di calmarmi, rendendomi improvvisamente conto che tutto il corpo mi faceva male.

"Stai bene" disse la voce ferma di Eli, mentre si avvicinava al lato del letto. "Hai avuto un incidente, tesoro."

Solo la sua presenza fece tornare il mio battito cardiaco alla normalità e la mia paura si dissolse, quando allungò la mano e afferrò la mia.

Ricordo. Mi sono svegliata un paio di volte. Dopo aver risposto ad alcune domande dell'infermiera, mi sono riaddormentata.

Le immagini della mia caduta dal dirupo mi balenarono nella mente, seguite da ricordi di un dolore lancinante. E poi il nulla. "Sono caduta. Tutto ciò che ricordo è il dolore" gli dissi dolcemente. La mia gola e la mia bocca erano secche. "Posso avere dell'acqua?"

"Puoi avere qualsiasi dannata cosa tu voglia ora che mi parli" replicò con voce bassa e roca.

Bevvi a sazietà dalla cannuccia prima di chiedere: "Siamo nel Montana?"

"No. Siamo tornati a San Diego. Sei stata portata prima a Billings e, una volta stabilizzata, sei stata autorizzata a tornare qui. Sei qui da due giorni ormai. Sono passati quasi cinque giorni dall'incidente. Stanno lentamente riducendo i tuoi farmaci anti-dolorifici, quindi probabilmente sarai più sveglia ora."

Il suo viso era vicino al mio dopo che si era seduto, e strizzai gli occhi per vederlo. "Hai un aspetto orribile" dissi.

Gli occhi di Eli erano rossi, e il suo viso sembrava devastato dalla stanchezza.

Mi sorrise. "Non ti sei vista. Penso che sembri molto più malconcia di me."

"Cosa mi sono ferita?"

Tutto il corpo mi faceva male, quindi non potevo davvero definire le mie vere ferite.

"Sei quasi tutta livida" disse cupamente. "Ma la cosa più importante è una spalla lussata, e ti sei fratturata il cranio."

"Pensavo che scendere con le corde fosse piuttosto semplice" borbottai.

"Avrebbe dovuto esserlo. Mi dispiace così tanto, Jade. Ti ho fatto cadere perché ti ho urlato contro. Saresti stata bene se non ti avessi spaventata."

Un lampo di memoria rivelò il momento in cui Eli aveva gridato così forte che avevo vacillato. "Non è stata colpa tua" negai. "Ero troppo vicina al bordo. Ho visto un'aquila calva e volevo una foto. Ero già in una posizione imbarazzante perché stavo cercando di tirare fuori la mia macchina fotografica. Essere così instabile sull'orlo di un ripido precipizio è stata la mia stupidità."

"Ecco perché ti ho urlato contro. Era l'istinto. Uno cattivo. Saresti stata bene se non ti avessi fatto perdere completamente l'equilibrio" disse rigidamente.

Potevo sentire il rimorso nella sua voce, e lo odiavo. Allungai la mano per accarezzargli la mascella stretta e barbuta. "Non incolpare te stesso perché sono stata stupida. È stato un incidente. Presumo che me la caverò?»"

Lui annuì. "Ci vorranno un paio di mesi per riprenderti, ma grazie al cielo non hai riportato danni permanenti. Però soffrirai."

"È tollerabile" lo rassicurai. Ora che avevo superato lo shock iniziale di essermi svegliata con il dolore, non sembrava più così grave.

"La tua testa guarirà. Hai riportato una frattura lineare semplice, quindi ci vorrà solo tempo. Siamo stati fortunati."

Sospirai e mi appoggiai ai cuscini. Una caduta incontrollata da quell'altezza avrebbe potuto fare molti più danni se fossi caduta di testa. "Sopravvivrò» scherzai. "Non è la prima volta che mi faccio male."

"Sarà l'ultima" brontolò.

"Mi dispiace che tu fossi preoccupato" dissi. "Hai dormito un po'?"

"Sì. Poco. Ho dovuto lottare con i tuoi fratelli e tua sorella per dormire nell'altro letto, ma ho dormito fino a quando non ti sei svegliata."

"La mia famiglia era qui?"

"Davvero ne dubitavi?" prese in giro. "L'intero dannato clan è stato qui, inclusa tua sorella, Brooke."

"Brooke è qui?" chiesi eccitata.

"Dubito che ci fosse qualcosa che l'avrebbe tenuta lontana, quando ha saputo che ti eri fatta male. Lei e Liam sono qui da quando sei arrivata a San Diego. Vanno a casa solo per dormire. Penso che anche i tuoi fratellastri e cugini sarebbero qui, ma Noah li ha dissuasi dal venire dato che eri stabile. Ha detto loro che la stanza era già abbastanza piena."

Sorrisi. "Sembra tipico di lui" riconobbi. "Mi dispiace che abbiano dovuto fermare la loro vita per stare qui con me."

"Stai scherzando? Sai che avresti fatto lo stesso."

Eli aveva ragione. Se qualcuno dei miei fratelli fosse stato in ospedale, mi sarei accampata con lui. "Immagino di sì."

"Onestamente, non sono sicuro che riusciremo a farli andare via. Mia madre li ha nutriti ogni singolo giorno. Non ho idea di cosa ci sia nel menu di domani, ma ti garantisco che i tuoi fratelli saranno lì quando arriverà."

"Tua madre era qui?" dissi, sentendomi leggermente imbarazzata dal fatto che anche la madre di Eli fosse stata in ospedale. "Probabilmente mi odia per averti fatto privare del sonno. Non hai proprio un bell'aspetto."

"Mi sento molto meglio ora" assicurò con voce roca. "Mi hai spaventato a morte, Farfalla."

Se le nostre posizioni fossero state invertite, sapevo che sarei stata terrorizzata anch'io. "Scusa. Ho perso il mio ultimo giorno in Montana. E ho praticamente rimosso la maggior parte degli ultimi giorni. Tutto quello che ricordo sono delle immagini."

"Probabilmente starai meglio così" disse con voce addolorata. "*Vorrei* dimenticare. E il Montana sarà ancora lì quando ti sentirai meglio. Anche se preferirei di gran lunga che tu lo evitassi. Ti accadono troppe cose brutte lì."

Il mio cuore soffrì, quando vidi la tensione sul suo viso e la sentii nella sua voce. Sembrava che Eli fosse stato trascinato attraverso l'inferno e fosse tornato.

"Quanto tempo devo stare in ospedale?" chiesi.

"Fino a quando il dottore non ti dimette" rispose con fermezza. "Probabilmente sarai trasferita in una stanza normale domani. Ma il tuo bel culo resterà ricoverato in ospedale finché non sarai pronta per tornare a casa."

Sapevo che avrei dovuto essere in grado di prendermi cura di me stessa. Rifiutavo di farmi fare da babysitter dai miei fratelli. Alla fine mi avrebbero fatto impazzire. "Quanto tempo dovrò stare ingessata?"

"Almeno qualche settimana. E non avrai pieno uso di quel braccio finché non sarà passato. Forse più a lungo. Ma non importa. Resterai con me."

"A San Diego?" chiesi.

"Sì. E non discutere. Avrai bisogno di controlli e possibilmente di fisioterapia. Sarà meglio che tu stia qui."

La mia testa era ancora confusa, e non sapevo se dovevo essere d'accordo con lui o meno. Volevo stare con lui, ma non ero del tutto sicura che fosse una buona idea. "I nostri dieci giorni sono finiti."

"Li estendiamo" disse rudemente. "E ho rimandato la raccolta fondi per la tua beneficenza, ma non l'ho annullata. Può aspettare finché non starai meglio."

Gli sorrisi. Beh, per quanto riuscissi a incurvare le labbra. Ero abbastanza certa di essermi spaccata il labbro, e che fosse stato suturato.

Onestamente, l'offerta di Eli era così... inaspettata. Non sapevo cosa dire. Certo, aveva iniziato cercando di portarmi a letto, ma non avrei mai immaginato che si sarebbe rivelato un uomo così buono in tutto e per tutto.

Sapevo che non stava pensando al sesso considerando l'aspetto che dovevo avere al momento.

"Grazie" mormorai.

"Potrai ringraziarmi quando ti sarai ripresa" borbottò.

"Penso che dovresti dormire un po'" dissi, preoccupata per le rughe di stress sul suo viso.

Poteva essere stupendo come sempre, e gli donava l'aspetto trasandato con la barba corta sulla mascella, ma ero abbastanza sicura che non fosse intenzionale.

Tuttavia, odiavo lo sguardo tormentato nei suoi occhi e le rughe di stanchezza profonda sparse sul suo viso.

"Aspetterò finché non ti addormenterai" brontolò.

"Testardo" dissi.

Sorrise. "Sono già stato accusato di questo."

"Davvero dormirai dopo di me?" chiesi scettica.

"Promesso."

"Sono felice che tu sia qui, Eli" dissi mentre chiudevo i miei occhi pesanti.

"Sarò *sempre* qui, Farfalla" giurò.

Sapevo che eravamo in circostanze estenuanti e che a volte in queste situazioni si fanno promesse solo per dire, ma speravo assonnata che fosse vero.

CAPÌTULO 18

Jade

Uscii dall'ospedale dopo due giorni, ma ci vollero due settimane per liberarmi dell'imbracatura al braccio.

L'avevo appena tolta la mattina presto, giusto in tempo per il gala che la mamma di Eli aveva riprogrammato per la mia beneficenza, la SWCF.

Avevo soggiornato nella casa sul lungomare di Eli a San Diego, una casa elegante e contemporanea con un sacco di camere da letto e bagni. Ma ciò che mancava nel carattere all'abitazione era compensato dalla splendida parete di finestre e dalla vista sull'acqua.

Potevo odiare il traffico e la città, ma Eli aveva una casa fantastica.

"Che diavolo stai facendo?" gridò dalla porta aperta del soggiorno accanto alla camera da letto in cui mi aveva fatto accomodare.

Ero seduta in una posizione scomoda su una delle piccole sedie, una gamba piegata e il piede sul bordo del sedile. "Mi metto lo smalto alle unghie" lo informai senza alzare lo sguardo.

Dovevamo partecipare al gala quella sera e stavo facendo uno sforzo speciale per avere un bell'aspetto. Avevo passato la maggior parte della giornata con Skye. Era venuta a San Diego per una giornata, ed eravamo andate a pranzo, e poi a fare shopping. Mi aveva aiutata a scegliere un nuovo vestito dato che non avevo niente di appropriato per una festa con un sacco di gente ricca.

"Dovresti fare attenzione a quella spalla. Ti stai piegando troppo" disse in tono seccato.

Come al solito, Charlie era alle sue calcagna, ma si lasciò cadere in un angolo e procedette a chiudere gli occhi per fare un pisolino.

Onestamente, mi stavo abituando alla disapprovazione di Eli per ogni singola cosa fisica che facevo. "Sono stata autorizzata a riprendere le normali attività" gli ricordai.

Entrò nella stanza e afferrò un pouf, facendolo cadere proprio di fronte a me prima di sedersi. "Dammelo" ordinò, mentre si allungava per prendere lo smalto dalla mia mano.

"Sul serio?" chiesi, rimettendo il pennello nella bottiglietta. Non avevo mai ricevuto un'offerta da un ragazzo per smaltarmi le unghie dei piedi.

"Dammelo" ripeté, mentre mi toglieva di mano il flacone di smalto rosso scuro.

Lo guardai mentre avvolgeva le sue grandi mani intorno al mio piede e se lo metteva in grembo.

"Oh, mio Dio" dissi con stupore. "Lo farai davvero."

Mi lanciò uno sguardo di avvertimento prima di spalmare lo smalto sulle unghie dei piedi. "Ho sempre pensato che fosse una cosa imbarazzante per le donne farlo da sole" brontolò.

Mi appoggiai allo schienale della sedia. "Lo è. Lo odio. Ma indosso i sandali, quindi devo mettere lo smalto alle unghie."

Non c'era modo di opporre resistenza. Era bello guardare Eli con la testa china, la sua attenzione concentrata su come mettere lo smalto dritto.

Davvero, era una delle cose più dolci che qualcuno avesse mai fatto per me.

Non che non fosse stato un custode incredibile nelle ultime due settimane. Si era preso cura di me fin troppo.

All'inizio ero stata a disagio, quando sua madre era venuta a trovarlo durante il giorno in cui Eli era in ufficio. All'inizio era stato imbarazzante, e avevo detto a entrambi più e più volte che potevo prendermi cura di me stessa, ma nessuno dei due aveva desistito.

Nel corso delle ultime due settimane, Elizabeth Stone ed io eravamo diventate amiche. Era una donna con un incredibile senso degli affari, ma aveva anche un cuore d'oro. Liz aveva iniziato a insegnarmi tutto ciò che avevo bisogno di sapere sul mondo degli affari durante il giorno, quindi stavo imparando a modo mio abbastanza velocemente. Ovviamente, mi ci sarebbero voluti anni per avere la stessa comprensione che aveva lei, ma stavo iniziando a sentirmi più a mio agio nel gestire le cose da sola.

"Merda!" imprecò Eli, mentre mi lasciava una piccola macchia di smalto sulla pelle.

Gli passai tranquillamente le salviette per rimuovere lo smalto. "Succede sempre."

Riabbassò la testa e asciugò il colore dalla mia pelle, quindi riprese quello che stava facendo. Dovevo essere onesta: da quello che potevo dire, stava facendo un lavoro migliore di quello che avrei fatto io. Quando si trattava di unghie, ero impaziente e mi limitavo a spalmare il colore senza molto riguardo per il fatto di aver coperto o meno ogni singola piccola porzione dell'unghia.

Ma non lui.

Era concentratissimo sul fare un buon lavoro. Forse era per questo che aveva tanto successo. Praticamente si buttava per fare tutto bene.

Una cosa che avevo notato di lui nelle ultime settimane era come viveva il momento, dando il massimo, anche se era solo un compito normale.

L'intensa fissazione che una volta mi aveva messa a disagio ora mi affascinava. L'uomo sapeva fare molte cose contemporaneamente, ma non perdeva mai di vista la sua missione originale.

"So che mi hai dato una lista degli invitati, ma come sarà l'atmosfera? Di cosa parlano celebrità e miliardari quando sono fuori la sera?"

Sapevo che mi sarei sentita un po' intimidita, ma volevo essere preparata.

L'evento si teneva in un country club sciccoso, e un concerto di alcuni dei più grandi nomi della musica avrebbe seguito il gala e la cena. Non avevo idea di come Eli avesse convinto quei musicisti molto richiesti a donare il loro tempo, ma aveva detto che tutti rifiutavano il pagamento.

Aveva convinto ognuno di loro che era una causa che valeva la pena sostenere.

Alla fine sollevò la testa, posò con cura un piede dipinto sul pavimento e sollevò l'altro. "Di cosa parla la gente? Figli, vacanze, hobby, occasionalmente investimenti. Qualunque cosa venga in mente."

"Sono un po' nervosa" confessai.

"Non esserlo" rispose. "Sono lì per aiutarti."

"Non pensare che non lo apprezzi" dissi in fretta, non volendo che pensasse che non ero grata. "È solo un po' scoraggiante partecipare a una festa a cui non sarei mai stata invitata quando ero povera."

"Ti avrei invitata" ribatté.

"Se non avessi ereditato il denaro, non ci saremmo mai incontrati" dissi pensierosa. "Non frequentavamo esattamente gli stessi circoli."

"Forse" confermò. "Ma penso che scoprirai che non tutti sono schifosamente ricchi. E molti di loro non sono nati ricchi. Alcuni sono imprenditori che si sono fatti il culo per avere successo, ma non sono miliardari."

"È piuttosto sorprendente che tutte quelle persone sostengano la mia beneficenza."

"Il tuo rapporto ha aiutato" mi disse. "Hai un talento per scrivere i fatti, e renderli personali."

Avevo lavorato duramente per raccogliere informazioni per possibili sostenitori. "Forse perché è la mia passione."

"Si vede" disse in tono serio.

"Le donazioni aiuteranno la SWCF ad acquistare alcuni importanti corridoi. Grazie."

"Non ringraziarmi" chiese. "Ora che ho visto tutte le informazioni, capisco perché preservare quei pezzi di terra e mantenerli non sviluppati è fondamentale per la fauna selvatica. In alcuni casi, puoi già vedere alcune specie completamente circondate. Non sono sicuro del motivo per cui non è mai stato pensato prima dello sviluppo."

"Lo era, in realtà. Ma il più delle volte, i grandi affari vincono e gli animali perdono."

Alzò la testa e mi guardò con un sorriso. "Non più. Più sostegno ricevi, più peso puoi spargere in giro."

Eli mise delicatamente il mio piede sul pavimento, chiuse lo smalto e me lo restituì. "Tutto fatto."

"Sei un angelo" dissi con un sospiro. "Grazie. Non che dovessi farlo, ma hanno un aspetto decisamente migliore di quello che avrei ottenuto io."

Flessi delicatamente i piedi e agitai le dita. Eli aveva svolto un lavoro da esperto.

"*Non* sono assolutamente un angelo" sostenne. "E come fai a sapere che non l'ho fatto solo per poterti toccare?"

Il mio cuore sussultò. *Non* aveva fatto commenti personali nelle ultime due settimane. Era stato troppo preoccupato ad assicurarsi che facessi tutto ciò che il dottore aveva ordinato.

Ma ora ero stata dimessa. Avevo alcuni semplici esercizi che potevo fare per le settimane successive per ricostruire lentamente la mia spalla, ma non avevo nemmeno bisogno di andare in fisioterapia.

"Puoi toccarmi ora" lo informai con voce tremante. "Sono guarita."

La tensione sessuale tra me ed Eli era sempre lì, sempre presente. Man mano che iniziavo a sentirmi meglio, l'intensità tornò al punto di prima, forse anche più urgente.

Essere vicino a lui ora senza alcun contatto fisico era assolutamente angosciante.

"Non comprometterò la tua guarigione solo per scopare" disse rudemente. "Se fai troppa attività troppo presto, ti riporterà al punto in cui eri due settimane fa."

Potevo ancora vedere il desiderio nei suoi occhi belli e tempestosi, quindi sapevo che anche lui stava provando l'insopportabile attrazione chimica. "Allora baciami e basta" dissi, frustrata.

Mise entrambe le mani sulla sedia, inchiodandomi, mentre si chinava vicino. "Penso che sappiamo entrambi dove questo ci porterebbe" disse con voce roca. "Non posso toccarti senza volerti scopare finché qualcuno di noi non può muoversi."

Dio, lo volevo anch'io. Così tanto che il mio corpo stava male fisicamente per lui. "Un bacio" chiesi.

I suoi occhi diventarono di un grigio più profondo e stavano bruciando con il fuoco. "Sai benissimo che non posso dire di no."

Probabilmente lo sapevo, ma se non mi avesse toccata in qualche modo, sarei impazzita.

Mi mise le dita sotto il mento, mi sollevò la testa e la sua bocca catturò la mia in meno di un battito di cuore.

Il delizioso calore e la potenza del suo abbraccio mi fecero sospirare contro le sue labbra.

Assaporai l'intimità, mentre esplorava a fondo la mia bocca, il bacio così bollente che mi sentivo come se stessi per incenerire.

Volevo disperatamente avvolgere le mie braccia intorno al suo collo e afferrare i suoi capelli folti, tenendolo vicino a me. Ma avevo paura che avrebbe troncato la vicinanza tra noi, e volevo assaporare ogni colpo della sua lingua.

Eli non si limitava a baciare; reclamava. Le sue tendenze da maschio alfa non mi mettevano più a disagio. In realtà, a volte le desideravo perché lo volevo con la stessa ferocia, e mi ritrovavo rinchiusa nella follia del nostro desiderio quanto lui.

Quando finalmente sollevò la testa, trattenni una protesta. Non volevo che si allontanasse.

Ma lo fece.

Si raddrizzò e andò alla porta.

"Preparati, Jade" disse con voce roca. "Dobbiamo partire tra un'ora."

"Lo so" risposi, cercando ancora di riprendere fiato.

Fece schioccare le dita perché Charlie lo seguisse. "Andiamo, amico" disse al cane. "Se non riesco a vederla nuda, non lo farai nemmeno tu."

Risi, perché sapevo che stava prendendo in giro in un momento pieno di privazione.

"Non ho mai detto che non potevi guardare" dissi scherzosamente.

Mi voltò le spalle quando rispose: "Se lo facessi, non arriveremmo mai alla raccolta fondi."

L'uomo e il cane uscirono entrambi dalla stanza senza alcun altro suono.

CAPÌTULO 13
Eli

*D*evo riprendere un cazzo di controllo!

Crollai contro le piastrelle della doccia, i potenti getti che mi battevano contro la schiena. La prova che mi ero appena masturbato di nuovo e avevo raggiunto il climax stava girando intorno allo scarico, e poi scomparve come se il mio orgasmo non fosse mai avvenuto.

E per la maggior parte, non importava, perché il mio uccello non si sentiva meglio, visto che io non mi sentivo dannatamente meglio.

Masturbarmi non aiutava più.

Volevo una cosa, e solo una cosa.

Jade.

Dannazione!

Il mio uccello non si accontentava più di facili imitazioni.

Presi un flacone di shampoo e lavorai rudemente per insaponarmi i capelli, irritato dal fatto che non avessi abbastanza disciplina per tenere le mani lontane da lei.

È stata appena autorizzata a tornare alla normale attività.

Ma questo non significava che potesse sforzare troppo la sua spalla. Era molto limitata per quanto riguardava lo stress e il peso che poteva sopportare. E non era molto.

Durante la sua guarigione, il mio folle desiderio si era interrotto. Ero stato troppo preoccupato ad assicurarmi che non avesse effetti duraturi dalla sua caduta.

I lividi, i graffi e le lacerazioni sul suo viso erano praticamente guariti, ma l'incidente stesso era l'oggetto di quasi tutti i miei incubi.

Questa merda deve finire!

L'avevo fatta cadere a causa della mia paura che le sarebbe successo qualcosa, e non avevo fatto del bene a Jade. Le avevo già causato troppo dolore e non ero disposto a rischiare che accadesse di nuovo perché non riuscivo a controllare il mio istinto quando ero con lei.

Ero fottuto, e lo sapevo. E per ragioni che non avevano niente a che fare con lei.

L'ho ferita, cazzo! Avrei potuto ucciderla a causa del mio folle desiderio di proteggerla.

Da due settimane stavo pensando che sarebbe stata meglio senza di me, ed ero quasi convinto che fosse così.

Baciarla era stata una compulsione a cui non avevo potuto resistere.

Ma *non* l'avrei assolutamente rifatto.

Il senso di colpa per la sua caduta mi aveva quasi ucciso, e onestamente non ero sicuro di poterlo rivivere.

Il dolore.

Il terrore.

Il rimorso paralizzante.

Ogni emozione mi aveva mangiato vivo mentre si stava riprendendo.

I miei incubi erano stati reali e non avevo mai dormito dopo averne avuto uno. Ero troppo dannatamente agitato per tornare a dormire.

Mi sciacquai, chiusi la doccia e uscii per asciugarmi.

Ci tenevo troppo, e non ero più disposto a negarlo. E questo rendeva Jade un pericolo per la mia sanità mentale.

Se la scopo, ho finito.

Per quanto fosse difficile, dovevo tagliarla fuori dalla mia vita.

L'avrei *superato.*

L'avrei *superata.*

E sarebbe stata al sicuro perché non sarei stato lì a rovinarle la vita.

Se non fosse più stata nei paraggi, sarebbe svanita e alla fine sarebbe stata solo un lontano ricordo.

Il petto mi faceva male e mi sentivo vuoto. Nel giro di poche settimane, Jade Sinclair aveva capovolto tutto il mio mondo.

Mi serviva di nuovo dritto.

Dovevo dormire. Dovevo mangiare. Non dovevo avere una dannata erezione ogni singolo momento che passavo con lei.

La mia vita era fatta di ordine ed equilibrio. Avevo troppe responsabilità per non mantenere la calma.

Gettai l'asciugamano usato nella cesta ed entrai nella mia camera da letto nudo, sapendo che non avevo molto tempo per prepararmi per il gala.

Il mio smoking era già stato appeso all'anta dell'armadio, così infilai la mano in un cassetto per prendere un paio di boxer.

Mentre tiravo fuori le mutande, i miei occhi si posarono su una piccola scatola rossa che avevo messo lì subito dopo aver portato a casa Jade dall'ospedale.

Volevo solo chiudere il cassetto, ma non potevo. Così presi la scatolina e, quando tolsi il coperchio, sentii il petto stringersi dentro il mio sterno.

Dopo l'incidente, avevo avuto un momento di follia temporanea e avevo comprato l'anello.

Pensavo di essere pronto a impegnarmi, perché non riuscivo più a immaginare una vita senza di lei.

Il grande diamante incastonato in platino era luminoso e infuocato. Mi ricordava lei.

Non posso farlo. Non posso.

Niente di quello che provavo per Jade era minimamente razionale. Avrei fatto di nuovo qualcosa di stupido e le avrei fatto del male. Sì. Non si tornava indietro dalla morte.

Dio sapeva che nessuno se ne poteva rendere conto più di me.

Non stavo pensando a tutte le implicazioni di una relazione, quando ho comprato questo anello.

Sbattei il coperchio.

"A cosa diavolo stavo pensando?" mormorai con voce rauca.

Infilai la scatolina nel retro del cassetto.

Non. Succederà.

Non l'avrei sposata, ed ero sicuro che non sarei rimasto in giro per renderle la vita triste.

Chiusi il cassetto.

Jade non aveva bisogno di un anello.

Aveva bisogno di un uomo che fosse sempre lì, qualcuno che non sarebbe impazzito se si fosse anche solo strappata un'unghia.

Quel tipo di comportamento non era normale.

Non era sano.

E di sicuro non era razionale.

Devo riprendere il controllo.

Avrei anche avuto bisogno di un po' di distanza. Era l'unica cosa che avrebbe aiutato.

Jade non era il tipo di donna da cui un uomo poteva allontanarsi facilmente.

Tornerà a casa domani.

E accidenti se solo il pensiero di non averla nella mia vita tutto il tempo sollevava una protesta di risposta che sentivo nel profondo del mio intestino. In realtà, faceva così male che riuscivo a malapena a respirare.

"Merda!" gracchiai. "Sono rovinato."

Entrai in bagno per radermi, cercando disperatamente di non pensare a cosa sarebbe successo.

Perché onestamente, non avevo idea di come avrei mai potuto allontanarmi da lei.

CAPÌTULO 20

Jade

"Un po' di più alla coda dell'occhio" mi disse Brooke mentre mi guardava truccarmi allo specchio tramite una videochat su Internet.

C'era voluto del tempo, ma ero riuscita a posizionare il mio laptop a un'angolazione in cui lei potesse aiutarmi a capire tutte queste cose sul trucco.

Feci scorrere leggermente il pennello sulla coda dell'occhio. "Quando il trucco è diventato una dannata scienza?" le chiesi.

Avevamo attraversato un processo meticoloso per fare un lavoro di trucco serale, e non ero sicura che mi piacesse.

Certo, ogni tanto mi mettevo un po' di rossetto e forse un po' di mascara, ma per la maggior parte non applicavo niente, perché ero fuori in mezzo al nulla con tutti i diversi tipi di agenti atmosferici. In generale, nessuna delle cose che mi stavo mettendo in faccia era utile nei miei soliti ambienti.

Brooke rise. "Onestamente, di solito non perdo tempo nemmeno io con così tanto trucco. Ma una delle signore del posto ha tenuto una lezione al centro ricreativo e ho imparato molto.

Sto cercando di condividere le mie conoscenze con te. Hai detto che volevi avere un bell'aspetto."

Sospirai. "Sì."

Mi parlò per il resto del trattamento, e quando alla fine feci un passo indietro, ero ragionevolmente soddisfatta. "Immagino che questo sia il massimo" dissi alla mia gemella.

"Girati" chiese.

Mi voltai e tolsi l'asciugamano che indossavo come un bavaglino per tenere il trucco fuori dal vestito, e poi feci un passo indietro in modo che potesse vedermi.

"Perfetta" disse. "Sei bellissima, Jade."

Mi spostai alla scrivania, sistemai il computer e mi sedetti davanti allo schermo. "Sei sicura? Non pensi che sia un po' esagerato?"

Brooke fece una smorfia. "Assolutamente no" sostenne. "Non tutte possono sfoggiare quel vestito come fai tu, ed è una cena e un cocktail party pieno di persone ricche che si vestono bene. Hai un aspetto incredibile."

Skye mi aveva convinta a indossare l'abito da cocktail nero. Aveva detto che era sexy senza farmi sembrare una troia. Era attillato, quindi aderiva abbastanza al mio corpo, ma con il girocollo e il cappuccio che scendevano in basso sulla schiena, era anche elegante. Adoravo le maniche di pizzo nero che erano aderenti alle mie braccia, ma non troppo strette. L'orlo finiva proprio sopra il ginocchio.

"Non sono abituata a indossare un vestito" le dissi.

"Ne hai indossato uno al mio matrimonio" mi ricordò.

"L'ho fatto per te" borbottai.

"Allora indossa questo per te" insistette. "O lo stai facendo per Eli?"

"Forse un po' di entrambe le cose" ammisi. "Ha messo insieme tutto questo per me. Voglio essere carina."

"Sorella, sei più che carina" rispose Brooke. "Sbaverà tutta la notte."

Volevo che Eli sbavasse? Sì, era del tutto possibile che lo volessi.

"Mi ha a malapena toccata dall'incidente" confessai. "Credo che forse voglio attirare anche la sua attenzione."

"Oh, Jade. Ce l'hai già" mi assicurò. "Se avessi potuto vedere quanto era turbato quando eri ferita, lo sapresti. Il ragazzo ha mangiato o dormito appena."

"Lo so. L'ho potuto vedere dopo che i farmaci hanno finito l'effetto. Ma è diverso, Brooke. Non so come spiegarlo, ma è... distante."

"Ti stavi riprendendo da un grave trauma" sottolineò.

Non potevo esattamente individuare il distacco, ma mi preoccupava. "Spero che tu abbia ragione."

"Lo ami?" chiese in fretta. "No, aspetta. Sono la tua gemella. So che è così."

Annuii lentamente. "Lo amo. Non sono sicura di quando sia successo, ma mi spaventa a morte."

"So che prova le stesse cose, quindi io non sono preoccupata. La paura svanisce, Jade" disse dolcemente. "Promesso."

"Ha messo in chiaro che mi voleva nel suo letto, Brooke. Ma le emozioni non facevano parte dell'accordo. Non è il tipo di ragazzo che vuole impegni. Me l'ha già detto."

"Che stronzate" replicò. "Eli Stone è così innamorato di te che non riesce a pensare con lucidità. Forse tutto è iniziato come un gioco o un'avventura, ma da qualche parte lungo la strada, tutto è cambiato."

"Per me lo ha fatto sicuramente" confessai.

"Anche per lui" insistette. "Le cose non vanno sempre come le pianifichi, ma questa è la parte migliore della vita. Le sorprese."

"Come Liam?" chiesi con un sorriso. Adoravo il marito della mia gemella, ma non potevo fare a meno di desiderare che avesse vissuto in California.

Il viso di Brooke si addolcì e i suoi occhi danzarono solo per aver sentito il suo nome. "Liam e io non avremmo dovuto funzionare affatto. Ma in qualche modo penso di aver sempre saputo che era l'unico ragazzo che avrei mai amato. Inizia come lussuria, e poi... bam! Non potrei più vivere senza di lui."

"Ti rende felice" dissi.

"Molto" confermò.

"Voglio davvero odiarlo perché ti ha portata dall'altra parte del Paese, ma non posso" le dissi.

"Non importa" ribatté. "Ci saremo sempre l'una per l'altra. Quando ti sei fatta male, Liam è stato quello che ha fatto le valigie, mentre io impazzivo. Ma non c'erano dubbi sul fatto che venissi o meno. Lo capisce, e voleva esserci anche lui. Liam è speciale in questo senso. Quando ho bisogno di lui, è lì senza fare domande."

"Almeno vederci non è un problema, avendo a disposizione i jet privati" scherzai.

"Esatto" concordò lei. "E ora che sono tornata dal viaggio, ci parleremo tutto il tempo. Mi mancate tutti."

"Ci manchi anche tu" dissi in lacrime.

"Non iniziare a piangere" avvertì. "Tutto quel trucco si rovinerà."

Sbattei le palpebre furiosamente per non farmi uscire lacrime dagli occhi. "Ho tutto sotto controllo."

"Divertiti, Jade. E goditi la serata con un ragazzo davvero figo. Sarai l'invidia della maggior parte delle donne single di tutto il mondo."

Gemetti. "Oh, Dio. Non ci ho mai nemmeno pensato."

Per me era solo Eli. Per tutte le altre, era lo scapolo più ambito al mondo.

Lei rise. "Non ci pensare allora."

Mantenemmo il discorso leggero prima di salutarci.

E per la prima volta, conclusi la mia conversazione con la mia gemella senza essere davvero triste.

Sì, a volte sentivo davvero l'assenza di Brooke, ma sapevo che non importava quante miglia ci separassero, avremmo sempre avuto quel legame gemello che non si sarebbe mai spezzato.

E potevamo violare quella distanza ogni volta che avevamo bisogno di vederci o passare del tempo insieme.

La nostra eredità aveva reso il volo attraverso il Paese piuttosto facile.

"Ehi, sei pronta?" sentii il baritono di Eli chiedere, mentre attraversava il soggiorno.

Mi alzai, sentendomi dannatamente nervosa in una pelle a cui non ero del tutto abituata.

"Oh, mio Dio" dissi senza fiato, mentre lui appariva nella piccola toilette.

Ero stata così impegnata ad essere imbarazzata che non avevo nemmeno pensato al fatto che anche lui sarebbe stato ben vestito.

Sapevo già che era mozzafiato in un completo.

Ma non ero preparata a vederlo in smoking.

"Sembri... perfetto" mormorai.

Mi ricordava un certo dolce che una persona desidera ardentemente. Sai che non è esattamente un bene per te, ma lo vuoi lo stesso. Era pura tentazione e sapevo che non sarei stata in grado di non avere più di un solo boccone.

Indossava uno smoking proprio come indossava un completo personalizzato. Sembrava a suo agio in abiti da cerimonia, e lo indossava con un'eleganza e una raffinatezza che la maggior parte dei ragazzi non sarebbe mai riuscita a sfoggiare.

"Gesù, Jade" disse con voce roca e bassa, quando si fermò davanti a me. "Stai cercando di uccidermi?"

"No" risposi sinceramente. "Stavo cercando di assicurarmi di avere un bell'aspetto al braccio dell'uomo più sexy della festa."

"Sei stupenda" disse, il suo tono non del tutto felice. "Cosa hai fatto ai tuoi capelli?"

Mi voltai, mostrandogli l'acconciatura tirata in alto che Skye mi aveva insegnato a fare. "Capelli da cocktail party."

Era un'acconciatura abbastanza facile tenuta su da una gigantesca clip d'argento che lasciava alcune ciocche arricciarsi lungo il lato del mio viso.

"Mi viene voglia di tirarli fuori e sentirli" disse con voce roca.

Mi voltai verso di lui. "Penso che sia questa l'idea" risposi con leggerezza.

"E quel vestito mi fotterà la mente per tutta la dannata notte."

"Sono coperta" dissi, adorando segretamente lo sguardo di lussuria nei suoi splendidi occhi tempestosi, mentre si muovevano avidamente lungo il mio corpo prima di tornare al mio viso.

"Andiamo" brontolò, prendendomi la mano.

La sua dichiarazione fu brusca, ma non mi offesi, mentre afferravo la mia piccola borsa nera. Sorrisi mentre lo seguivo alla velocità con cui i miei tacchi a spillo mi permettevano di muovermi, sapendo che il mio obiettivo di avere un bell'aspetto al suo braccio era stato raggiunto.

CAPÌTULO 21

Jade

Eravamo alla festa da più di un'ora e tutti guardavano ancora nella nostra direzione. Eli non aveva lasciato il mio fianco e avevamo assalito insieme il buffet pieno di cibo.

Avevo bevuto più di un drink per cercare di rilassarmi. Ma non era servito a molto.

"Mi sento come se fossi in un acquario" dissi a Eli, mentre ci mescolavamo. "Tutti ti stanno guardando."

Proprio come aveva promesso, mi aveva presentata a così tante persone che avevo già dimenticato la maggior parte dei loro nomi.

Si avvicinò. "Non stanno guardando *me*" rispose. "Stanno tutti guardando *te*."

"Grazie" risposi. "Questo mi fa sentire molto meglio."

"Ti ci abituerai. L'interesse per un nuovo miliardario tra i loro ranghi svanisce, e passano alla successiva persona sconosciuta che si presenta. Non è stato poi così male, vero?"

Era stato così male? Immagino che non fosse stato un grande incubo come avevo pensato. "Non male" concordai. "Molte di queste persone hanno le stesse preoccupazioni di tutti gli altri che conosco. E sono stupita di quanti di loro già donino a cause di conservazione."

Sorrise. "Non dirò che te l'avevo detto."

"Ma vuoi farlo" replicai con un sorriso di risposta. "E non ho problemi a dirti che avevi ragione."

A parte gli sguardi curiosi, la maggior parte delle persone che avevo incontrato parlava prima dei loro coniugi, dei loro figli e poi delle loro cause. Non che non stessero discutendo di affari da miliardi di dollari, ma faceva tutto parte della conversazione generale, proprio come qualsiasi persona discuterebbe del proprio lavoro. Solo che queste persone gestivano importi molto più grandi della maggior parte degli altri, quando si trattava delle loro attività.

"Se ti ho tenuta lontano da qualcuno, è stato per una buona ragione. Proprio come in qualsiasi altro gruppo di persone, non tutti sono gentili" avvertì.

"Questo è vero in quasi tutte le riunioni" osservai.

Lui annuì. "Ma ci sono sicuramente più di alcuni ospiti qui stasera che hanno artigli piuttosto affilati."

"Se stai cercando di mettermi in guardia sulle tue precedenti fidanzate, le ho già viste" dissi con una smorfia.

C'erano uomini d'affari ultraricchi ovunque, ma avevo riconosciuto alcuni volti di celebrità, mentre ci aggiravamo per il grande locale. Ovviamente, non avevo potuto fare a meno di notare che più di alcune delle bellissime donne presenti una volta erano state al braccio di Eli, proprio nella stessa posizione in cui mi trovavo io in quel momento.

"Nessuna di loro è stata fidanzata con me" negò.

"Allora cos'erano?"

"Accordi" rispose con voce troncata. "Volevano la stessa cosa che volevo io."

Scossi lentamente la testa. "Non credo che sia così. La maggior parte di loro sono tra le persone che fissano. E quelle donne stanno guardando entrambi. Le hai mollate quando ti sei annoiato?"

Per tanti motivi, non ero sicura di voler sentire la sua risposta.

"Sì."

Quella semplice parola mi fece battere il cuore. Forse Eli ed io eravamo diventati una sorta di amici, ma non ero più al sicuro di nessuna delle altre donne con cui si era annoiato in passato.

Questo non è mai stato pensato per essere a lungo termine. L'ho accettato. Quindi dovrò giocare secondo le regole.

Rimasi in silenzio per un momento, mentre fissavo la folla.

Alla fine, mi chinai su di lui in modo che la mia bocca fosse vicina al suo orecchio. "Promettimi che me lo dirai, quando tutto questo sarà finito" chiesi dolcemente. "Preferirei che restassimo amici."

Non volevo essere la donna che una volta aveva scaricato, se ci fossimo incontrati da qualche parte dopo che il nostro tempo insieme era finito. Non volevo che ci fosse un momento in cui non potevamo incontrarci senza rimpianti da nessuna delle due parti.

Si avvicinò. "Non posso essere tuo amico, Jade. Non potrò *mai* essere tuo amico."

Il mio cuore affondò. La convinzione nella sua voce era reale. Non sarebbe mai successo niente di questa relazione disfunzionale che avevo con Eli. Come intendeva, sarebbe stato un accordo reciprocamente piacevole fino a quando uno o entrambi non avessero deciso che non lo volevamo più.

"Okay" dissi con voce calma, mentre alzavo lo sguardo su di lui.

Forse stavo immaginando le cose, ma giurai di aver visto una breve espressione di vulnerabile indecisione nei suoi occhi prima che scomparisse prontamente. "Jade, io—"

"Non farlo" lo interruppi. "Sapevamo entrambi in che cosa ci stavamo cacciando fin dall'inizio. Ti sei spiegato perfettamente. Nessun impegno. E sono stata io a decidere di accettarlo."

Non volevo la sua comprensione perché mi ero innamorata di lui proprio come le altre donne nella sala che lo stavano fissando con espressioni di desiderio.

Non volevo unirmi a quel club.

Avrei affrontato la mia delusione da sola.

Conoscevo l'accordo quando avevo firmato per l'intimità. Ma forse nel mio cuore avevo sperato che sarebbe cambiato.

"Ehi, Eli" gridò una voce maschile.

Guardai per vedere chi stava cercando di attirare la sua attenzione e vidi un ragazzo della stessa sua età che si avvicinava a noi.

L'uomo biondo non sembrava così elegante e distaccato come Eli. In realtà, mi ricordava un po' un barbone spensierato sulla spiaggia che era appena capitato alla festa ed era venuto a bere qualcosa.

I miei occhi passarono dal maschio che si era appena fermato di fronte a noi all'espressione cupa sul viso di Eli. Per me era ovvio che lui non fosse felice di vedere questo particolare ospite.

"Joel" riconobbe Eli seccamente.

Potevo sentire la tensione tra i due maschi l'uno di fronte all'altro, ma non riuscivo a capirne la causa.

"Sono solo passato a darti queste" disse Joel, mentre porgeva una grande busta che aveva in mano.

Aspettai diversi battiti del cuore, momenti stressanti che continuavano a ticchettare come un orologio.

Eli non si mosse per accettare l'offerta dell'uomo.

Ma anche il donatore della busta non sembrava che volesse sgattaiolare via.

Senza pensare, allungai la mano e strappai il pacchetto dalla mano di Joel perché potevo vedere l'espressione tormentata sul viso di Eli, e non ce la facevo più.

"Grazie" dissi all'improvviso, disposta a fare quasi qualsiasi cosa per sconfiggere lo sguardo tormentato negli occhi di Eli.

Joel si voltò, mi sorrise tristemente e poi si ritirò rapidamente tra la folla.

"Cosa c'è qui dentro?" chiesi a Eli. "Cosa c'è che non va?»

"Non so davvero cosa sia, e non mi importa" rispose in tono agitato. "Lasciala stare. Buttala via. Non me ne frega un cazzo."

Toccai la busta e non potei fare a meno di notare che era leggera, ma il contenuto sembrava un cartone molto consistente o un materiale simile. "Posso aprirla?"

Sentivo che non sarebbe stato saggio semplicemente gettarla.

Interpretai il completo silenzio di Eli come un permesso e aprii lentamente la busta.

Sorpresa, diedi un'occhiata alle foto.

Eli che fa alpinismo.

Eli che pesca.

Eli che fa paracadutismo.

Quando passai all'ultima foto, mi chiesi perché non l'avessi mai visto sorridere come faceva in tutte le foto.

Mi accigliai, quando vidi l'ultima.

Due uomini erano in piedi fianco a fianco, ed erano immagini speculari l'uno dell'altro.

Uno era Eli senza il suo tatuaggio tribale.

E l'altro era Eli con i segni che aveva adesso.

"Non capisco" mi dissi, mentre tracciavo i segni con il dito. "Sei sempre tu?"

Riconobbi il sorriso di Eli, ma non era sul viso dell'uomo con il tatuaggio.

La foto era una specie di fotografia a doppia immagine?

"Sei sempre tu?" borbottai di nuovo.

Il mio accompagnatore alla fine ruppe il suo silenzio, mentre rivolgeva la sua espressione indurita alla foto che avevo in mano.

"No, non sono sempre io" rispose aspramente. "Questo sono io." Toccò la foto dell'uomo senza i tatuaggi.

"Allora chi è questo?" chiesi indicando l'altro ragazzo.

Ero seriamente confusa. I due ragazzi erano identici, ma ero stata in grado di riconoscere il sorriso di Eli.

"L'altro uomo è mio fratello, Austin" disse con un tono basso e pericoloso. "Era il mio gemello identico."

"Dov'è adesso?» domandai con voce tremante.

"Morto. È morto quasi quattro anni fa" disse con voce roca.

Quasi lasciai cadere la busta, mentre mi affrettavo a rimetterci le foto dentro, il mio cuore che si stringeva come se fosse in una morsa, mentre prendevo la mano di Eli e lo guidavo verso l'uscita.

CAPÌTULO 22

Jade

Il mio cuore stava ancora battendo forte anche dopo che Eli ci aveva riportato silenziosamente a casa sua.

Non riuscivo a riprendere fiato, mentre entravamo nella sua moderna casa sulla spiaggia. "Dimmi cos'è successo, Eli. Per favore.»

Forse la maggior parte delle persone al cocktail party non aveva visto o sentito il dolore che potevo percepire provenire da Eli. Stavo male perché sapevo che lui stava male. Non ero sicura del perché stesse accadendo, ma potevo provare il suo dolore emotivo e sentirlo come se fosse il mio.

Forse era perché sapevo com'era essere legati a un gemello, e non potevo nemmeno immaginare di vivere la morte di mia sorella.

Lo seguii, mentre si toglieva la giacca da smoking nera, la lasciava cadere sulla sedia della sala da pranzo e procedeva verso il soggiorno per prepararsi un drink.

Non si prese nemmeno la briga di procurarsi il ghiaccio dal bar. Alzò appena un bicchiere e ci versò una quantità significativa di scotch.

Girai intorno a lui e andai al frigo per versarmi un bicchiere di vino, poi mi sedetti sul divano.

"Non parlo di Austin" disse con un ringhio. "Mai."

Tirai un sospiro di sollievo, mentre si sedeva di fronte a me su una sedia. Mi tolsi le scarpe coi tacchi che indossavo e sollevai le gambe davanti a me. "Come puoi non parlarne?" chiesi, sperando disperatamente che mi dicesse cosa era successo.

Era abbastanza chiaro per me che *fosse* tormentato. Potevo vedere lo sguardo perso nei suoi occhi anche adesso.

Trangugiò metà del bicchiere di buon whisky prima di rispondere rudemente: "È successo quattro anni fa. Joel era il migliore amico di Austin. Era un fotografo, quindi a quanto pare pensava che avrei voluto le foto. Fine della storia.»

Potevo sentire l'avvertimento nella sua voce, ma non avevo intenzione di smettere di insistere. In cuor mio sapevo che aveva bisogno di parlare del suo gemello. Tutto aveva un senso per me ora. Aveva ancora bisogno di accettare la morte di suo fratello, per quanto doloroso potesse essere arrivarci. "Com'è morto? Doveva essere giovane."

"Giovane e stupido" rispose bruscamente.

Mi guardò e continuò: "Austin e io eravamo legati, proprio come lo siete tu e Brooke ora. Ma è successo un casino dopo che siamo andati in college diversi."

Bevve il resto del suo drink e andò a prenderne un altro. Io bevvi un sorso del mio vino e aspettai. Sarei rimasta seduta sul divano tutta la notte, se questo era il tempo che Eli avrebbe impiegato per dirmi tutto.

Si sedette di nuovo, stavolta con il bicchiere riempito quasi fino all'orlo. "Se vuoi tutta la dannata storia, te la racconto" disse con voce roca. "E poi non ne voglio più parlare."

Annuii, ma non dissi una parola.

"Austin aveva sedici minuti più di me, ed era l'erede apparente degli affari e della fortuna di mio padre. Non che non avrei ottenuto la mia parte, ma si è sempre pensato che lui avrebbe vissuto questa vita, non io. E non me ne fregava niente. Non ho mai voluto questo. Non ho mai voluto l'attenzione. Il mio sogno da bambino era sempre stato la tecnologia spaziale e sono andato felicemente alla Caltech per ottenere il mio dottorato di ricerca. Non volevo davvero gestire l'azienda di famiglia, quindi ero contento che Austin fosse pronto ad andare ad Harvard e laurearsi in economia."

"Ti sei laureato?" chiesi senza fiato, sbalordita dal fatto che Eli avesse voluto essere un vero scienziato missilistico. E forse ero un po' in soggezione dal momento che era così dannatamente difficile entrare alla Caltech.

Annuì, prima di bere un altro sorso del suo drink, e continuò a parlare. "Avevo appena finito il mio dottorato di ricerca, quando Austin è morto."

"Mi dispiace così tanto" risposi in fretta. "Cos'è successo?»

"Austin e io siamo sempre stati diversi. Era sempre sotto i riflettori, perché era molto più socievole di me. Non c'era niente che non avrebbe fatto per attirare l'attenzione. E lo idolatravo perché ero il ragazzo più schivo. Io ero il lettore tranquillo e Austin era sempre il fanatico dello sport, un interesse condiviso da mio padre. Quindi, i due trascorrevano molto tempo insieme a guardare le partite e a partecipare a diversi eventi sportivi."

"Ti sentivi escluso?" domandai piano.

Scosse la testa. "No. Mio padre si assicurava che facessimo altre cose insieme. So che mi amava tanto quanto amava Austin. Ma mio fratello è sempre stato la luce brillante, e io ero più o meno lo sfigato fanatico della scienza."

Eli era come me.

Era piuttosto difficile immaginarlo socialmente imbarazzato, ma era possibile che avesse lavorato per il ruolo che occupava oggi.

"Non sei più uno sfigato" lo rassicurai.

Scrollò le spalle. "Come ho detto, non mi importava. Ero più che felice di lasciare che Austin fosse il fratello estroverso.

Ero felice del mio destino. In realtà, era quello che volevo disperatamente."

"Eravate legati al college?" Ovviamente non stavano insieme, ma questo non significava che non parlassero. E poiché i soldi non erano un problema, potevano stare insieme quanto volevano, quando la lezione era finita.

"Lo eravamo all'inizio" rispose. "Ma dopo il primo anno o due, Austin si è scatenato. Ha iniziato a trascurare le sue lezioni, e ogni volta che mi chiamava, era ubriaco. Frequentava un gruppo di pazzi ricconi ad Harvard. Bere, donne, droghe e feste erano diventati la sua specialità, e non importa quante volte gliene parlassi, non cambiava nulla. I miei genitori lo mandavano in riabilitazione, tornava al campus e, prima o poi, ricominciava. Dopo cinque anni sulla Costa Orientale, mio padre lo ha fatto tornare in California. Credo che abbia pensato che avrebbe potuto raddrizzarlo se fosse stato a casa."

"Ma non è migliorato?" chiesi.

"A volte lo faceva" rispose con voce roca. "Cavolo, ci sono state volte in cui abbiamo pensato che si sarebbe calmato. Forse quella era la parte difficile. Cominciavamo tutti a sentirci ottimisti, e poi un giorno è scomparso. Sapevamo che spesso si sbronzava. Ma alla fine tornava a casa."

Fino a quando un giorno non l'ha fatto.

Sapevo già che la storia aveva un finale infelice, ma aspettai di sentire come era morto suo fratello.

"Andavo a San Diego il più spesso possibile" spiegò. "Ma non era abbastanza. Verso la fine, Austin stava facendo delle stupidaggini. Quasi come se avesse un desiderio di morte. Non era a me che piaceva scalare montagne, correre in auto e affrontare qualsiasi sfida estrema mi capitasse. Avevo degli hobby, ma dopo aver lavorato così duramente al college, volevo fare qualcosa con la mia istruzione."

"Quindi, quelle cose non sono mai state una tua idea?"

Non c'era da stupirsi che l'Eli che conoscevo e quello che faceva tutte le cose da pazzi non sembrassero la stessa persona.

"Non fanno per me" ammise. "Credo che potessi sempre pensare a qualcosa di meglio da fare. Il mio tempo libero era prezioso. Non che Austin non me lo chiedesse, ma di solito ero impegnato con i miei studi. Ora immagino di farle per mantenere viva la sua memoria."

Tirai fuori un respiro che non mi ero nemmeno resa conto di aver trattenuto. "Non è colpa tua, Eli" dissi con fermezza.

Quando aveva detto che le sue visite a casa non erano sufficienti, sapevo che si stava incolpando.

"Ero il suo fratello gemello, per l'amor del cielo" imprecò, e poi tracannò un altro po' del suo drink. "Avrei dovuto esserci di più, anche se avessi dovuto fare tutte le sue follie insieme a lui. È ridicolo che ho iniziato seriamente a perseguire quelle cose solo dopo la sua morte."

In realtà, *non* era così ridicolo. Eli aveva provato il dolore di essere stato tagliato fuori dal suo gemello, e voleva trovare un modo per mantenere in vita Austin. Lo aveva fatto trasformandosi in suo fratello.

Fece un cenno alla busta che tenevo in mano, mentre spiegava: "Quella foto di noi due insieme a una delle sue corse automobilistiche è stata l'ultima volta che siamo stati insieme. Era l'estate dopo che avevo finito il mio dottorato. Mi ripeteva sempre che ero noioso e non vivevo la mia vita. Avevamo iniziato a passare più tempo insieme, ed ero fottutamente determinato a fargli dare una calmata, anche se avessi dovuto scalare montagne e imparare il deltaplano."

Sentii i miei occhi riempirsi di lacrime, ma cercai di tenerle a freno. Sapevo che non era la fine della storia. Ma mi stava uccidendo pensare a Eli che cercava così tanto di avvicinarsi a suo fratello, ma non era stato in grado di salvare Austin.

Lo vidi svuotare il bicchiere e sbatterlo sul tavolino accanto a lui. "Mio fratello mi diceva di *continuare a fare follie*. Era praticamente il suo motto nella vita. 'Continua a fare il matto, fratello.' È stata l'ultima cosa che mi ha detto il giorno prima di morire."

Il mio cuore affondò. Eli aveva ovviamente preso a cuore le parole di suo fratello, e si era trasformato in un uomo completamente diverso per mantenerne vivo il ricordo.

Il braccio tatuato.

Le acrobazie folli.

Le sfide estreme.

Prendere il controllo dell'azienda di suo padre.

Tutto ciò che Eli aveva fatto da quando aveva perso il suo gemello identico ruotava intorno al trasformarsi in due uomini. Suo fratello, e se stesso.

In un certo senso, capivo perché lo stava facendo. Dio sapeva che avrei fatto tutto il possibile per negare il fatto di aver perso Brooke. Ma non potevo davvero immaginarlo, perché non avevo dovuto viverlo come aveva fatto Eli.

"Non devi essere Austin" gli dissi gentilmente. "Penso che tu possa onorare la sua memoria senza trasformarti in una versione di entrambi."

Mi guardò. "Lo ha chiesto. Voleva che continuassi quella pazzia."

Se mia sorella mi avesse chiesto qualcosa di specifico, forse avrei fatto la stessa cosa. Ma pensavo che fosse ora che Eli smettesse di cercare di essere chiunque tranne se stesso.

Le lacrime fuoriuscirono e le lasciai cadere. Il cuore mi faceva male, ed era l'unico modo per alleviare il dolore. "Non credo che intendesse in quel modo. Com'è morto?»

"Austin adorava la proprietà che volevi acquistare da me. Era un posto perfetto per fare festa. Nessuno in giro. Nessun poliziotto per arrestarlo per droga illegale. Nessun problema con il rumore eccessivo dei suoi pazzi amici di festa come Joel e il resto della banda del college. Joel e alcuni altri ragazzi provenivano dalla California, quindi la storia non è finita quando mio padre ha riportato Austin a casa. Era cambiata solo la location."

Avevo il cuore in gola, ma mi forzai di far uscire le parole dalla mia bocca. "Cos'è successo?»

"Un'altra festa nella proprietà di famiglia. Ad oggi, non siamo del tutto sicuri di cosa sia successo. Gli altri amici di Joel e Austin erano svenuti. L'hanno trovato in fondo a un dirupo la mattina dopo. Austin era caduto e si era rotto il collo."

Soffocai un singhiozzo mordendomi il labbro.

Eli alla fine mi guardò direttamente negli occhi. "Vuoi sapere perché non ti vendo quell'inutile pezzo di terra? Forse perché *non* è inutile per me. Mio fratello è morto lì, Jade. Ha trascorso i suoi ultimi istanti barcollando su un precipizio, probabilmente fatto e completamente ubriaco, prima di cadere verso la morte. Ma non posso lasciare la proprietà, perché mio fratello ha trascorso lì i suoi ultimi momenti sulla Terra. Odio quel dannato posto, ma non posso cederlo."

Il motivo per cui era andato fuori di testa quando mi aveva vista sul ciglio del dirupo aveva perfettamente senso per me ora. *Era* terrorizzato, ed era perché aveva già perso qualcuno a cui teneva in una caduta incauta. E proprio come aveva fatto con suo fratello, si era incolpato per il mio incidente.

Rinunciai a fingere che il mio cuore non si stesse spezzando per lui. Mi alzai, mi avvicinai a lui e mi lasciai cadere sul suo grembo per poter avvolgere le mie braccia intorno al suo corpo tremante.

Abbassò la testa e io misi la mia sopra la sua. Confortai l'uomo più audace che conoscessi, mentre piangeva.

CAPÌTULO 23

Jade

Non avevo idea se Eli si sarebbe reso vulnerabile, se non avesse bevuto una quantità significativa di whisky, ma in realtà non importava.

In qualche modo, sapevo che aveva bisogno di tirare tutto fuori e di sciogliere il groviglio di emozioni che aveva tenuto dentro per troppo tempo.

Le mie lacrime scorrevano, la maggior parte delle quali assorbita dalla camicia bianca di Eli, mentre lo tenevo stretto come se la mia vita dipendesse da questo.

Gemetti, quando finalmente si ricompose e si alzò con il mio corpo cullato tra le sue braccia. "Cosa stai facendo?" chiesi in tono sorpreso.

Mi poggiò lentamente, e poi cominciò ad asciugare le lacrime che ancora mi scorrevano sulle guance. Quando ebbe finito, mi sfiorò il lato del viso, accarezzandomi la guancia con il pollice, mentre diceva con voce roca: "Sto per scoprire dove è nascosta la cerniera di questo vestito."

Il mio cuore ebbe un sussulto, quando vidi i suoi occhi diventare fumosi e scuri. "So io dov'è" lo informai con voce affannata.

Nel profondo, probabilmente sapevo che non era una buona idea essere fisicamente intimi con Eli, ma l'avevo aspettato così a lungo che non avrei detto di no.

Con lui, era tutto o niente. Non c'era una via di mezzo con quest'uomo.

"Allora, ti suggerisco di dirmi dov'è, prima che rovini questo abito" avvertì.

Le sue grandi mani affondarono tra i miei capelli, facendo cadere il fermaglio e le mie ciocche sulle spalle.

"Meglio" disse con soddisfazione, poco prima che la sua bocca scendesse forte sulla mia.

Fui persa dal momento in cui le nostre labbra si toccarono.

Avevo finito di non dare a Eli tutto ciò che avevo da dare. Ero innamorata di lui, e per quanto spaventose potessero essere quelle emozioni, non sarei scappata.

Lo volevo dannatamente troppo.

Sì, probabilmente alla fine lo avrei perso, perché quello era il nostro accordo. Ma stavo per vedere esattamente come ci si sentiva a stare con qualcuno che si amava.

Le mie braccia si avvolsero intorno al suo collo e le mie dita si infilarono nelle ciocche folte dei suoi capelli.

Gemetti contro la sua bocca, il mio corpo che pretendeva molto di più.

"Eli" sussurrai, mentre rilasciava le mie labbra.

Lasciai cadere la testa all'indietro, assaporando la sensazione del suo bacio affamato sulla pelle sensibile del mio collo.

Ogni pensiero sensato che avevo volò via dal mio cervello, mentre Eli permeava ogni cellula del mio corpo.

Non avevo controllo, né lo volevo. Tutto quello che volevo era lasciarmi annegare nel suo tocco caldo e sensuale.

Mi morse dolcemente la pelle del collo e poi fece rotolare la lingua sul punto. La sensazione erotica mi mandò completamente oltre il limite.

Cercai di incuneare le mie braccia tra di noi per togliere la camicia dal suo corpo.

Ho bisogno di toccarlo. Devo toccarlo.

I miei movimenti erano così frenetici che Eli fece un passo indietro e si sollevò la camicia sopra la testa prima di gettarla sul pavimento.

La mia bocca si seccò. Eli Stone era probabilmente l'uomo più perfetto del pianeta e, per il momento, era mio.

Mi spostai in avanti e feci scorrere le mani lungo il suo petto muscoloso, le mie dita che quasi bruciavano per il calore della sua pelle setosa. Emanava calore come una fornace, ed ero più che felice di lasciarmi cadere in quel fuoco.

Alzai la testa per guardarlo. "Sei perfetto" sbottai.

L'intensità del suo sguardo mi fece battere forte il cuore. Potevo scorgere lo stesso desiderio che stavo provando riflesso nei suoi occhi.

Con i suoi occhi che si posarono sui miei, trovò sapientemente la cerniera nascosta del mio vestito e l'abbassò. Trattenni il respiro, mentre mi teneva bloccata sul posto solo con lo sguardo.

Tirò, e io lo aiutai a far scivolare il vestito lungo il mio corpo. Il suo respiro si mozzò, mentre il tessuto sfiorava i miei seni nudi. Non mi fermai. Feci scivolare il tessuto lungo le gambe, finché non fui in piedi di fronte a lui con indosso un paio di mutandine e le mie calze autoreggenti.

"Belle mutandine" osservò con voce roca.

Erano il paio nero che mi aveva regalato al resort. "Sono un regalo" risposi con voce tremante.

"Gesù, Jade. Ti voglio così tanto che mi fa quasi male solo guardarti."

Il calore liquido si precipitò tra le mie cosce, quindi sapevo esattamente cosa intendeva. Il mio intimo si strinse e il mio corpo mi implorava di alleviare il dolore.

Avvolsi le mie braccia intorno a lui. "Allora fermiamo il dolore" suggerii con un tono basso e sensuale. "Perché anch'io sto male."

"Non ho mai voluto farti soffrire" gracchiò.

"Allora fottimi, Eli" supplicai.

Un verso animalesco uscì dalla sua bocca, mentre abbassava la testa per baciarmi, e io assaporavo il suo desiderio.

Il suo abbraccio era famelico, ma mi stuzzicò le labbra con i denti e poi le divorò di nuovo. Ripeté le stesse azioni più e più volte, stuzzicando fino a quando avrei voluto urlargli di scoparmi.

Strofinai spudoratamente il mio corpo contro il suo, godendomi la sensazione della sua pelle nuda contro i miei capezzoli duri come un diamante.

"Ho bisogno di più, Eli" piagnucolai, quando finalmente alzò la testa.

"Avrai di più, Farfalla" rispose burbero. "Probabilmente più di quanto vuoi. Ma ho bisogno di trovare i preservativi."

"Prendo la pillola. Ora" insistetti, afferrandogli la cintura.

"Non ancora" ordinò, afferrandomi il polso per impedirmi di liberare il suo fallo. "Voglio che entrambi ci godiamo questo, e non durerò molto a lungo."

"Non mi importa" gli dissi con aria di sfida.

"A me importa" ringhiò, mentre mi afferrava le mutandine e me le strappava di dosso con un forte strattone. "Salta su."

Ubbidii velocemente, saltando abbastanza da avvolgere le mie gambe intorno alla sua vita, mentre le mie mutande strappate cadevano a terra.

Rabbrividii, mentre stringevo le gambe intorno alla sua vita e premevo la parte inferiore del mio corpo in avanti, finché il mio sesso non incontrò la sua pelle calda. "Sì" sibilai, roteando contro il suo corpo duro come la roccia.

Sospirai, mentre assorbivo la sensazione dei nostri corpi che si incontravano pelle a pelle, e la mia figa premuta contro il contorno del suo cazzo eretto.

Le mani di Eli mi afferrarono il sedere e mi tirarono ancora più forte contro di lui, e poi si spostarono verso il muro più vicino per sostenermi la schiena.

"Dannazione!" imprecò, sbattendo il pugno contro il muro sopra la mia testa. "Non ho alcun controllo quando si tratta di te."

"Non ne hai bisogno" gli sussurrai all'orecchio. "Non ne avrai mai bisogno con me."

Le mie parole dovevano essere state assorbite, perché potevo sentirlo che si liberava, e rabbrividii per l'attesa.

La sua impazienza fu evidente, quando scivolò dentro di me con un potente affondo.

Ansimai e infilai le mani nei suoi capelli. Eli era un omone, e la sensazione di dilatazione di averlo seppellito fino alle palle dentro di me era leggermente dolorosa. Ma la soddisfazione di essere intimamente unita a lui era molto più sconvolgente della fitta di dolore.

"Sì. Dio, Eli, lo desideravo da così tanto tempo" confessai.

Lui grugnì. "Probabilmente non da così tanto quanto me."

Il dolore svanì e tutto ciò che rimase fu il piacere carnale di Eli che mi strizzava le natiche, mentre tirava fuori e si tuffava di nuovo dentro di me.

Mi aggrappai a lui, e stabilì un ritmo punitivo, uno che minacciava di farmi perdere la testa.

Mi afferrò il culo così forte che sapevo che probabilmente avrei avuto le sue impronte sulle natiche, ma la sua presa mi aiutò anche a muovermi per incontrarlo ad ogni colpo. I miei fianchi si muovevano in avanti e in basso, accettando ogni movimento energico.

"Eli. Mi sento così bene" gemetti.

Mi aveva sopraffatta, proprio come avevo sempre desiderato che facesse, ma non ero preparata per quanto fosse incredibile.

Non mi ero mai sentita più viva. Ogni cellula del mio corpo era piena del sapore, dell'odore e della sensazione di Eli Stone.

Era troppo.

Eppure non era abbastanza.

"Prendi quello che ti serve, Jade" disse bruscamente. "Non resisterò a lungo."

Seguii il mio istinto, poiché non avevo idea di cosa avessi bisogno. Strinsi le gambe intorno a lui, mantenendo le sue spinte brevi e veloci. Era esattamente quello di cui avevo bisogno per stimolare il mio clitoride.

Il mio climax crebbe per venirmi incontro ferocemente, ed era quasi spaventoso.

"Eli" gemetti, mentre sentivo ogni muscolo del mio corpo irrigidirsi.

La pressione era quasi insopportabile fino a quando l'ondata calda di piacere mi travolse, colpendomi così forte che il mio corpo iniziò a tremare. Cavalcai quell'ondata di piacere, mentre mi prendeva, e poi mi inondava di nuovo.

Sentii i muscoli di Eli contrarsi, e capii che la contrazione e il rilascio dei miei tessuti interni lo avevano spremuto fino all'orgasmo.

"Fanculo!" imprecò ferocemente, il suo respiro affannoso e irregolare.

Ansimai per respirare, mentre entrambi cercavamo di riprendere fiato.

Eli sollevò il mio corpo un po' più in alto, si avvicinò al divano e si lasciò cadere su di esso. Atterrò sulla schiena e attutì la mia caduta con il suo corpo.

Eravamo madidi di sudore e aspettai in silenzio che il mio cuore e la mia respirazione tornassero alla normalità.

"È stato incredibile" gli dissi, quando finalmente tornai in me.

"C'è solo un problema" rispose con voce pigra.

Mi spostai indietro così potei vedere la sua faccia. "Che problema?"

Non riuscivo a trovare una sola cosa che non andava in quello che era appena successo.

Inarcò un sopracciglio. "Non sono ancora riuscito a farti entrare nel mio letto."

"Non me l'hai chiesto" scherzai.

Si mise a sedere, cullando il mio corpo, mentre si alzava. "Non sto chiedendo. Ho solo intenzione di portarti lì. Mi rifiuto di darti la possibilità di dire di no."

Sorrisi contro la sua spalla. Eli non era mai stato bravo a chiedere nulla, ma nella nostra attuale situazione, ero disposta a lasciarlo essere prepotente quanto voleva.

CAPÌTULO 24

Eli

"Santo cielo!" imprecai, arrabbiato perché non riuscivo a controllare il mio stesso corpo.

Mi tolsi la giacca mentre barcollavo in avanti, colpendo il mio letto con un tonfo gigantesco.

"Figlio di puttana!" gracchiai, la gola così dolorante che riuscivo a malapena a far uscire le parole dalla mia bocca.

Forse *ero* un magnate miliardario, ma in questo momento non riuscivo a mettere insieme due frasi coerenti.

Rotolai sullo stomaco e fui immediatamente colpito dal profumo allettante di Jade che ancora aleggiava sul cuscino dalla sera prima.

Farfalla.

Aveva lasciato la mia casa all'inizio della giornata, dopo che ero andato in ufficio, ma la sua fragranza allettante era ancora con me.

Per quanto stessi male in quel momento, il mio corpo reagiva ancora immediatamente all'odore di lei sulle mie lenzuola.

Ho bisogno di chiamarla. Non sarei dovuto andarmene senza parlarle stamattina.

Mentre l'avevo guardata dormire come un angelo, esausta per aver dormito pochissimo durante la notte, il mio cuore non mi aveva permesso di svegliarla, anche se sapevo che dovevamo parlare. Quindi, ero andato in ufficio in modo da poter trascorrere più tempo insieme e parlare di tutto ciò di cui avremmo dovuto discutere molto tempo prima.

Jade era mia, e io di sicuro sapevo che ero suo. Se volevo essere sincero, l'avevo capito quasi dal primo minuto che ci eravamo incontrati. La mia Farfalla mi aveva afferrato le palle e il cuore fin dal primo giorno. Solo che avevo avuto difficoltà ad accettare di meritare una donna come lei, e che sarebbe rimasta con me per tutta la vita se avessi agito in base a quelle emozioni.

Ma avevo finito di combattere il mio destino. Non avrei mai voluto farlo in primo luogo. La mia unica vera apprensione era stata sigillare una donna come lei con un ragazzo come me, quindi avevo trovato tutte le scuse possibili per *non* farlo.

La verità era che ero stato un grande stronzo, e c'era voluto un momento di ritorno a Gesù come quello che avevo vissuto la notte prima per riportarmi alla realtà.

Avevo bisogno di lei, e speravo solo che si sentisse allo stesso modo. Al diavolo il fatto che non la meritavo. L'avrei resa così dannatamente felice che non si sarebbe mai pentita di avermi preso.

Cercai il cellulare in tasca.

Aveva bisogno di sapere come mi sentivo.

Volevo che lo sapesse.

Ma le sinapsi nel mio cervello non si collegavano molto bene, e i farmaci antinfluenzali che avevo preso non sembravano aiutare molto. Un momento prima stavo bruciando, e quello dopo avevo freddo fino alle ossa.

Il solo sforzo di prendere il cellulare mi fece soffocare e tossire così forte che mi facevano male le costole.

Devo chiamare Jade.

Ma non voglio che venga qui perché al momento sto contaminando tutta la mia casa.

Non essendo sicuro nemmeno di poter sostenere una conversazione al momento, tantomeno di dire a Jade tutto quello che volevo dire, provai a concentrarmi sul mio telefono e le scrissi spiegando come mi sentivo. Poi, lasciai cadere il cellulare sul letto, sfinito solo per aver digitato alcune parole in un messaggio.

Mi girai sulla schiena con un gemito. Tutto il mio corpo sembrava in fiamme, e mi faceva male dalla sommità della testa alle dannate dita dei piedi.

Tutto ciò che volevo era evitare di stare così male, e realizzai il mio desiderio quando il farmaco che avevo preso finalmente fece effetto e caddi in un sonno agitato.

"Ancora non ha risposto?" chiesi a mia madre con voce rauca, mentre giacevo in un letto d'ospedale sette giorni dopo essermi inizialmente ammalato, il mio corpo pompato di liquidi perché disidratato.

Come se l'influenza non fosse stata abbastanza grave, mi ero preso una polmonite batterica secondaria che mi aveva dato il colpo di grazia. La mia tosse era diventata così forte che il petto e le costole sembravano essere stati colpiti ripetutamente con una mazza da baseball in quelle zone.

Mia madre guardò il mio telefono e disse: "Non vedo nuovi messaggi."

"Merda! E se avessi fatto ammalare anche Jade? Era con me la sera prima che lasciassi l'ufficio perché mi stava venendo l'influenza. Forse le è successo qualcosa."

"Sta bene, Eli" disse, mentre mi passava una mano gentile sulla fronte sudata. "Mi ha mandato un messaggio proprio ieri per una informazione su uno dei suoi investimenti. Non è malata."

Gesù! Mi sentivo di nuovo un bambino con mia madre che vegliava al mio capezzale. E lo odiavo. Ero un uomo adulto, ed era snervante essere così debole che mia madre doveva dare una mano.

"Quindi non è incazzata o arrabbiata con *te*" confermai. "Semplicemente non parla con *me*."

Faceva male da morire. Ero sicuro che avevo fatto sapere a Jade che non volevo che si precipitasse a San Diego per me perché ero malato. In realtà, stavo cercando di assicurarmi che non lo facesse perché non volevo infettarla. Ma avrebbe potuto almeno rispondere ai miei messaggi.

Qualcosa.

Qualsiasi cosa.

Sebbene fossi felice che non fosse malata, avevo disperatamente bisogno di un qualche tipo di comunicazione da parte sua. Ero stato sulla sua lista di persone da ignorare una volta, e non mi era piaciuto.

Dato che mi sentivo come se stessi costantemente sventrando un polmone, probabilmente non riuscivo a parlare. Ma potevo scrivere.

Più o meno.

Mia madre mi lanciò un'occhiata sospettosa. "Perché dovrebbe essere arrabbiata con te?"

"Nessuna ragione" borbottai, desiderando di non averle detto niente.

Mia madre poteva essere come un cane da caccia davanti al fresco profumo di selvaggina quando voleva. Avrebbe ottenuto una risposta, se la voleva.

Ricominciai a tossire e dal dolore che mi attraversò le costole sembrava che qualcuno mi stesse perforando con un coltello rovente. "Odio stare male" borbottai irritato non appena il mio corpo si fu calmato.

Sorrise. "Sei sempre stato un pessimo paziente. Per fortuna non ti ammali molto spesso."

Fui sollevato dal fatto che non sembrava pronta a tormentarmi per Jade.

"Ecco i suoi farmaci antidolorifici, Signor Stone" disse un'infermiera gentilissima, mentre entrava di corsa nella stanza.

"Non voglio antidolorifici" dissi come un bambino petulante. "Mi fottono il cervello."

Mi ero appena ripreso dalla dose precedente. L'ultima cosa di cui avevo bisogno era svenire di nuovo.

L'infermiera mi guardò con disapprovazione. "Se non abbassa il livello di dolore, non sarà in grado di respirare profondamente e tossire come dovrebbe. Ciò significa che la polmonite potrebbe peggiorare rispetto ad adesso."

Soppesai le mie scelte con un cipiglio, e poi presi il portapillole dalla sua mano, tirai fuori il farmaco e lo ingoiai con un po' d'acqua.

Se dovevo restare svenuto per giorni, pazienza.

Dal momento che Jade non mi rispondeva, ero determinato ad andare a trovarla nel momento in cui fossi riuscito ad alzarmi dal letto.

E impiegare più tempo del necessario per rimettermi in salute non era un'opzione.

CAPÌTULO 25

Jade

"Sono passate quasi due settimane, Brooke. Non credo che Eli chiamerà."

Le mie parole erano sospese nell'aria come una nuvola scura, mentre chiacchieravo al telefono con mia sorella.

Guardai i messaggi che avevo ricevuto da Eli il giorno dopo che avevamo dormito insieme. Probabilmente li avevo fissati un migliaio di volte, ma ancora non avevano alcun senso. Ma il significato era forte e chiaro.

Eli: *Non voglio vederti.*

Eli: *Non ti voglio qui con me.*

Eli: *Meglio stare da soli.*

Non c'erano davvero dubbi su cosa avesse pensato dopo che avevamo dormito insieme.

Aveva chiuso la nostra relazione, e il suo rapido rifiuto mi aveva quasi distrutta.

Okay, sapevo *razionalmente* che c'era una possibilità che le cose non andassero bene tra me e lui, ma non mi aspettavo che la notte in cui mi aveva finalmente portata a letto sarebbe stata l'ultima volta che l'avrei visto.

Ci eravamo cercati per tutta la notte, entrambi affamati della passione che trovavamo ogni volta che ci toccavamo.

Ad essere onesti, non avevamo davvero *dormito* molto, quindi non mi ero aspettata di svegliarmi per trovare Eli già andato nel suo ufficio la mattina. Il suo autista era arrivato per portarmi a casa nella tarda mattinata, ma non mi ero davvero preoccupata. Era il silenzio radio che avevo avuto da lui per quattordici giorni consecutivi dopo i suoi messaggi che mi dicevano che non aveva intenzione di rivedermi mai più.

"Onestamente, Jade, non ci credo" rispose Brooke. "Non so cosa sta succedendo con gli strani messaggi, ma il ragazzo è pazzo di te."

"Forse non lo era" dissi pensierosa. "Forse ero solo una distrazione."

Non avevo riferito una parola sulle cose che Eli mi aveva detto l'ultima volta che l'avevo visto. Era personale, ed ero abbastanza sicura che non avesse condiviso l'esperienza con molte persone.

Il mio cuore continuava a sanguinare per lui, anche se non ci eravamo visti. Non solo aveva perso suo fratello gemello, ma suo padre era morto due anni dopo Austin. Quindi, mentre stava ancora cercando di trasformarsi in una persona che non era, aveva dovuto rinunciare ai propri sogni per prendere il posto di suo padre.

Come si fa a riprendersi da due enormi perdite così ravvicinate nella propria vita?

"Non eri una *distrazione*" rispose Brooke. "Nessuno si comporta come ha fatto lui quando eri in ospedale per un'avventura casuale. Ha dei sentimenti per te, Jade. Non posso dire di aver capito cos'è successo, ma sono sicura di aver ragione. Penso che sia più probabile che abbia paura di come si sente e voglia scappare via."

"Non importa" mormorai, mentre alzavo il mio pigro sedere dal divano e mi dirigevo in cucina. "Qualunque sia la ragione, non lo vedrò più. Vorrei che fosse durato più a lungo, ma *sapevo* in cosa mi stavo cacciando quando ho iniziato a vederlo. Nessun impegno. Niente obblighi. Era solo sesso."

Davvero, davvero un buon sesso.

"Non puoi ingannarmi, Jade. Per favore, non cercare di sembrare filosofica. Non funziona. Ti ha spezzato il cuore."

"L'ha fatto" ammisi dolcemente. "Ma lo supererò. Dovrò farlo."

Avevo pianto senza sosta per le ultime due settimane e dovevo smettere. Anche se Eli stava scappando, non potevo impedirgli di farlo.

"Oh, Jade. Mi dispiace tanto. È un tale idiota per averti ferita."

"Pensavo che ti piacesse" le ricordai.

"Mi piaceva. Ma non più" disse categoricamente. "Come potrebbe piacermi ancora se non ha abbastanza buon senso da sapere cosa aveva?"

Sospirai. Questa era una cosa nella mia famiglia che era sempre costante: se scherzavi con un Sinclair, stavi scherzando con tutti loro. Eravamo tutti l'uno accanto all'altro, qualunque cosa accadesse.

"Ti prego, non dire nulla ai nostri fratelli" chiesi. "Sai come sono."

"Non sono così sicura di non volere che facciano il culo a Eli" disse.

"Brooke" replicai con voce di avvertimento.

"Oh, va bene. Non dirò una parola" promise, suonando come se stare zitta fosse l'ultima cosa che voleva fare.

"Starò bene, Brooke" dissi, non sicura se stessi cercando di rassicurare la mia gemella o me stessa.

"So che lo farai" rispose dolcemente. "Odio solo vederti soffrire ora."

"A volte provare dolore porta a qualcosa di buono, giusto? Guarda cosa hai passato. E per questo hai trovato Liam."

Sbuffò. "Hai letto troppi romanzi rosa, sorella. Il dolore fa schifo. E non permettere a nessuno di dirti il contrario. Ma sì, ho trovato Liam."

"Va bene. Se vuoi sapere la verità, ho pensato di chiamarlo. Devo combattere il mio istinto ogni dannato giorno. E fa male."

"Lo so" disse con un sospiro. "Posso sentire il tuo dolore."

Non avevo idea del perché avessi cercato di sminuire le cose, parlando con Brooke. Forse perché era così felice e non volevo deprimerla. Ma lei sapeva sempre tutto, proprio come io potevo sempre dire quando qualcosa non andava in lei.

Io e la mia gemella avevamo lo stesso tipo di connessione che sapevo Eli aveva sperimentato con suo fratello.

"Ne ha passate tante, Brooke. Non posso dirti tutto, ma ha attraversato qualcosa di terribile. Quindi forse sta scappando. So che ci teneva a me."

"Lo so anch'io" concordò. "Senti, forse dovresti parlargli. Era dannatamente chiaro che ci teneva davvero a te, Jade. E non ti darei mai false speranze se non ci credessi."

"Penso che Eli ed io siamo in realtà molto simili" riflettei. "Ho scoperto che anche lui era un fanatico della scienza. Ha un dottorato di ricerca in ingegneria aerospaziale, Brooke. È andato alla Caltech."

"Santo cielo!" esclamò. "Hai idea di quanto siano selettivi?"

"Lo so. E non sono stati i soldi a portarlo lì. Probabilmente è più intelligente di me."

"Ma non capisco perché non stia lavorando sul campo» commentò Brooke.

"La morte di suo padre è stata inaspettata" spiegai, cercando di non mentire a mia sorella. "Ha preso il comando dopo la sua morte."

"È contento di questo?"

Riflettei sulla sua domanda prima di rispondere. "Non ne sono sicura. Ma ha il suo laboratorio aerospaziale, quindi non è che non sia più coinvolto nella missilistica."

"Parla con lui, Jade."

Mi fermai, prima di dire: "Si è offerto di rendermi la sua stagista non ufficiale in modo che potessi conoscere gruppi finanziari e investimenti."

"Perfetto" disse lei felicemente.

"E suppongo che sia ora di un restyling" aggiunsi. "E di un guardaroba completamente nuovo."

"Non cambiare chi sei per lui, Jade" ammonì.

"Non sono più una studentessa, Brooke. Ho un dottorato di ricerca. Se alla fine ho intenzione di entrare in qualsiasi tipo di carriera manageriale o professionale, dovrò imparare a vestire la parte."

"Se lo vuoi, fallo. Hai ragione. Dovevo vestirmi bene per lavorare in banca ogni giorno. All'inizio non mi piaceva, ma adesso mi manca."

"Forse perché hai molti più fondi per comprare vestiti nuovi in questi giorni" scherzai. "Hai deciso cosa farai ad Amesport?"

Sapevo benissimo che mia sorella non sarebbe mai stata felice di non lavorare.

"Non posso tornare in banca" condivise. "I ricordi sono troppo dolorosi. Ma sto iniziando a considerare altre opzioni."

"Sarai eccezionale, qualunque cosa tu decida di fare" le dissi. "E non sei esattamente a corto di fondi. Puoi prenderti il tuo tempo."

Brooke aveva subito abbastanza traumi emotivi.

"Liam mi tiene occupata" scherzò. "Ed è divertente fare analisi sui possibili investimenti. Potrebbe essere lì che finirò un giorno."

Brooke era felice ogni volta che era immersa nei numeri. "Allora forse puoi gestire anche i miei soldi" dissi speranzosa.

"Sono assolutamente certa che puoi farlo da sola" rispose con sicurezza. "Soprattutto quando imparerai da Eli. Ha davvero una straordinaria capacità di vedere il quadro generale dei suoi investimenti. Ha rilevato alcune società che avrebbero dovuto essere impossibili da recuperare. Ma riesce a trasformarle in mostri di profitto dopo aver cambiato la direzione dell'azienda."

"Presentarmi nel suo ufficio non sarà facile" borbottai.

"Sei la persona più coraggiosa che conosca" replicò. "E sei brillante. Ma hai trascorso la maggior parte della tua vita adulta a scuola e a studiare. Non hai ancora avuto davvero la possibilità di funzionare nel mondo degli affari. Ma non ho dubbi che farai un figurone."

"Sto ancora facendo domanda per molte posizioni lavorative" le dissi. "Ma non ho ancora idea di dove andrò a finire."

"So che vuoi fare ricerche a lungo termine. E sei molto qualificata."

"Sono più che disposta a iniziare in una posizione di basso livello" spiegai. "Ma voglio davvero essere una parte permanente di una squadra. Stanno accadendo così tante cose nella conservazione genetica ora, e la maggior parte delle cose rivoluzionarie impiegheranno decenni per essere sviluppate."

"Stai facendo domanda per qualcosa sulla Costa Orientale?" chiese speranzosa.

"Sto praticamente facendo domanda per posizioni senza considerare la geografia. Posso vivere ovunque."

"Incrociamo le dita per qualcosa di più vicino a me" scherzò Brooke.

"Ti terrò aggiornata" risposi.

"Per prima cosa" disse. "Vai a cercare un guardaroba da lavoro esplosivo che abbia qualcosa di sexy. Non vedo l'ora di vederti sconvolgere Eli."

Ero abbastanza certa che Eli Stone fosse già tormentato, e non aveva niente a che fare con me, ma non lo menzionai.

Chiacchierammo ancora per qualche minuto della famiglia e poi riattaccammo.

Pochi istanti dopo ero al computer cercando di capire chi potessi assumere per trasformare una fanatica della scienza in una professionista.

Scoprii che non era poi così difficile.

CAPÌTULO 26

Eli

Eli: *Non voglio vederti.*
Eli: *Non ti voglio qui con me.*
Eli: *Meglio stare da soli.*

Rilessi i miei messaggi per la centesima volta nell'ultima ora e mi chiesi a che cazzo stessi pensando.

Certo, il mio cervello era stato fritto dalla malattia in quel momento, ma avrei potuto fare qualcosa di più stupido che inviare a Jade messaggi stupidi come quelli che stavo fissando?

No. Probabilmente no.

Quello che *pensavo* di aver detto e quello che *avevo scritto davvero* non avrebbe potuto essere più diverso. Sì, non avevo voluto che venisse a San Diego perché avevo paura che si sarebbe ammalata anche lei. In realtà, volevo disperatamente *vederl*a, e avrei voluto che lei *stesse con me*. Ma avevo preferito essere solo a causa della natura contagiosa della mia malattia iniziale.

Ero stato così incasinato che mi ero *sentito* come se le avessi aperto il cuore. Ma in realtà, l'avevo praticamente scaricata via e-mail.

Merda!

Gettai il telefono sulla scrivania con più forza di quanto fosse realmente necessario perché ero disgustato di me stesso.

Avrei dovuto guardare quello che le avevo scritto prima, ma non mi era venuto in mente di aver inviato qualcosa di così idiota alla donna senza la quale non potevo vivere. Inoltre, non avevo voluto leggere i messaggi senza risposta. Mi avrebbe reso ancora più triste di quanto non fossi già stato quando stavo davvero male.

Avrei fatto quello che dovevo assolutamente fare nel mio ufficio, e poi avrei guidato la mia Bugatti a Citrus Beach per vedere Jade di persona il più velocemente possibile per arrivarci.

Niente più messaggi.

Niente telefonate che potessero essere facilmente ignorate come aveva fatto in passato quando era arrabbiata.

Ora che ero finalmente lucido, volevo fare le cose per bene. E questo avrebbe potuto comportare lo strisciare finché non fossi riuscito a convincere Jade a lasciarmi spiegare i messaggi confusi che avevo scoperto solo un'ora prima.

"E mi chiedevo perché non mi stesse chiamando?" dissi ad alta voce nel mio ufficio vuoto.

Diavolo, doveva pensare che fossi il coglione più grande del pianeta.

Eravamo stati a letto insieme.

E poi le avevo inviato un messaggio sconclusionato che sembrava più che non la volevo piuttosto che la mia vera intenzione: dirle come mi sentivo davvero.

Avrei fatto meglio a lasciar stare il mio telefono, mentre la mia mente era incasinata dalla malattia. Ma ero così dannatamente ossessionato da Jade che anche quando ero a malapena coerente, tutto ciò a cui avevo pensato era cercare di spiegarle tutto.

Guardai i fascicoli e le carte che si erano accumulati in mia assenza.

L'unica cosa di cui avevo intenzione di occuparmi prima di partire per Citrus Beach era qualcosa di urgente. Poi sarei uscito dall'ufficio per potermi prendere tutto il tempo necessario per convincere Jade che dovevamo stare insieme.

Non per dieci giorni.

Non fino a quando la nostra passione non fosse svanita, il che non sarebbe mai accaduto.

Non come amici, perché non sarei mai sopravvissuto solo a un'amicizia.

Sarebbe stato per sempre. E mi sarei accampato a Citrus Beach finché lei non avesse acconsentito.

"Jade Sinclair vuole vederla, Signor Stone." La voce di Alice risuonò dall'interfono, il suo tono professionale.

Jade?

Accidenti se il mio cuore non iniziò ad accelerare solo sapendo che era fuori dal mio ufficio.

Alzai gli occhi dai fogli che stavo firmando, la mia mente improvvisamente in allerta. Sfortunatamente, anche il mio uccello fu improvvisamente sull'attenti. Bastava sentire il *suo* nome.

Non che io potessi fare esattamente qualcosa al *riguardo* in questo momento. Ma era bello sapere che tutto funzionava ancora dopo oltre due settimane di miseria.

Erano passati diciassette giorni, cinque ore e una manciata di minuti da quando avevo visto Jade. Percepivo ogni singolo secondo del non sentire la sua voce o vedere il suo bel viso.

Quello era stato il primo giorno in cui mi ero sentito di nuovo ragionevolmente umano, e dal momento in cui mi ero alzato dal letto avevo capito che non potevo passare un altro giorno senza parlare con Jade.

Sì, il dottore mi aveva detto che ci sarebbe voluto del tempo prima che mi sentissi di nuovo alla mia velocità normale dopo la polmonite batterica. Ma ero stato in terapia antibiotica abbastanza a lungo da essere certo di non essere più contagioso. Non aveva importanza che stessi ancora trascinando il culo. Sapevo che avrei visto Jade o sarei morto provandoci.

Ma lei è qui adesso.

E santo cielo... *avevo bisogno* di vederla.

Ero irritato da morire per il fatto di essere malato. Non avevo l'influenza da quando ero bambino, ed era stata l'ultima cosa di cui la mia relazione con Jade aveva avuto bisogno.

Premetti il pulsante dell'interfono. "Dammi un minuto, Alice" dissi alla mia segretaria.

"Mi faccia sapere quando è pronto, Signor Stone" rispose.

Mi alzai e andai in bagno, mi spruzzai dell'acqua in faccia e poi fissai il mio riflesso.

Ad un certo punto nelle ultime settimane, avevo finalmente capito che non avevo bisogno di essere Austin. Mio fratello avrebbe sempre avuto un posto nella mia memoria, ma era morto perché aveva un problema di dipendenza. Nessuno poteva curarlo, se lui stesso non aveva voluto essere sobrio. Ci avevamo provato tutti. I miei genitori avevano fatto tutto il possibile per farlo rimettere in sesto, e io l'avevo praticamente pregato di smetterla. Ma la volontà sarebbe dovuta venire da lui, e non si era mai veramente sforzato di rimanere pulito. Non proprio. Era andato in riabilitazione per soddisfare i miei genitori e non se stesso.

Solo dopo essermi sfogato con Jade ero stato in grado di valutare effettivamente le emozioni che non avevano visto la luce del giorno in quattro anni.

E non ero molto contento del modo in cui avevo gestito la morte di Austin.

Inoltre, non ero contento del fatto che mi fosse stata offerta la possibilità di stare con una donna fantastica come Jade, e avevo praticamente sprecato l'opportunità perché ero stato uno stronzo.

Sapevo che Jade era speciale dal momento in cui ci eravamo incontrati.

Avrei dovuto perseguire una vera relazione.

Invece, avevo pensato che tutto ciò di cui avevo bisogno fosse il sesso.

Sì, forse ne *avevo* proprio bisogno con lei, ma volevo molto di più del semplice corpo di Jade.

Volevo il suo cuore, cazzo.

Ero stato troppo dannatamente lento per rendermene conto.

Ora, era molto probabile che avrei pagato per quello stupido errore.

Ma non la perderò. Non importa cosa ci vuole per assicurarmi che finisca con me.

Lanciai l'asciugamano che avevo usato per asciugarmi il viso nella cesta.

Momento della verità, Stone.

Era ora che mi battessi per quello che volevo, e l'unica cosa di cui avevo veramente bisogno era la donna che mi aspettava fuori dal mio ufficio.

Mi sedetti di nuovo sulla sedia e feci un respiro profondo prima di premere l'interfono. "Falla entrare, Alice" le ordinai.

"Subito, signore" rispose immediatamente.

Scossi la testa, chiedendomi se la segretaria che era con me da diversi anni mi avrebbe mai chiamato Eli come le avevo chiesto circa un milione di volte prima.

Il pensiero errante lasciò la mia mente, quando apparve Alice, e Jade attraversò la porta.

Capii nel momento in cui aveva incontrato direttamente i miei occhi che qualcosa era molto diverso.

Ci vollero un paio di secondi, perché tutti i cambiamenti venissero completamente assorbiti.

Non notai il leggero clic della porta che si chiudeva indicando che Alice ci aveva lasciati soli. Ero troppo occupato a guardare la donna che era entrata nel mio ufficio come se fosse di sua proprietà.

Non c'era esitazione; non era la nuova miliardaria nervosa come l'ultima volta che era entrata nel mio ufficio.

I suoi begli occhi erano spalancati e prendevano le mie misure, mentre si avvicinava alla scrivania.

Gesù Cristo! Che diavolo è successo alla Jade che conoscevo?

Non c'erano più i suoi blue jeans e la maglietta, e al loro posto c'era una gonna a tubino di pelle nera attillata che finiva sopra le sue ginocchia, facendo sembrare le sue gambe infinite. Per quanto riguardava l'abbigliamento, era praticamente vestita per lavoro, ma la camicetta bianca che indossava era tagliata un po' troppo bassa. E il corto maglione di cashmere che indossava aperto sopra la creazione di seta che aveva la mia attenzione di sicuro non era fatto per tenerla al caldo.

Si mosse con grazia con un paio di scarpe col tacco nere e, quando arrivò davanti alla mia scrivania, lasciò cadere l'elegante borsetta nera sulla sedia accanto a quella su cui si era seduta.

"Cosa hai fatto ai tuoi capelli?" gracchiai.

Le ciocche erano tirate da un lato con un'enorme clip e ricadevano su una spalla. Ma non era lo stile che mi aveva scioccato. Era il colore.

Jade era una bruna, ma i suoi capelli erano più ramati ora, i riflessi rossi che probabilmente avrebbero fatto impazzire qualsiasi ragazzo. Non mi piaceva, ma al mio uccello desideroso sicuramente sì.

"Novità" disse vagamente. "Avevo bisogno di un cambiamento."

Un cambiamento?

L'acquisto di un nuovo paio di scarpe era *un cambiamento.*

Tutto in Jade sembrava completamente diverso in questo momento, incluso il trucco che generalmente non indossava.

"Sei bellissima" dissi con voce roca.

Non c'era mai stato un giorno in cui Jade non fosse stata la donna più attraente che avessi mai visto, ma quel giorno era particolarmente bella.

Si strinse nelle spalle, ma tenne gli occhi fissi nei miei. "Grazie" disse allegramente. "Ma non sono qui per i complimenti. Accetto l'offerta di essere la tua stagista, se è ancora disponibile."

"Certo che lo è" dissi con entusiasmo. "Ma Jade, volevo parlare di—"

Alzò la mano. "Non hai bisogno di spiegare. Voglio solo avere la possibilità di imparare. Non chiedo altro."

Volevo che chiedesse tutto ciò che voleva. Avrei trovato un modo per darglielo.

"Mi dispiace che io—"

Ricevetti subito un altro movimento con la mano. "Non ho bisogno di scuse per niente. Ci siamo divertiti, Eli. Ora è il momento per me di mettermi al lavoro."

Non accetterà le mie scuse. Non ascolterà perché non è interessata a uno stronzo come me.

Non che potessi davvero biasimarla. Guardando indietro ora, sapevo di essere stato uno stronzo completo. Avrebbe potuto essere alla ricerca di una vera relazione se non le avessi detto che fondamentalmente tutto ciò che volevo era il sesso.

"Stavo proprio guardando un nuovo potenziale investimento" le dissi. "È piuttosto grande, quindi ho molte analisi da fare."

In verità, non stavo guardando un cazzo. Stavo scarabocchiando la mia firma su fogli che dovevano essere firmati prima di partire per andare a rintracciare il suo bel culo. Ma avevo delle proposte sulla mia scrivania, e una in particolare era un grande progetto che necessitava di ulteriori ricerche.

Non c'era molto che non avrei fatto per tenerla almeno sotto i miei occhi. Quindi, per ora, avrei preferito la cosa della stagista. Volevo capire cosa stava realmente accadendo con lei, ed ero disposto a prendermi tutto il tempo del mondo per capirlo.

"Bene" disse allegramente, mentre si alzava e iniziava a spostare la sedia intorno alla scrivania. "Posso guardare con te?"

Spinse la sua sedia contro la mia e si sedette di nuovo.

Essendo un maschio dal sangue rosso che non era mai stato in grado di distogliere lo sguardo da lei in primo luogo, non potei fare a meno di fissarmi sulle sue gambe mentre le incrociava e su quella gonna attillata che le risaliva sulle cosce.

Sentii la zaffata di un profumo leggero, pulito e floreale che trasformò il mio uccello in pietra.

Mi sta uccidendo, ma almeno morirò fottutamente felice.

Distolsi gli occhi da lei e tornai allo schermo del computer.

"Mostrami cosa stai facendo" chiese.

Passai le ore successive combattuto tra la felicità e l'agonia.

Non c'era niente che desiderassi di più che starle accanto.

Ma ogni volta che si alzava per prendere qualcosa, andare in bagno o semplicemente per sgranchirsi, i miei occhi e il mio uccello erano attratti da quella piccola gonna di pelle.

E dannazione, sembrava così felice e sicura di sé. Il vero problema in questo era che aveva fatto tutto *senza di me*.

Tuttavia, dovetti meravigliarmi della rapidità del suo cervello e della velocità con cui si rendeva conto delle preoccupazioni che derivano da qualsiasi investimento. Le sue domande arrivavano come un fulmine, e sembrava assorbire tutto ciò che dicevo, e poi costruire su quella conoscenza.

"Allora qual è la tua decisione finale?" chiese curiosa, mentre finivamo di rivedere le informazioni.

"Devo ordinare un altro paio di rapporti" spiegai. "Ma sembra buono finora. Sarà una sfida. Ma se riesco a salvare posti di lavoro per i dipendenti, potrebbe valerne la pena."

"Pensi di poter salvare l'azienda se la acquisisci?"

"Sono ragionevolmente sicuro di poterlo fare, ma ci saranno cambiamenti a livello aziendale. E a volte alle persone non piace il cambiamento. L'ho capito molto tempo fa."

"Non è sempre una brutta cosa" disse pensierosa.

Sentii il bip dell'interfono e la voce di Alice arrivò nella stanza. "Vado a pranzo, Signor Stone. Posso portarle qualcosa?"

"Sto bene" risposi.

"Dovrebbe davvero mangiare qualcosa, signore" disse Alice con cautela. "Questi antibiotici la faranno ammalare se non lo fa."

"Sto bene, Alice. Vai a pranzo" risposi con fermezza.

Avevo ancora qualche giorno di antibiotici, ma il decorso era quasi terminato.

"Torno tra un'ora" informò.

"Sei malato, Eli?" chiese Jade con calma.

Potevo sentire la preoccupazione nella sua voce, ed era la prima volta che vedevo di sfuggita la Jade a cui tenevo. "Non è niente. Hai fame?"

Si alzò, mise la mano sul fianco ben fatto e mi trapassò con uno sguardo senza fronzoli. "Eli Stone, perché stai prendendo antibiotici? Sei malato?"

"Non sono contagioso" confessai. "Ma ho lottato con l'influenza e la polmonite. Hanno vinto virus e batteri."

Mi tese la mano e la presi, perché era così dannatamente fiera che non pensai nemmeno di rifiutare.

"Ti porto a pranzo" mi informò mentre mi alzavo. "E poi spiegherai perché sei tornato in ufficio, se non ti sei completamente ripreso."

Afferrò la sua borsa mentre si dirigeva verso la porta, ma strinse la presa sulla mia mano. "Cosa ti andrebbe?" chiese, mentre lasciavamo l'ufficio insieme.

"Niente" dissi onestamente.

"Bene. Allora, zuppa e panini" decise.

Sorrisi, mentre aspettavamo che il suo veicolo fosse spostato dal parcheggiatore. Era diventata decisamente prepotente, ma in un certo senso mi piaceva. Jade era sempre stata pensata per guidare invece di essere nascosta da qualche parte nei boschi. Non si era mai resa conto di essere pienamente in grado di fare più di una cosa, o di essere brava in un sacco di cose.

Non ne avevo mai dubitato.

"Quello è mio" disse, indicando un veicolo in arrivo.

"Da quando guidi una BMW?" chiesi sorpreso. "Cos'è successo alla Jeep?»

"Ce l'ho ancora" rispose, mentre si spostava al lato del guidatore e dava una mancia al parcheggiatore. "Ne ho bisogno per le mie cose di sopravvivenza. Ma penso che fosse ora di comprare un nuovo veicolo. Non è esattamente una Bugatti, ma la adoro."

Mi diressi verso il lato passeggero. Era una serie 3, quindi non era esattamente una spesa stravagante per lei, ma l'esterno nero di classe era adatto a lei.

"E la farfalla finalmente esce dal bozzolo, spiega le ali e vola via" mormorai, mentre salivo in macchina.

Jade era davvero uscita dal guscio protettivo in cui aveva vissuto, ma non stava scappando molto lontano.

Se avessi potuto fare a modo mio, cosa che avrei fatto, sarebbe volata verso casa da me.

CAPÌTULO 27

Jade

Ero arrivata presto nell'ufficio di Eli ogni giorno nelle ultime due settimane.

Forse avevo pianificato di provare a essere professionale e, per la maggior parte, ci ero riuscita. Ma ero quasi crollata quel primo giorno, quando avevo scoperto che era stato così male da finire in ospedale.

Nel profondo del mio cuore, forse volevo davvero credere che Eli non mi avesse chiamata perché era stato troppo malato per farlo. E la scusa era probabilmente plausibile dal momento che mi aveva detto personalmente che gran parte di ciò che era successo durante la sua malattia era confuso. Durante il suo ricovero in ospedale aveva preso una tonnellata di farmaci, inclusi antidolorifici.

Ma poi... c'erano quei messaggi strazianti. Non avevo chiesto al riguardo. Forse sinceramente non volevo saperlo.

Per la maggior parte parlavamo di affari, e questo sembrava bastargli. Quindi avevo continuato ad essere la sua stagista improvvisata, nutrendo l'idea stupida che non mi avesse chiamata perché era stato fisicamente inabile.

Se l'avessi guardato da vicino quando ero venuta per la prima volta in ufficio, avrei notato che aveva perso un po' di peso e la sua energia non era la solita. Ma ero stata così impegnata a preoccuparmi che scoprisse che ero un'impostora che non l'avevo davvero *guardato*.

Una volta scoperto che era stato in ospedale, non era sembrato così in forma.

Gli portavo la colazione ogni mattina e mi assicuravo che mangiasse il pranzo. Col passare dei giorni, frequentavamo ristoranti sempre migliori, la maggior parte dei quali i suoi, per pranzo.

Adesso si era completamente ripreso, probabilmente da almeno una settimana. Ma non vedevo l'ora di vederlo ogni mattina.

Le nostre giornate erano produttive, ed ero arrivata al punto in cui potevo vedere in anteprima alcune delle proposte che aveva accatastato sulla sua scrivania. Se erano decisamente stupide, potevo fargli risparmiare tempo sottolineando perché non avrebbero funzionato, e mostrargli quelle che erano discutibili.

Tutto sommato, stavo imparando velocemente e mi sentivo più a mio agio nei miei abiti d'affari. Beh, forse non ero *letteralmente* abituata al mio guardaroba, ma cominciavo a sentirmi più una donna d'affari.

"Buon giorno, Alice" dissi allegramente, mentre entravo dalla porta degli uffici esterni.

La donna dai capelli grigi sorrise. "Buon giorno, Signorina Sinclair."

"Omelette al formaggio con un bagel, formaggio cremoso a parte" la informai mentre posavo la colazione in scatola sulla sua scrivania. "E quando mi chiamerai Jade?"

Alice e io avevamo stretto un'amicizia, mentre lavoravo con Eli, ma non ero ancora riuscita a farla smettere di essere così formale.

"Probabilmente più o meno quando mi riferirò al Signor Stone per nome. Sono passati anni, quindi smettila di provare a insegnare a una vecchia nuovi trucchi" consigliò.

Risi e presi una delle tante riviste sulla sua scrivania. "Cos'è tutto questo?»

"Nuove riviste" rispose. "È una cosa molto strana. Il Signor Stone mi ha chiesto di cambiare i nostri abbonamenti subito dopo la tua prima visita qui."

Frugai tra le riviste, cercando di non rovinarle.

Time.

Rolling Stone.

National Geographic.

Wired.

The Economist.

The Atlantic.

Harper's.

Non c'era una sola rivista per donne stupide nel gruppo. "Dio mio." Emisi una risatina che non avevo mai sentito provenire dalle mie labbra prima. Non potevo credere che Eli avesse effettivamente seguito il mio consiglio sulla lettura del materiale nella sua sala d'attesa.

"Che cosa c'è?" chiese Alice.

"Niente" risposi con un sorriso sul volto. "Eli è già dentro?"

Annuì. "È arrivato solo pochi minuti fa."

Feci il giocoliere con le mie scatole e andai avanti senza discutere, quando Alice si alzò per aprirmi la porta del suo ufficio.

"Buon giorno" dissi a Eli mentre portavo le scatole alla sua scrivania.

"Avresti potuto chiamarmi per aiutarti" borbottò mentre si alzava. "Ed è un buon giorno adesso."

Proprio come avevo fatto nelle ultime due settimane, praticamente ignorai il suo complimento e mi chiesi per quanto tempo avrei potuto fare la brava stagista.

Mi sarei messa in una situazione pericolosa accettando la relazione. Ma non ero sicura di poter continuare a fingere di non essere follemente innamorata dell'amministratore delegato.

Eli si era ritirato per lavarsi le mani, e io presi il cibo dall'involucro protettivo.

Mi chinai e mi allungai sulla scrivania per mettere le sue cose sul suo lato della scrivania.

Emisi un gridolino, quando un corpo forte mi urtò da dietro. Eli coprì le mie mani con le sue, il suo davanti appiccicato alla mia schiena, mentre ringhiava: "Se ti pieghi sulla mia scrivania un'altra fottuta volta, non sarò responsabile di quello che accadrà."

Chiusi gli occhi e feci un respiro profondo. Sfortunatamente, tutto quello che potevo sentire era il profumo maschile di Eli.

"Ti dà fastidio?" chiesi.

Non avevo intenzione di rifuggire da lui. Il mio intero obiettivo era stato convincerlo a notarmi e rendersi conto che gli importava. Ultimamente ero arrivata alla conclusione che ero proprio come una delle donne patetiche delle riviste che vuole catturare un uomo che non può avere e che non la vuole.

"Diavolo, sì, mi dà fastidio» disse con voce roca vicino al mio orecchio. "*Tu* mi dai fastidio, Farfalla. Sai quanto è stato dannatamente difficile non piegarti sulla mia scrivania e rendere il mio uccello più felice di quanto non sia mai stato. Hai il culo più bello che abbia mai visto."

Tutto dentro di me voleva cedere, ma mentre contemplavo come mi sarei sentita più tardi se avessi lasciato che mi fottesse, il mio stomaco si annodò.

Lo volevo disperatamente.

Ma sapevo di meritare di più.

"Lasciami andare" chiesi, mentre spingevo contro il suo petto. "Non voglio questo, Eli."

Si ritirò subito.

"Non posso più farlo" gli dissi, mentre mi voltavo per prendere la mia borsa. "Devo andare."

Anche se il mio cuore si stava spezzando, sapevo che avevo bisogno di trovare finalmente la forza per andarmene.

Non era giusto chiedergli di cambiare, e sapevo che l'accordo consisteva solo in... sesso senza impegni.

Non era colpa sua se avevo bisogno di più.

"Jade, aspetta. Dobbiamo parlare. Ascoltami—"

"No" lo interruppi. "Ascoltami *tu*."

Avevo finito di giocare. Ma non me ne sarei andata finché non avesse sentito tutto ciò che avevo bisogno di dire. "All'inizio ho giocato al tuo stupido gioco del gatto e del topo perché volevo conoscerti. Non ho problemi ad ammettere che anch'io volevo finire nel tuo letto perché ero così dannatamente attratta da te. Ma mi sono imbattuta in un problema da qualche parte lungo la strada." Feci un respiro profondo e lo guardai, mentre continuavo. "Ho finito per volere di più, Eli. Anche se hai detto abbastanza chiaramente che non volevi. Non è davvero colpa tua. Sei stato onesto. Sono stata *io* ad innamorarmi di *te*. Non volevo, ma è successo. Avrei dovuto recepire il messaggio quando non ho avuto tue notizie dopo che abbiamo dormito insieme. E *sicuramente* avrei dovuto capire quando mi hai scritto come ti sentivi. Ma non ero sicura se avessi bisogno di tempo per sistemare tutto quello che è successo con tuo fratello. O se non mi avessi chiamata perché eri troppo malato. Ho stupidamente pensato che alla fine ti saresti reso conto che anche tu mi amavi. Ma non l'hai fatto. Quindi, *devo* andare avanti. Il sesso vuoto non sarà mai abbastanza per me. Non sono fatta così. Scusami."

"Non è mai stato vuoto, Jade" lo sentii dire, mentre mi muovevo come un fulmine verso la porta.

Non risposi. Non potevo. Dovevo andarmene prima di finire col rendermi ancora più ridicola.

Tirai fuori il cellulare, mentre mi muovevo lungo il corridoio alla velocità con cui potevo correre nelle mie scarpe col tacco alto.

"Un'enorme mancia se porti la mia BMW alla porta d'ingresso prima che scenda con l'ascensore ed esca fuori" dissi al parcheggiatore sul mio cellulare.

"Sarà fatto" rispose lui.

Saltai su un ascensore aperto e premetti il pulsante per l'atrio, grata che nessun altro fosse entrato.

Lasciai cadere la testa all'indietro mentre scendevo, cercando senza successo di trattenere le lacrime che volevano disperatamente uscire dai miei occhi.

"Puoi farlo, Jade. Puoi farcela" sussurrai tra me e me.

Forse sarei durata un'altra settimana, se Eli non mi avesse toccata. Ma a cosa sarebbe servito? Non potevo farmi amare da lui, e lo amavo così tanto che non potevo sopportare il dolore di stargli vicino ogni singolo giorno e non volere di più.

Quando l'ascensore si aprì, attraversai a grandi passi i pavimenti di marmo, i talloni che tintinnavano selvaggiamente mentre uscivo.

La mia BMW si stava avvicinando al marciapiede.

"Ehi, il Signor Stone ha detto di aspettare" gridò un secondo custode vicino all'edificio.

Il tizio che saltò fuori dalla mia macchina esitò, ma gli misi in mano diversi biglietti da venti mentre dicevo: "Il Signor Stone non ottiene sempre tutto ciò che vuole."

Saltai in macchina e me ne andai, e finalmente mi abbandonai al bruttissimo pianto che avevo trattenuto. Durò fino a Citrus Beach.

CAPÌTULO 28

Jade

Più tardi quel giorno scoprii di aver ottenuto un colloquio per il lavoro dei miei sogni come ricercatrice/scienziata a San Diego, quindi sapevo che dovevo ricompormi.

Era venerdì, e lunedì dovevo essere coerente.

Forse avrei dovuto chiamare Skye o Brooke, ma non volevo fare niente se non sdraiarmi sul divano e divorare più gelato possibile.

La mia droga alimentare preferita era l'AmeriCone Dream di Stephen Colbert, prodotto da Ben e Jerry's. Ed ero ben fornita. Oltre al cartone che avevo in mano, ce n'erano altri quattro nel congelatore.

Affondai il cucchiaio nella miscela di cono gelato ricoperto di caramello e cioccolato e me lo infilai in bocca prima di prendere in mano il telecomando e iniziare a fare zapping.

Sì, mi rendevo conto che non potevo sedermi e mangiare Ben e Jerry's ogni sera, ma avevo bisogno di un po' di tempo per rimettermi in sesto.

Forse avvicinare Eli per dare seguito alla sua offerta di fare la stagista non era stata una buona idea, ma non me ne ero pentita.

Avevo imparato molto e quelle poche settimane mi avevano aiutata a prendere confidenza con un mondo di cui non sapevo nulla.

Inoltre non mi ero pentita del nuovo guardaroba. Ne avrei avuto bisogno se avessi voluto iniziare a fare colloqui.

Il restyling aveva aumentato la mia sicurezza e finalmente mi sentivo bene nella mia pelle.

Avevo superato il mio senso di colpa per essere diventata una miliardaria. Ero più interessata a capire come potevo fare la differenza con la mia ricchezza.

Ad un certo punto nelle ultime settimane, ero cambiata. Avevo smesso di essere la studentessa timida e avevo deciso di essere la persona migliore che potessi essere.

Eli mi aveva aiutata ad arrivarci, quindi non mi ero pentita del tempo trascorso con lui.

Quello per cui mi sentivo davvero devastata era il fatto che Eli non avesse ricambiato i miei sentimenti, e non ero così sicura che avrei mai più provato la stessa sensazione per un uomo.

Smisi di cambiare canale quando vidi Shark Tank e rimisi il telecomando sul tavolino. Potevo ascoltare lo spettacolo, mentre rispondevo alle mie e-mail.

Aprii il mio laptop e cominciai a cancellare tutta la posta indesiderata che ricevevo quotidianamente. Sembrava che mi fossi cancellata da un milione di posti, ma il giorno dopo avevo ancora più offerte nella mia casella.

Cliccai su un avviso dal sito del DNA che avevo usato quando avevo scoperto che Evan era il mio fratellastro. Andai a cancellarlo perché ricevevo annunci o notifiche quasi quotidianamente, ma esitai quando lessi la prima riga.

Ho una nuova corrispondenza?

Cliccai sul sito e guardai l'informativa attuale. Scansionai con un po' più di interesse, quando vidi che avevo una nuova *corrispondenza parentale.*

Rapporto di parentela – Nipote

"Che diavolo?" borbottai. "Come è possibile?"

Ero una scienziata. E il DNA non poteva mentire.

La mia mente correva, mentre fissavo l'informativa. Non c'era *alcun nome*, quindi la conclusione logica era che uno dei miei fratelli aveva avuto una figlia. Ma nessuno di loro era abbastanza grande da avere una figlia adulta.

"Non è Brooke" dissi ad alta voce. "Deve essere uno dei miei fratelli."

Non riuscivo a immaginare nessuno dei miei fratelli che si allontanava dalla propria figlia, ma c'era la possibilità che non avessero mai saputo di aver messo incinta una donna con cui erano usciti. A nessuno dei miei fratelli era mancata l'attenzione femminile e avevano tutti avuto delle ragazze. Ma qualcosa dell'intera faccenda non mi quadrava.

Come potevano non saperlo?

E chi di loro aveva una figlia di cui non era al corrente?

Non c'erano informazioni reali su chi potesse essere mia nipote, ma potevo scrivere alla parente attraverso il sito.

Scrissi poche righe, presentandomi e facendole sapere che il nostro DNA corrispondeva.

Dovevo ancora chiedermi se l'informazione fosse in qualche modo errata.

Avevo appena raggiunto il cellulare per chiamare Brooke, quando suonò il campanello.

Probabilmente Aiden o Seth.

Alzai il sedere dal divano e mi diressi verso la porta. Non ero esattamente vestita per i visitatori, ma non era che i miei fratelli non mi avessero mai vista con indosso i pantaloncini del pigiama e una felpa.

Aprii la porta, all'inizio sorpresa perché non c'era nessuno.

Poi sentii un guaito di eccitazione.

"Charlie?" Aprii la zanzariera e lasciai entrare il cane, poi mi abbassai per accarezzarlo. "Cosa ci fai qui?"

Mi accigliai, quando notai qualcosa attaccato al suo collare.

C'era una busta che diceva "leggimi prima" e una piccola scatola che diceva "tienimi."

Entrambe erano leggermente attaccate, quindi le staccai dal collare di Charlie, mi sedetti sul pavimento per fare le coccole al cane che ormai adoravo e aprii la busta.

Se Charlie è qui, so che Eli non è molto lontano.

Il mio cuore sussultava al pensiero che Eli fosse probabilmente vicino. Cosa stava combinando?

La grande ferita che avevo aperto quando l'avevo affrontato quella mattina era ancora viva, e non ero sicura di poter sopportare di rivederlo così presto.

Tirai fuori i fogli che erano nella busta, le mani che mi tremavano per l'emozione.

"Oh, Eli, cosa hai fatto?" sussurrai, mentre guardavo l'atto di rinuncia.

Mi aveva affidato la proprietà del Lucifer's Canyon.

Lasciai cadere il foglio in grembo e avvolsi le braccia intorno a Charlie, mentre le lacrime mi scorrevano lungo le guance.

Ero abbastanza sicura che significasse che la proprietà non aveva più presa su Eli. E se era finalmente libero dai suoi demoni, ero felice per lui.

"È davvero un inferno se devo essere geloso del mio bastardino" sentii il baritono di Eli dire con voce roca dalla porta.

Mi alzai e presi la scatola e l'atto. "Cosa ci fai qui? E perché l'hai fatto?" Feci cenno verso il foglio.

Aprì la zanzariera ed entrò. "Perché voglio che tu l'abbia. Non ci sono condizioni, non importa quello che dici su ciò che è nella scatola."

"Non l'ho ancora aperta."

"Non farlo" chiese. "Non ancora."

Mi prese per mano e mi condusse nel piccolo soggiorno. Presi il telecomando e spensi la TV. "Stavo solo... mangiando" dissi, mentre afferravo il contenitore del gelato, lo portavo in cucina e lo gettavo nel congelatore. Dato che era una casa minuscola, tornai dopo pochi secondi.

Mi fermai davanti a lui, il petto che mi faceva male perché stava così dannatamente bene con un paio di jeans e un maglione. "Eli, io—"

Mise le sue dita sulle mie labbra. "No. Non parlare. Ho alcune cose che voglio dire prima che scappi di nuovo."

Annuii e lui iniziò a usare il pollice per asciugarmi le lacrime dal viso.

"Voglio ringraziarti per avermi aiutato a mettere la testa a posto. Ho tenuto dentro di me tutto di mio fratello per troppo tempo. Così a lungo che credo non fossi più sicuro di cosa fossi io e cosa fosse Austin. Grazie a te, penso di aver capito tutto adesso."

"Allora, cos'eri?" chiesi.

"Quando ho iniziato a fare le cose che faceva Austin, l'ho fatto alle mie condizioni. Faceva cose folli solo perché voleva farle. Io le ho fatte per fare soldi per i miei enti di beneficenza. Quindi immagino che in parte sia sempre stato io. Ma ci sono alcune cose che in realtà mi piace fare per me, come l'alpinismo e le corse automobilistiche. Ma posso fare a meno delle cose inutili. Quindi farò quello che voglio e scaricherò le altre. Non ho un desiderio di morte come quello di Austin."

"E i tatuaggi?"

"Fatti per onorare mio fratello. Non me ne pento."

Non pensavo che avesse bisogno di provare rimorso per qualcosa, ma non parlai, perché volevo che continuasse a farlo lui.

Aggiunse: "Ho incorniciato tutte le foto che Joel mi ha dato. Ho capito che non posso continuare a odiarlo per quello che mio fratello ha fatto a se stesso. Mia madre ha detto che Joel ha messo la testa a posto dopo la morte di Austin, quindi una cosa buona è venuta fuori dalla morte di mio fratello. E penso che sia tempo per me di ricordare le cose belle del mio gemello e non cercare di dimenticare completamente il passato."

"Rimpiangi di aver rinunciato ai tuoi sogni per subentrare agli interessi di tuo padre?" domandai.

Scosse lentamente la testa. "No. Ho scoperto che posso fare entrambe le cose. Sono piuttosto coinvolto nella mia azienda aerospaziale, e provo una certa soddisfazione nel rilevare aziende e renderle migliori di prima."

"E tuo padre?" chiesi gentilmente.

"Lo amavo. E so che sarebbe orgoglioso che la sua azienda sia fiorente. Ma non posso più piangere la sua perdita. Anche mia madre è andata avanti. E ha perso un figlio e un marito che amava. Ho bisogno di godermi il tempo che passo con lei. Vuole che io sia felice."

La madre di Eli era una persona incredibile e sapevo che quello che lui stava dicendo era vero.

"Ma c'è un problema" disse.

"Quale?"

"Non posso essere felice senza di te, Farfalla."

Il mio cuore ebbe un tuffo, quando chiesi: "Cosa significa esattamente?"

Mi prese le mani e incontrò il mio sguardo. "Significa come diavolo fai a non sapere che anch'io ti amo? Penso di amarti da molto tempo, ma ero troppo stupido per riconoscerlo subito. Non ero io quando ho detto quelle cose all'inizio, Farfalla. Ero ancora il guscio di un uomo che stava cercando di far fronte alle perdite di suo fratello gemello e suo padre così vicine. Ma non è una scusa. Se me ne dai l'opportunità, cercherò di rimediare per il resto delle nostre vite." Allungò una mano e prese la scatolina dal tavolino dove l'avevo lasciata cadere per prendere il gelato. "Ecco perché voglio darti questo."

Mi porse la scatolina e io la presi con le dita tremanti. Aprii il coperchio e mi ritrovai a fissare il diamante più bello che avessi mai visto. "Dio mio. Eli? Cos'è questo?»

"Sai cos'è" gracchiò. "Cancella il mio tormento. Sarà un sì o un no?"

Il mio cuore si librò, mentre mi gettavo tra le sue braccia. "Sì. Sì. Dio, ti amo così tanto."

Le braccia di Eli si strinsero immediatamente intorno a me. "Ti amo anch'io, Farfalla. Cazzo, mi hai spezzato il cuore oggi, quando sei scappata dall'ufficio."

"Perché non hai detto qualcosa prima?"

Mi prese in braccio e si lasciò cadere sul divano con me. Mi abbracciò come se non mi avrebbe mai lasciata andare, e questo mi fece piangere ancora di più.

"Ho cercato di dirti che non ti avevo chiamata perché ero troppo malato per parlare, e quei messaggi erano i vaneggiamenti insensati di un uomo che stava cercando di dirti quanto significavi per lui, ma ho fallito perché non riuscivo a formare pensieri coerenti, mentre avevo la febbre alta. Sembrava che tu non volessi che parlassi di niente di personale. A quel punto, ero già terrorizzato di averti persa. Ero disposto ad accontentarmi di averti come stagista per un po' se questo significava poterti vedere tutti i giorni."

Il messaggio era stato davvero un errore.

Infilai la mano nei suoi capelli, perché dovevo toccarlo. "Ero lì perché volevo esserci. Dovevi sapere che sono diventata una stagista grazie a te."

"Non ero abbastanza sicuro di quali fossero le tue motivazioni" ammise. "Ma ero così dannatamente felice di vederti che non volevo spaventarti. E poi ho finito per farlo lo stesso."

"Non riuscivo a lasciarti andare, anche dopo i tuoi messaggi" confessai. "Dovevo assicurarmi che non avrebbe mai funzionato, e che tu volevi davvero che me ne andassi."

Strinse forte. "Non ho mai voluto che andassi da nessuna parte. Ho sempre voluto che restassi, Jade. Immagino che non sapessi come cambiare le cose. Penso di essere stato fottuto dalla prima volta che sei entrata nel mio ufficio e mi hai rimproverato."

"Pensavo che volessi solo scoparmi" scherzai.

"Oh, sì" brontolò. "È ancora così. Ma sono stato uno sciocco a pensare di poterti semplicemente scopare per toglierti dal mio sistema. Non ci sarà mai un giorno in cui il mio cazzo non diventerà duro nel momento in cui entri in una stanza."

"Parole dolcissime" dissi con una risata.

"Non sono esattamente bravo a dire cose dolci" rispose con un cipiglio.

Pensai a tutte le cose carine che aveva fatto per me in passato, e al fatto che mi aveva completamente concesso il terreno che prima non poteva lasciar andare.

Le sue azioni dicevano tutto. "Stavo scherzando, Eli. Le cose che fai contano."

"Allora dimmi cosa diavolo devo fare per renderti felice, perché è diventata una dannata ossessione per me."

"L'hai già fatto» dissi. "Ma se vuoi davvero rendermi felice, allora portami a letto."

CAPÌTULO 29

Jade

Eli non perse tempo. Si alzò e mi tirò su con lui.

"Prima l'anello" insistette, mentre prendeva la scatolina dalla mia mano. "Ho bisogno di sapere che sarai mia."

Tirò fuori l'anello e lasciò cadere la scatolina sul tavolino.

Iniziai a singhiozzare, mentre mi metteva lo splendido anello al dito.

"Non piangere, Farfalla" disse con voce rauca, mentre mi prendeva e mi portava nella mia camera. "Se potessi fare a modo mio, non piangeresti mai più."

"Sono felice" dissi. "Sono lacrime di gioia questa volta."

"Posso pensare a cose decisamente migliori che possiamo fare per essere felici" ringhiò mentre mi metteva in piedi accanto al letto.

"Allora fammi vedere" chiesi.

Il mio corpo era già in fiamme e lui mi aveva appena toccata. Facevo ancora fatica a credere che Eli sarebbe stato davvero mio.

Prese l'orlo del maglione e se lo tirò sopra la testa. "Mi possiedi, Jade. Lo sai, vero?" domandò con un tono di voce profondo e sincero.

Rabbrividii, quando afferrai il maglione e lo gettai a terra. Si stava intenzionalmente rendendo vulnerabile a me, e non avrei mai, mai tradito quel tipo di fiducia.

Mi tolsi la felpa dalla testa e la buttai via, rimanendo nuda dalla vita in su.

"Anche tu mi possiedi, Eli" gli dissi.

L'emozione tra noi era così intensa, una sorta di folle bisogno primordiale che entrambi avevamo di appartenere l'uno all'altra. Lo sentivo spesso nell'aria intorno a noi.

Tutto quello che volevo fare era arrendermi.

Non avevo paura di concedermi a Eli, non più di quanto volesse che lo facessi mio.

Mi fece scivolare un braccio intorno alla vita e mi tirò finché le parti superiori dei nostri corpi non si incontrarono pelle a pelle.

Ed era felicità.

"Sei sempre stata destinata a essere mia" gracchiò prima che la sua testa si abbassasse per catturare la mia bocca.

Mi aprii per lui, e avvolsi le mie braccia intorno al suo collo. Ero avida del suo sapore, ogni singolo briciolo di desiderio che avevo nutrito per settimane che scorreva dalle mie labbra alle sue.

Toccai ogni centimetro di pelle nuda che potessi trovare, e poi cercai di più, esplorando con le mie dita, cercando disperatamente di portarlo il più vicino possibile a me.

"Fanculo!" imprecò, quando alzò la sua bocca affamata dalla mia. "Ho bisogno di te, Jade."

Anch'io avevo bisogno di lui, e lui non resistette, quando le mie dita armeggiarono con i bottoni dei suoi jeans. Erano stretti perché era enorme e totalmente eretto, ma alla fine riuscii a farli slacciare.

Mi inginocchiai e praticamente artigliai la stoffa per farla scendere lungo le sue gambe muscolose, prendendo i suoi boxer insieme ai jeans.

Li calciò da parte mentre gli toccavo l'enorme fallo. Rabbrividii quando le mie dita si mossero su ciò che sembrava seta sull'acciaio, e mi chinai in avanti per far assaggiare alla mia lingua la minuscola goccia di umidità sulla punta.

Non ebbi un altro assaggio, perché Eli mi tirò in piedi.

L'espressione sul suo viso era feroce mentre diceva: "Non hai idea di quanto mi piacerebbe avere quelle belle labbra avvolte intorno a me in questo momento, ma ci sono altre cose che voglio di più."

"Tipo cosa?" chiesi senza fiato.

"Te" grugnì.

Prese i miei pantaloncini e li tirò giù sulle mie gambe, fino a quando non si ammucchiarono alle mie caviglie in modo da poterli allontanare con un calcio.

I suoi occhi vagavano su di me in modo possessivo, mentre diceva: "Non ho mai visto niente di bello come te."

Rabbrividii, quando le sue mani mi accarezzarono il seno, i suoi pollici sui miei capezzoli duri. Li strinse per un momento e poi li lasciò andare, e il piacere doloroso fece stringere il mio intimo con un bisogno così selvaggio da essere travolgente.

La sua mano scivolò tra le mie cosce, e fu accolta da nient'altro che calore umido.

"Dio, piccola, sei così dannatamente bagnata."

Chiusi gli occhi e gemetti impotente, mentre il suo dito scivolava sul mio clitoride. "Eli" bisbigliai, il mio desiderio per lui così profondo che era quasi spaventoso.

Le sue dita erano spietate, ogni colpo mi spingeva sempre più in alto.

Emisi un gemito, quando improvvisamente si fermò, mi sollevò e fece rotolare entrambi sul letto.

In un istante, la sua bocca fu dov'era stato il suo dito, e faceva un caldo torrido quando seppellì la testa tra le mie gambe.

Non ci fu nessuno stuzzicamento gentile. Mi divorò con una passione incandescente che mi fece quasi impazzire.

Eli non era titubante in niente di quello che faceva, ma quando si buttava nel mio piacere, era così bello che era quasi insopportabile.

La sua lingua si mosse in un movimento carnale e vorace, ancora e ancora sul minuscolo fascio di nervi che stava urlando per attirare l'attenzione.

L'orgasmo mi travolse così rapidamente che stavo miagolando sciocchezze, mentre le mie cosce iniziavano a tremare.

Le sue dita scivolarono dentro di me e le arricciò finché non colpì un punto che mi fece sbandare oltre il limite.

"Oh-mio-Dio-non-ce-la-posso-fare" urlai.

La mia schiena e i miei fianchi si inarcarono dal letto, mentre il mio orgasmo mi conquistava.

Ero un disastro ansimante dopo che il mio climax mi aveva ripagata facendomi a pezzi.

Ma mi aveva solo resa ancora più disperata per avere Eli dentro di me.

"Tutto bene?" chiese burbero mentre si muoveva sul mio corpo.

"Fottimi, Eli" supplicai.

Mi sentivo disperata.

Mi tirò su di lui. "Cavalcami, piccola" chiese.

Mi misi a cavalcioni su di lui con entusiasmo, ma non avevo esperienza con la posizione. "Non so cosa fare" confessai.

Mi afferrò i fianchi e mi abbassò, finché non potei sentire la punta del suo membro contro il mio sesso.

Mi abbassai, assaporando ogni singolo centimetro, finché non fu sepolto fino alle palle.

"Sì" sibilai mentre mi bilanciavo con le mani sulle sue spalle.

Sembrava che fosse sepolto così in profondità che non sarebbe mai uscito. Ma mi dimostrò che mi sbagliavo mentre guidava i miei fianchi per uscire, e poi affondare di nuovo.

Ci muovevamo così insieme, Eli che spingeva verso l'alto mentre io affondavo, ogni spinta lenta e profonda.

Feci le fusa, i miei impulsi carnali che furono momentaneamente soddisfatti, ma volevo ancora di più.

I miei occhi vagavano sul viso di Eli, assaporando l'intenso piacere che vedevo lì. Mi raddrizzai e mi appoggiai all'indietro mentre aumentava il ritmo, notando che aveva le gambe piegate in modo che potessi appoggiarmi contro di esse per sostenermi.

Chiusi gli occhi e inclinai la testa all'indietro, perdendomi nel piacere erotico del ritmo in costante aumento che minacciava di farmi a pezzi.

"Cazzo, Jade" ringhiò. "È troppo bello."

Mi chinai di nuovo in avanti, mettendo le mani sul suo petto. "Vieni, Eli" dissi. "Non trattenerti."

"Non verrò mai senza di te" ribatté rudemente mentre allungava una mano tra i nostri corpi e trovava il mio clitoride.

Ci volle pochissima stimolazione per farmi venire.

Il mio canale si strinse forte attorno al cazzo di Eli mentre rabbrividivo per raggiungere l'orgasmo.

Strinse la presa sui miei fianchi e iniziò a sbattere i fianchi in un ritmo frenetico mentre mi metteva una mano dietro il collo e mi abbassava la bocca per un bacio che sapeva di amore, lussuria, sesso caldo e sudato, e orgasmo intenso.

Rimasi distesa sul suo petto, il mio corpo completamente esausto, mentre cercavo di riprendere fiato.

Tutto il mio corpo era floscio, ma Eli mi stava cullando in modo protettivo, quindi sapevo che alla fine mi sarei ripresa.

Quando riuscii a muovermi, scivolai al fianco di Eli e il suo braccio si strinse di nuovo intorno a me.

Le emozioni sgorgarono dentro di me, ed erano tutte così confuse che non riuscii a identificare molto se non l'amore che provavo per l'uomo che aveva appena sconvolto il mio mondo.

"Ti amo" gli dissi.

"Ti amo anch'io, piccola" rispose.

Era l'ultima cosa che ricordavo di aver sentito prima di addormentarmi.

CAPÌTULO 30

Jade

"Com'è che non ho mai sentito parlare di Austin?" chiesi con attenzione mentre Eli ed io facevamo colazione la mattina dopo. "Non ho mai saputo che avessi un gemello, tantomeno che fosse dipendente dalle droghe."

Vidi Eli divorare le uova, il bacon e i pancake che gli avevo appena messo davanti pochi istanti prima.

Era bello da guardare dato che aveva solo indossato un paio di jeans ed era a torso nudo.

Si fermò e bevve un po' del suo caffè prima di parlare. "I miei genitori hanno praticamente cercato di proteggere sia me che Austin dai media. Mio padre ha lavorato duramente per mantenere il problema della dipendenza di mio fratello un affare di famiglia. Hanno mantenuto un profilo basso e praticamente hanno semplicemente lavorato. La stampa non aveva nulla di cui parlare."

"Fino a quando non hai iniziato a fare cose pazze" dissi.

Lui annuì. "*Volevo* l'attenzione grazie alle mie associazioni di beneficenza e sono riuscito ad attirare molte celebrità e atleti per i miei eventi. Soprattutto nella corsa. Gli eventi hanno avuto molta pubblicità."

Mi sedetti e restammo in silenzio per alcuni minuti mentre mangiavamo. Quando finalmente posai la forchetta, dissi: "Sono piena."

Dovevo chiedermi se avessi ancora il sovraccarico di Ben e Jerry's della sera prima.

Alzò un sopracciglio. "Cos'è successo alla mia donna a cui piace mangiare?»

"Ho mangiato in abbondanza" risposi, e poi spostai il suo piatto vuoto e spinsi il mio davanti a lui. "Vuoi finirlo?"

"Dopo la scorsa notte, sono abbastanza sicuro di poterlo fare" scherzò.

"Devi mantenere la tua energia" concordai, guardando mentre affondava nel resto del mio cibo.

"Hai qualche lamentela?" brontolò.

Sospirai. "Nemmeno una."

Eli poteva superare tutti gli eroi romantici di cui avevo letto. In realtà, era molto più di quanto avessi mai immaginato. Era implacabile, ed entrambi eravamo stati avidi per tutta la notte. Dubitavo di poterne avere mai abbastanza di lui, anche se ogni parte del mio corpo era dolorante per l'uso eccessivo. Ed ero esausta perché dormivamo solo per brevi periodi durante la notte.

"A meno che tu non voglia che bruci tutta questa energia che ho appena messo, ti suggerisco di indossare qualcosa di diverso dal mio maglione."

L'indumento era così caldo, e non avrei mai voluto toglierlo perché aveva il suo odore.

"Lo farò pulire" gli dissi con un sorriso.

"Tesoro, non sono preoccupato per i vestiti puliti. Ho delle cose alla porta accanto. Ma ogni volta che ti pieghi, riesco a vedere quel culo stupendo."

"È un problema per te?" lo provocai.

Mi lanciò uno sguardo deliziosamente pericoloso. "Sai che lo è" disse con voce roca.

C'era qualcosa di incredibilmente malvagio nello stuzzicare la bestia, ed Eli poteva diventare un cavernicolo alfa in un minuto.

Ad essere onesti, mi piaceva far emergere il suo lato maschile impaziente e dominante. Non era minimamente scoraggiante perché diventava quell'uomo solo con me. Ed era la cosa più eccitante che avessi mai visto.

Mi alzai e iniziai a sparecchiare, e potevo sentire i suoi occhi che mi guardavano mentre mi chinavo ripetutamente e di proposito spostandomi da una parte all'altra.

Quando ebbi finito, mi avvicinai a lui e mi chinai per raccogliere un immaginario pezzo di lanugine sul pavimento.

Fu su di me prima che potessi battere ciglio.

Assaporai la sensazione del suo petto potente che premeva contro la mia schiena e la sua erezione ricoperta dai jeans contro il mio didietro.

"Sei stata avvertita, Farfalla" mi ringhiò all'orecchio.

"Immagino di non essermi tanto spaventata" replicai senza fiato mentre appoggiavo le mani sul tavolo.

Tremai mentre la sua mano mi accarezzava il sedere.

"Non so ancora se sculacciarlo o adorarlo, cazzo" gracchiò, la voce carica di desiderio.

"Forse entrambi" suggerii speranzosa.

Eli mi eccitava, non importava come mi toccava, e non immaginavo che sarebbe stato diverso se mi avesse schiaffeggiato il culo.

Premette delicatamente sulla mia schiena, abbassando la parte superiore del mio corpo sulla superficie del legno e facendomi alzare le natiche in aria.

Non credevo di essere abbastanza pronta per la sensazione della sua mano grande e forte che si connetteva con il mio sedere.

Gridai mentre si connetteva, anche se il dolore era minimo.

Il formicolio acuto della sua mano che schiaffeggiava le mie natiche vulnerabili era così erotico che gemetti.

Non era in alcun modo una punizione. Lo schiaffeggiò un altro paio di volte, accarezzando sensualmente i globi ogni volta che incontrava la mia carne.

Quando si allungò tra le mie cosce, fui quasi delusa, ma la puntura persistente aumentò il piacere di lui che accarezzava le mie pieghe sature e si concentrava sulla mia eccitazione strofinando forte contro il mio clitoride.

"Eli" gemetti. "Fottimi" chiesi.

Potevo sentirlo armeggiare con i suoi jeans mentre brontolava: "Non mi stancherò mai di sentirti dire questo."

Forse non avrei dovuto esserlo, ma rimasi scioccata quando mi prese da dietro.

L'angolazione era così incredibilmente diversa, e lui era così in profondità che rimasi a bocca aperta.

"Sì" incoraggiai.

Il mio canale stretto lo accettò, e non ci furono preliminari. Entrambi eravamo troppo affamati, troppo bisognosi.

Mi spinsi contro di lui, trovando il mio ritmo, mentre mi impalava ancora e ancora.

"Più forte" implorai.

"Non voglio farti male" ringhiò.

"Non lo farai. Ho bisogno di te, Eli."

Incredibilmente, afferrò i miei fianchi con ancora più forza e mi martellò dentro a un ritmo che mi mandò verso l'orgasmo.

Quando allungò una mano intorno al mio corpo e mi accarezzò il clitoride, implosi.

"Ti amo così tanto, Jade" grugnì.

Quelle parole scorrevano sul mio corpo tremante e invadevano la mia anima.

"Ti amo anch'io" dissi con un respiro brusco, mentre il mio nucleo si contraeva così forte che riuscivo a malapena a respirare.

Ruggì incoerentemente, mentre lo spremevo fino al suo potente orgasmo.

Eli rimase sepolto dentro di me per un momento, poi raccolse il mio corpo inerte e sprofondò in una delle sedie della sala da pranzo.

"Sono fottutamente senza speranza" disse con voce grave. "Non potrei più sopravvivere senza di te, tesoro."

Mi teneva come se fossi il suo tesoro più prezioso, e potevo sentire l'emozione che si diffondeva dal suo corpo.

"Non devi" dissi con voce roca di soddisfazione post-orgasmica. "Sarò sempre qui."

Mi baciò dolcemente, indugiando teneramente sulle mie labbra.

"Una cosa dannatamente buona" rispose. "Ma devi davvero smetterla di chinarti sulle cose. Mi farai venire un infarto."

Sorrisi contro la sua spalla. C'era qualcosa di peccaminosamente attraente nel fatto che potevo mettere in ginocchio un uomo potente come Eli. E si fidava abbastanza di me da farmelo sapere.

"Dio, sono dolorante" condivisi, mentre mi alzavo lentamente e mi stiracchiavo.

Si acciglió. "Perché non l'hai detto?"

"Non volevo fermarmi."

Si alzò. "Idromassaggio. Ora."

"Non ho una vasca idromassaggio" lo informai.

"Allora è una buona cosa che io possieda la casa accanto che ne ha una" replicò con un sorriso.

Gli sorrisi, completamente felice che avesse fatto quell'acquisto che una volta avevo trovato follemente stravagante.

Forse non era stata una cattiva idea, dopotutto.

CAPÌTULO 31

Aiden

Cercai di sopportare pazientemente la prova dello smoking, ma non ero il tipo di ragazzo che riusciva a stare fermo facilmente.

Posso farlo per Jade.

La mia sorellina si sposava alla fine dell'estate.

Brooke era stata la prima.

E ora Jade si stava sposando con l'uomo con cui Seth e io avevamo appena collaborato per accumulare quello che speravamo sarebbe stato alla fine il più grande business immobiliare del mondo.

A dire il vero, mi piaceva Eli Stone e anche a Seth. Ma non impazzivo per la festa di nozze.

Testimone.

Avevo avuto il presunto onore di fare da testimone ad Eli dal momento che la maggior parte dei suoi amici intimi erano fuori dallo Stato. La maggior parte di loro aveva intenzione di partecipare, ma non poteva essere presente per tutti gli altri festeggiamenti.

"Ahi!" dissi scontroso, mentre un altro spillo errante mi si infilava nel sedere.

"Mi scusi, Signor Sinclair. Ho quasi finito" disse la donna che stava sistemando lo smoking con voce piena di rimorso.

"Non è un grosso problema" brontolai, pentendomi per averla rimproverata.

Ma non ero esattamente di umore sereno.

I miei occhi furono attirati dall'altra parte della stanza per circa la centesima volta da quando ero arrivato dalla sarta.

Come al solito, i miei occhi si fissarono sulla bionda più sexy che avessi mai visto. In realtà, anni addietro avevo fatto molto di più al corpo della donna anziché guardarlo. Una volta ero stato nel profondo della sua forma verginale, e il mio uccello non mi avrebbe mai permesso di dimenticarlo.

Skye Weston, la damigella d'onore di Jade, una volta era stata l'unica donna che volevo.

Ora, era l'unica donna che volevo dimenticare.

"Tutto fatto, signore" disse la sarta. "Se riesce a toglierlo con attenzione, posso farlo modificare."

"Sì. Capito" le dissi mentre tornavo nel camerino, e poi tirai un sospiro di sollievo una volta messi addosso un paio di jeans e un maglione.

Avevo trascorso tutta la mia vita adulta lavorando come pescatore commerciale, a volte lavorando dalle quattordici alle diciotto ore al giorno per viaggi che potevano durare più di due mesi.

Non mi piacevano esattamente gli smoking e i cocktail party, anche se ero, per un dannato miracolo che ancora non accettavo completamente, un miliardario.

In qualche modo sapevo che probabilmente sarei sempre stato un pescatore nel cuore. Forse mi sarei sistemato per bene, ma non sarei mai stato così a mio agio in smoking come qualcuno come Eli Stone.

Uscii dal camerino appena in tempo per vedere Skye uscire dal suo con indosso un paio di jeans e un maglione verde che già sapevo essere abbinato ai suoi occhi.

Lascia perdere, Sinclair.

Avevo avuto una relazione con lei molto tempo addietro. Era passato quasi un decennio. Ma per qualche ragione, era l'unica donna che avrei voluto fosse rimasta.

Forse ero ancora incazzato che mi avesse lasciato mentre ero fuori per un lungo viaggio. Se volevo essere ragionevole, non era facile uscire con un ragazzo come me. Ero in mare più di quanto fossi a casa, e guadagnavo pochissimo. Ma i fondi che avevo raccolto avevano aiutato a crescere i miei fratelli, quindi non avrei mai potuto pentirmi di averlo fatto.

Parla con lei in modo che possiate essere entrambi civili per il matrimonio di Jade.

Io e Skye non c'eravamo scambiati una sola parola da quando era tornata a Citrus Beach da San Diego. Stranamente, sembrava arrabbiata quanto me, e mi aveva insultato ogni volta che ci eravamo incontrati.

Mi fermai accanto a lei invece di andare alla porta. "Ciao, Skye" la salutai con cautela.

Il suo viso sembrava teso mentre mi fissava. "Aiden" rispose.

"Ascolta, so che abbiamo un passato spiacevole, ma possiamo andare d'accordo fino alla fine del matrimonio di Jade?" chiesi con voce roca. "La nostra relazione è finita molto tempo fa, ed entrambi siamo andati avanti."

Cristo! Ero un tale bugiardo.

Onestamente, volevo davvero prenderla e sbatacchiarla finché non mi avesse detto perché diavolo aveva sposato un altro ragazzo, un uomo che evidentemente aveva fatto passare a lei e sua figlia l'inferno. Merda! Sarei stato una scelta migliore, pur essendo povero. Almeno non facevo parte di un giro di criminalità organizzata. E ci tenevo a lei.

Girò la testa, i suoi occhi che si spostavano dai miei, mentre diceva: "Non l'ho superata, e sai perché" disse con un tono tagliente che non avevo mai sentito. "Ma non ho problemi a cercare di essere civile per il bene di Jade. Ora devo andare. Ho una figlia da prendere a scuola."

"Cosa diavolo ho fatto?" chiesi con voce arrabbiata. "Mi hai lasciato tu, ricordi?"

"Ovviamente hai un problema di memoria" rispose, mentre si infilava la giacca leggera. "Ci vediamo al matrimonio."

La guardai a bocca aperta, mentre il suo culo ben fatto marciava fuori dalla porta.

"Che cazzo?" dissi sottovoce.

Non ha un dannato motivo per odiarmi. Non l'ho sostituita con un'altra donna. Mi ha scaricato lei mentre ero in mare.

Se c'era una cosa che sapevo, era che Skye era realista. E non era incline al dramma. Almeno non lo era stata.

Qualcosa non va.

Andai alla porta e uscii appena in tempo per vedere il retro della sua macchina mentre si allontanava.

Perché cazzo mi interessa?

Skye Weston non era più niente per me.

Misi le mani nelle tasche dei jeans, deciso che non me ne sarebbe fregato un cazzo del motivo per cui sembrava incolparmi per la nostra rottura.

Ma mentre mi dirigevo verso il mio veicolo, sapevo dannatamente bene che stavo mentendo a me stesso.

Skye mi perseguitava da anni, quindi avrei dovuto scoprire esattamente cosa stesse pensando. Solo che non ero del tutto sicuro di come lo avrei fatto.

EPÌLOGO

Jade

"Eli, stai seriamente considerando questo progetto?" gli chiesi, mentre esaminavo un prospetto su una grande struttura di ricerca che aveva meno di cinque anni e stava fallendo.

Non avevo ancora ottenuto il lavoro dei miei sogni, anche se negli ultimi mesi avevo fatto diversi colloqui. Alcuni erano fuori zona, una soluzione della quale Eli non era particolarmente contento. Ma era così accomodante che aveva offerto di avere una doppia sede se fossi stata interessata a una qualsiasi delle opportunità.

Onestamente, non volevo andare da nessuna parte. San Diego e Citrus Beach erano la casa di entrambi. E anche se sapevo che avrebbe fatto qualsiasi cosa per me, sapevo che non voleva vivere sulla costa opposta, e nemmeno io.

Mi stavo ancora abituando al fatto che stessi per sposarlo. Passavamo i giorni feriali nella sua casa di San Diego e i fine settimana a Citrus Beach. Lo stavo ancora aiutando nel suo ufficio ogni giorno perché insisteva che aveva bisogno di me, ma sapevo che era solo una scusa per entrambi per lavorare insieme ogni giorno.

Stavo migliorando sempre di più nel gestire alcune cose all'ufficio di Stone, ma perlopiù stavo ancora valutando le opportunità che si presentavano su base giornaliera.

"Davvero non lo so" disse con nonchalance dalla sua scrivania. "Ho pensato di lasciare questo a te. Non è di mia competenza."

Alzai lo sguardo dalla mia posizione sul divano dall'altra parte della stanza. "Hai degli esperti" gli ricordai.

"Preferirei che te ne occupassi tu" rispose.

Tornai al mio laptop e finii di esaminare le informazioni che avevo. Alla fine, dissi: "Sembra che abbiano intrapreso troppi progetti e non avessero i soldi per finanziarli."

Era un laboratorio di genetica all'avanguardia, ma era gestito male.

"Se decidessi di acquistare, penso che sarebbe un'eccellente struttura per fare ricerche sulla conservazione genetica per la fauna selvatica" affermò.

Impiegai un momento per capire cosa stesse davvero suggerendo.

La struttura era enorme e poteva ospitare diverse aree di studio. Dato che era già costruita, sarebbero state necessarie modifiche minime, ma nel complesso era perfetta.

"La struttura è fantastica, ma ti rendi conto di quanto costa mantenere viva un'organizzazione no-profit come questa?" chiesi. "Ci vorrebbe un'enorme quantità di raccolta fondi continua."

Girò la testa e mi sorrise. "Conosco un tipo piuttosto bravo in questo. E ho già dei donatori in lista. La maggior parte di loro sono Sinclair, ma non sarebbe difficile trovarne altri."

La mia mente iniziò a girare mentre pensavo a tutto il bene che si poteva fare con questa struttura. "Avrei bisogno di connessioni in tutto il mondo per lo scambio di campioni e la ricerca sul campo."

"Ti farò avere i numeri" disse con sicurezza. "E costruirai quelle relazioni, tesoro. Non succede dall'oggi al domani."

I miei occhi si riempirono di lacrime, mentre pensavo di tornare in laboratorio per trovare soluzioni per le popolazioni di animali selvatici in estinzione. Avrei avuto bisogno di costruire una squadra forte intorno a me. Ma si poteva fare.

Mai nella mia vita avevo creduto di poter fare qualcosa che potesse avere così tanto impatto sulla conservazione. E dato che mi era stata offerta l'opportunità di farlo, mi sentivo come se il cuore fosse stretto in una morsa.

"Quindi, hai già chiamato le truppe per donare?" chiesi dolcemente.

"Non è stato necessario" rispose. "I tuoi fratelli e Brooke sono saliti a bordo immediatamente, e poi il resto della famiglia si è messo in fila per iscriversi. Sanno tutti quanto sei appassionata di conservazione e credono davvero che farai un lavoro importante. È una causa a cui tutti vogliono partecipare, tesoro. L'unica che può fermarla sei tu."

Avevo fatto a modo mio molte volte nella mia vita, ma non avevo intenzione di farlo ora. "Lo voglio. Lo voglio davvero" dissi mentre mi alzavo in piedi con le lacrime che mi rigavano il viso.

Corsi attraverso la stanza, ed Eli era già in piedi con le braccia spalancate.

Mi catturò, proprio come sapevo che avrebbe fatto.

"Ti amo" dissi felicemente, avvolsi le mie braccia intorno a lui e lo strinsi più forte che potevo. "Come ho mai avuto la fortuna di poter sposare qualcuno come te?"

"Stavo pensando la stessa cosa, ma per quanto mi riguarda, non riesco a capirlo" scherzò. "Per qualche ragione, pensi che io sia una persona speciale, e non ho intenzione di svelarti la verità."

Risi, mentre gli prendevo a pugni il braccio per gioco. Eli aveva fatto sue anche le mie cause, e mi teneva sempre su di morale quando non riuscivo a trovare il lavoro che desideravo.

"Fondamentalmente hai costruito questo lavoro per me" lo accusai.

"No, non l'ho fatto. Sei fottutamente brillante, Jade. E se qualcuno può salvare alcuni animali in via di estinzione, quella sei tu. Hai davvero bisogno di una tua struttura, e non fa male avere una grande famiglia di miliardari. Quell'opportunità era sempre lì per te. Non ero sicuro che fosse quello che volevi."

"Non mi è mai venuto in mente, Eli. Non sono una che pensa in grande."

"Solo perché non hai mai avuto l'opportunità di pensare in grande" disse con voce roca. "Ora ce l'hai. Ti propongo di chiamarlo Istituto Sinclair per la Conservazione della Fauna Selvatica."

"Istituto Sinclair-Stone" corressi. "Non sarò una Sinclair ancora per molto. E tu hai fatto succedere tutto questo, Eli. Grazie."

Che altro potevo dire all'uomo che mi aveva già dato il mondo, e poi mi aveva offerto ancora di più? Non c'erano davvero parole per descrivere quanto significasse per me, non perché fosse ricco, ma perché era lui.

"Non ho fatto molto. Ho trovato l'opportunità e sto acquistando la struttura. Ma non ci sarebbe un centro di ricerca se tu non fossi la persona più intelligente e motivata che conosca."

"Sarò impegnata" lo avvertii.

"Devo negoziare e acquistare prima la società" disse. "E non mi importa se sei occupata, basta che torni sempre a casa da me."

"Posso fare alcune cose una volta che possediamo i diritti, e poi costruire una squadra e decidere i progetti una volta tornati dalla nostra luna di miele."

Eli mi stava portando in Australia, un'altra delle mie destinazioni da sogno. Un posto che non ero nemmeno sicura di visitare perché pensavo che avrei pagato i prestiti studenteschi per decenni.

"Cosa hai deciso riguardo alla corrispondenza del DNA?" chiese. "Lo dirai alla tua famiglia?"

Non avevo mai avuto risposta da chi aveva una corrispondenza con il mio DNA. E ormai erano passati mesi. Se l'avessi detto ai miei fratelli, sapevo che non avrebbero avuto idea di chi fosse il responsabile. "Non credo che servirebbe a qualcosa. I miei fratelli ovviamente non lo sanno o sarebbero stati con la loro figlia. Non so se sia meglio o no turbarli, se non sappiamo chi sia."

"Sono disposto a fare qualche ricerca" offrì. "Probabilmente posso contattare qualcuno che può darmi alcune informazioni."

Il fatto che avessi una nipote da qualche parte nel mondo mi preoccupava, ed Eli lo sapeva. "Sì, per favore" risposi. "Mi piacerebbe conoscerla se riesco a scoprire dove si trova. E i miei fratelli sono nella posizione di aiutare ora. Se riesco a sapere qualcosa su di lei, potrei probabilmente capire quale fratello è il padre."

"Ora che Aiden, Seth e io stiamo avviando la nuova società, passo molto tempo con entrambi. Forse posso tirar fuori qualcosa da loro senza rivelare tutto."

Alzai gli occhi al cielo. "Buona fortuna. Tutti i miei fratelli sono piuttosto riservati sulla loro vita amorosa, anche se non hanno problemi a ficcare il naso nella mia."

"Non avranno altra scelta che tirarsi indietro adesso" disse seccamente. "Che io sia dannato se continueranno a fare la guardia su di te. Questo è compito mio ora."

"Non è compito di nessuno" ribattei. "Sono perfettamente in grado di prendermi cura di me stessa. E a proposito, cosa posso fare per prendermi cura di lei, Signor Stone? Dato che hai appena realizzato i miei sogni, voglio davvero fare qualcosa per te."

"Sai, l'unica cosa che voglio è spogliarti" disse con voce roca.

Gli sorrisi e gli strinsi le braccia al collo. *Non* era l'unica cosa che Eli voleva, ma ci pensava moltissimo. Forse quanto me.

"Voglio renderti *felice*" gli dissi.

"Troppo tardi per quello, Farfalla. Sono già più felice di quanto avrei mai potuto immaginare."

Era cambiato così tanto negli ultimi mesi e sembrava molto più contento adesso. Parlava apertamente e spesso di Austin, e c'erano foto di suo fratello ovunque nella sua casa.

Sebbene facesse ancora alcune cose pericolose, non erano folli come quelle di prima. Stavo imparando ad arrampicarmi insieme a lui, ma evitavo le corse automobilistiche. Mi ero mangiata le unghie tutto il tempo, quando aveva partecipato a un evento di corse di celebrità per beneficenza il mese prima, ma ero sopravvissuta.

Il ragazzo aveva un debole per le auto veloci, ma potevo conviverci.

Ero proprio contenta che avesse annullato la sfida di nuoto nel Canale della Manica e la corsa multi-abilità follemente pericolosa attraverso le terre selvagge della Patagonia.

Continuava ad andare pazzo per la beneficenza, ma faceva solo le cose che amava personalmente.

"Ti amo" dissi, la dichiarazione proveniente dal profondo della mia anima.

Annuì. "Lo so. Ecco perché sono così dannatamente felice. Perché anch'io ti amo, Farfalla."

Mi sento come una farfalla.

Abbassò la testa e mi baciò, e io spiegai un po' di più le mie ali.

Avevo fatto molta strada dalla donna che ero stata solo pochi mesi addietro, e non aveva nulla a che fare con la mia eredità.

Eli mi aveva lentamente tirata fuori dal mio timido e infido bozzolo di confusione. Forse avevo fatto qualche passo falso lungo la strada, ma la notte in cui avevo acconsentito a lasciare che mi mostrasse il suo mondo aveva segnato il mio destino.

Anche allora, quando ancora non amava impegnarsi, mi ero comunque istintivamente fidata di lui.

Infilai le mani tra i suoi capelli e ricambiai il bacio.

Finché avessi avuto quest'uomo che mi amava così intensamente, sapevo che avrei sempre continuato a volare più in alto.

Ci saremmo sempre librati in volo fianco a fianco.

~Fine~

Ringraziamenti dell'Autrice

Ancora una volta, i miei ringraziamenti al mio incredibile team di Montlake Romance. L'intero viaggio è stato fantastico e sono così grata di condividerlo con il team di Montlake, che rende ogni mio libro il migliore possibile.

Un grande applauso alla mia straordinaria editrice, Maria Gomez. Grazie per tutto quello che fai per me e per i miei libri.

Come al solito, sono incredibilmente grata alla mia squadra KA e al mio gruppo, Jan's Gems. Non so come esprimere i miei ringraziamenti a tutte voi, quindi dirò come al solito... siete fortissime!

Xxxx Jan

Libri di J. S. Scott

disponibili in italiano

Serie L'Ossessione del Miliardario

L'Ossessione del Miliardario – Simon
Il Cuore del Miliardario – Sam
La Salvezza del Miliardario – Max
Il Gioco del Miliardario – Kade
Il Miliardario Fuori Controllo – Travis
Il Miliardario Smascherato – Jason
Il Miliardario Indomito – Tate
La Miliardaria Libera – Chloe
Il Miliardario Impavido – Zane
Il Miliardario Sconosciuto – Blake
Il Miliardario Svelato – Marcus
Il Miliardario Non Amato – Jett
Il Miliardario Indiscusso – Carter
Il Miliardario Inarrivabile – Mason
Il Miliardario Sotto Copertura – Hudson
Il Miliardario Inaspettato – Jax

I Sinclair

Un Miliardario Fuori dal Comune (I Sinclair Vol. 1)
Un Miliardario Inavvicinabile (I Sinclair Vol. 2)
Il Tocco del Miliardario (I Sinclair Vol. 3)
La Voce del Miliardario (I Sinclair Vol. 4)